Jürgen Roschker

Geständnisse im El Directorio

-

Confessiones en El Directorio

con El Foco

-

Eine Erzählung

Bibliografische Information der Deutschen Nationalbibliothek:

Die Deutsche Nationalbibliothk verzeichnet diese Publikation

in der deutschen Nationalbiografie, detaillierte bibliografische

Daten sind im Internet unter http//dnb.de abrufbar.

© Jürgen Roschker

Herstellung und Verlag
BoD – Books on Demand, Norderstedt

ISBN: 978-3-7412-2865-0

„Manchmal wünsche ich mir, dass im Falle eines Tsunamis oder gar eines Erdbebens genau dieses Viertel in Bellavista, in dem ich wohne, ausradiert wird, vom Erdboden verschwindet. Denn so viel Idiotie wie hier gibt es sonst nirgendwo. Aber klar, wirst du sagen, Idioten gibt es überall und wenn es nach dem ginge, wünscht sich jeder irgendwo, dass gerade das Viertel mit seinen Nachbarn ausgelöscht wird. Und da wäre dann nichts mehr vorhanden auf der Erde. Außer Wüsten aus Sand und Eis, Geröll und Steinen, klarerweise Erde und Wasser inkludiert. Und einen Tsunami kann man nicht partiell auf ein Viertel senden, der schwappt vom Pazifik hinein ins Land und reißt alles weg, was sich ihm in den Weg stellt. Und vielleicht schafft er es nicht einmal nach Bellavista."

Man möchte als Unwissender, etwa einer, der meine genauen Umstände nicht kennt, vielleicht dazu geneigt sein, mich als jemanden zu betrachten, der nicht viel zu erzählen hat. Das mag damit zusammenhängen, dass ich einen recht langweiligen und eintönigen Job habe, wohl insgesamt ein langweiliges Leben führe. Denn entweder arbeite ich, bin an, oder ich arbeite nicht, bin aus. Aber wenn ich sage, dass ich in einer Bar in der Innenstadt von Lima, am Plaza San Martin, tätig bin, dann wird es für den Zuhörer oder den Lesenden, der sie ja sind, möglicherweise interessanter. Denn in einer Bar da tut sich immer etwas. In einer Bar trifft man sich, unterhält man sich, genießt das Leben, tanzt und vor allem man trinkt. Man frönt dem Alkohol, der Gaude und der Tristesse. Und wo getrunken wird, da wird auch geredet. Und wo geredet wird, da kommt auch oft – manchmal auch unbeabsichtigt – die Wahrheit an den Tag. In vino veritas, sagten schon die Römer, und was der Wein schon lange kann, kann der Pisco, das übliche Getränk hier in Peru, ebenso. Hochprozentig, daher schnell wirkend. Und mixbar in den verschiedensten Variationen. Aber dazu später.

Im Rahmen meiner Tätigkeit bekam ich in der Bar, auch wenn die Musik, etwa bei einem außertourlichen Konzert, sehr laut war, wenn schon nicht alles so doch vieles mit. Manch unwichtige Sachen, etwa Prahlereien, dass jemand mit einem besonders steilen Hasen geschlafen hat, oder im Gegenteil jemand bei seinem Eroberungsfeldzug nicht erfolgreich war. Oder ich war live dabei, wenn der oder die eine abgeschleppt wird oder sich erfolgreich gegen diese Werbungsversuche wehrt. Aber auch wichtigere Dinge konnte ich belauschen oder gar beleuchten.

Ich war dabei, wenn Geschäfte abgeschlossen wurden, legal oder illegal. Ich war dabei, wenn Erfolge gefeiert oder Niederlagen betrauert worden sind. Oder politische oder sportliche Ereignisse diskutiert wurden.

Schon aber in meinem zweiten Arbeitsmonat lernte ich jemanden kennen oder anders gesagt, hatte ich das Vergnügen, seine Bekanntschaft zu machen. Er ist der Herr, der eingangs von Tsunamis und Erdbeben gesprochen hat. Ein eigentlich durchschnittlicher Kerl, Mitte Vierzig, der jeden Donnerstag im El Directorio vorbeischaute. Zunächst kam er allein, saß an der Theke, trank sein Bier und auch einen oder zwei Pisco Sour. Mir kam fast vor, dass er sich langweilte, doch bei seinem dritten Besuch kam er mit einem gleichaltrigen Herren ins Gespräch. Zu Beginn redete eigentlich ausschließlich Joaquin und der andere, Hugo, gab nur seine Kommentare ab oder stellte Fragen, um keine Unklarheiten aufkommen zu lassen. Mir kam fast vor, dass dieser Hugo der Beichtvater von Joaquin werden sollte. Denn jedes Mal erzählte er einen Schwank aus seinem Leben, teils lustig, teils aber auch verstörend.

Joaquin fing bei der ersten Begegnung an, die sogenannte Vorgeschichte zu erzählen. Nun kann ich es Vorgeschichte nennen, denn ich weiß nun, was folgen wird. Das war nur der Beginn, das Präludium. Damals, bei der ersten Begegnung der beiden Individuen, war das, was ich hörte, nur ein alltägliches, belangloses Geplapper. Etwas, das nicht wert war, irgendwo in meinem Gedächtnis gespeichert zu werden. Aber glauben Sie mir, es wurde interessanter. Aber alles der Reihe nach. Lassen wir ihn, den Joaquin, zunächst mal selber zu Wort kommen:

„Weißt du, Hugo, ich bin nicht in Lima geboren. Ich bin oben in Tumbes aufgewachsen, wo ich mich recht wohlfühlte, wenn auch Tumbes so eine Frontprovinz ist, so wie es liegt an der Grenze zu Ecuador. Jetzt weißt du auch, warum ich wie ein Cholo ausschaue, ich bin ein Cholo, habe eine gesunde Gesichtsfarbe. Und ich habe es nach oben geschafft, bin Beamter in einem Ministerium. Ich empfand meine Kindheit als glücklich, ja, ich war durchaus glücklich. Vor allem wegen der Ruhe, die dort herrschte. Kaum Straßenlärm, kein Flugzeuge, die über uns rüber donnerten, also komplett konträr zu den Verhältnissen in Callao, wo ich nun lebe. Meine Eltern entschieden eines Tages, dass in Lima mehr Geld zu holen sei, wir schneller und auch einfacher zu Reichtum und wenn schon nicht zu Reichtum so doch zu einer besseren Lebensqualität kommen würden. So übersiedelten wir in den achtziger Jahren in die Hauptstadt. Für mich war und ist Callao und Lima dasselbe. Zwei Städte, die zusammengewachsen sind, aber durch politische Grenzen, die mir zutiefst willkürlich erscheinen, getrennt sind. Ach, diese Spanier. Aber auch egal. Nun, was ich an Tumbes liebte war die Ruhe. Und mit der war es aus in Lima. Weg die Ruhe, se fue! Wir fanden zuerst in La Victoria eine günstige Mitwohngelegenheit in einem Zweifamilienhaus, aber mit der Zeit wurde uns dieser Bezirk zu unsicher. Nach fünf Jahren Leben in Lima hatten meine Eltern einiges mit ihrem Anticucho-Lokal verdient und meinten, wieder zurück in die Provinz ziehen zu können, zumal von Vater innerhalb eines Jahres beide Elternteile, also meine väterlichen Großeltern, gestorben waren und sie nun das Elternhaus ganz für sich alleine hätten. Meine Eltern boten mir natürlich an, mit nach Tumbes zu kommen, doch nach längerem Überlegen sagte ich nein. Ich war zwanzig Jahre alt, war mittlerweile schon ein stolzer Student an der ältesten Universität ganz Nord- und Südamerikas, an der San Marcos, wo ich Buchhaltungswissenschaften studierte. Ich hatte meine Freunde, sogar eine Freundin. Das alles wollte ich nicht aufgeben und das verstanden auch meine Eltern. So blieb ich alleine zurück im großen Lima. Die Semester vergingen, ich beendete mein Studium, fand eben einen Job im Arbeitsministerium, wo ich an Arbeitslosenzahlenstatistik, die wie überall in der Welt kaschiert wurde, mitarbeitete und fadisierte mich. Ich verdiente nicht viel, doch mein Einkommen reichte, dass ich von La Victoria, einem immer mehr und mehr heruntergekommenen Distrikt, wo nicht einmal die käuflichen Chuchas sich sicher aufgehoben fühlten, in ein weniger heruntergekommenes Viertel in Callao, nach Bellavista, zog. Es war ein Schnäppchen, eine günstige Gelegenheit. Ich fand sie in der Sonntagsausgabe der Zeitung El Directorio. Ich kann mich noch heute an die gezählten achtundzwanzig Worte der Anzeige erinnern: ‚Vermieten dritten Stock in einem Zweifamilienhaus in einem ruhigen Viertel. Zwei Zimmer, 65 m². Fließendes und heißes Wasser im eigenen Badezimmer sowie kleine

Kochgelegenheit vorhanden. Sechshundert Lucas. Anfragen unter 98765791.' Ich rief an, machte einen Termin aus, fuhr in das Viertel, das etwas abseits von drei verschiedenen Avenidas lag und wirklich ruhig erschien, war es doch ein reines Wohnviertel mit Ein- oder Zweifamilienhäusern. Mir gefiel das gesehene, ich sagte zu, übersiedelte mit den wenigen wichtigen Dingen, die ich hatte und war zufrieden, zumindest für die erste Zeit. Aber ich wohne nun acht Monate in diesem Viertel und ich kann behaupten, dass ich ein Wrack bin und ich muss etwas dagegen machen."

Joaquin bestellte sich einen weiteren Pisco Sour, auch einen für Hugo, der einen beängstigten Gesichtsausdruck hatte, wie ich zu sehen vermochte. Er dachte sich wohl, was Joaquin mit seinem ‚ich muss was dagegen machen' meinte. Und was hatte ihn zum Wrack werden lassen? Joaquin erklärte, nachdem er den servierten Pisco Sour in zwei Etappen ausgetrunken hatte, was ihn zum gebrochenen Menschen hatte werden lassen. Er erzählte, dass das Haus, das Viertel, in dem er wohnte, direkt unter der Flugschneise eines der größten Flughäfen von Südamerika lag. Mehrmals stündlich donnerten die Maschinen über seinen Kopf hinweg. Er ärgerte sich, dass ihm seine Vermieter nichts davon erzählt hatten, als er den Mietvertrag unterschrieb. Was für mich natürlich eine normale Sache war, wer erzählt schon von Nachteilen, wenn er ein Produkt an den Mann bringen will. Die beiden tranken noch einen Pisco, dieses Mal pur und Hugo fühlte sich bemüßigt, Joaquin den Tipp zu geben, alles nicht so eng zu sehen und die ganze Sache etwas lockerer zu nehmen. In einer Großstadt wie Lima mit seinen acht Millionen Einwohnern, oder wie viel es halt gerade sind (mit Sicherheit mehr, keine Frage), gibt es eben Lärm und er würde sich schon noch daran gewöhnen. Was mir ein bisschen abwegig vorkam, lebte doch dieser Joaquin doch schon mehr als zwanzig Jahre in der Metropole. Und Hugo meinte auch, dass Joaquin überhaupt nicht wie ein Cholo aussehe, es auch nicht gedacht hätte, dass er einer ist. Das war also der erste Abend, an dem sich die beiden im El Directorio trafen. Viele weitere Nächte mit interessanten Themen folgten.

Die übergossene Nachbarsgöre

„Mein Gott, Hugo, heute muss ich dir was erzählen. Letztens habe ich ja gesagt, dass mir der Lärm schon gehörig auf die Nerven geht. Die extreme Geräuschsammlung geht in eines oder meistens jedoch in beide Ohren hinein, kommt aber nicht mehr heraus, verbleibt in meinem Kopf und stört mich dort doch sehr lange. Er, der Lärmschrott, pumpert herum in meinem Schädel. Und eine dieser störenden Lärmquellen ist der Taxifahrer, der jeden Tag mit seinem stinkenden Auto, das kleiner und wohl auch unsicherer als ein Trabant ist, die Tochter einer Nachbarin abholt und zur Schule bringt. Von Montag bis Freitag gibt es dasselbe Schauspiel zu sehen und vor allem zu hören. Er kommt gegen sechs Uhr vierzig in der Früh vorbei und was macht er als erstes? Kannst du es erraten? Nein, er bleibt nicht einfach vor dem Haus stehen und wartet auf das Mädchen. Nein! Er fährt vor dem Haus vor und hupt. Ja, er hupt! ‚Dröt, dröt', macht es da. Und ich wache auf. Gut, möchtest du jetzt sagen, da ist es ja schon Zeit aufzustehen. Der Arbeitsbeginn bei mir im Ministerium ist um neun Uhr. Nicht früher, nicht später. Ich brauche von meinem Haus in Bellavista ins Zentrum zu meiner Arbeitsstelle mit den Combis eine knappe halbe Stunde. Es reicht also vollkommen, wenn ich gegen acht Uhr fünfundzwanzig meine Schlafstätte verlasse. Und – so habe ich nach wochenlangem Selbstbeobachten herausgefunden – ich brauche für das Frühstück und das Duschen zweiunddreißig Minuten. Punktgenau. Das bedeutet wiederum, dass der beste Zeitpunkt zum Aufwachen, zum Aufstehen, sieben Uhr zweiundfünfzig in der Früh ist. Dieser Taxifahrer bringt mich also um mehr oder weniger eine Stunde und zehn Minuten Schlaf, auf die ich nicht verzichten möchte. Tag ein Tag aus von Montag bis Freitag hörte ich mir das an, drei Wochen lang, in der Hoffnung, dass das Treiben ein Ende finden, das Mädchen, wenn das Taxi vor der Tür halt machen und noch bevor der Fahrer die Hupe betätigen würde, sein Frühstück und die Morgentoilette beendet haben, die Mutter den Schulranzen fertiggepackt und der Tochter noch Tipps gegeben hat, das Mädchen pünktlich aus dem Haus laufen würde. Doch dem war nicht so. Auch in der vierten Woche spielte sich das Drama wie in den drei Wochen zuvor ab. Ich wusste nicht mehr weiter. Mein Schlafrhythmus, mein Morgenrythmus war unter- und durchbrochen, mein Inneres dadurch verletzt, mein ganzer Tagesablauf durcheinander-gebracht, ich faktisch gebrochen. Ich musste etwas tun. Versuchte es zuerst mit Worten. Kaum war das Mädchen im Taxi untergebracht und auf dem Weg zur Schule, klopfte ich an der Türe des Hauses gegenüber und die Mutter öffnete mir. Sie war im Morgenmantel, doch das entzückte mich überhaupt nicht, die Frau war keine besondere Schönheit. Ich sagte ihr höflich, was mein Begehren wäre, schilderte ihr meine Unruhe, mein

Unwohlsein und auch meine Gedanken über einen geordneten Ablauf des Morgenrituals in ihrem Hause sowie meine Meinung über den Fahrer des Taxis. Mein verschlafenes und ungesund ausschauendes Gesicht sehend versprach sie Besserung. Ja, sie versprach Besserung! So wie ein Arzt dem Patienten, der unter den Qualen der Schmerzen leidet, Besserung durch die Verabreichung von Tabletten verspricht. Doch ich war glücklich. Frohen Mutes ging ich an diesem Tag in die Arbeit, zeigte mich von der schönsten Seite, machte Witze, machte den Frauen im Büro Komplimente und mit meinen Kollegen redete ich sogar über Fußball. Ich kannte mich kaum aus in der Sportszene, doch hatte ich mir ein gewisses Wissen angeeignet, welches es mir erlaubte beim Namen Pizarro nicht sofort an den Conquistador, der mein, unser Inkareich der spanischen Krone einverleibt hatte, sondern an meinen Landsmann, der in Deutschland, in München und in Bremen für Furore sorgte, zu denken. Vergnügt ging ich mit zwei Mitarbeitern, mit denen ich grundsätzlich wenig Kontakt außerhalb des Büros hatte, nach der Arbeit auch noch einen Kaffee trinken, dachte auf der Heimfahrt im Combi – die Rückfahrt dauerte übrigens acht Minuten länger als die Hinfahrt – an eine charmante, hübsche, adrette Kollegin, die mir gefiel und die ich – so sagte mir jedenfalls mein Verstand jedoch auch mein Bauch - unbedingt zum Essen einladen sollte und kam am Abend zufrieden in meinem Zimmer in dem Haus an, legte mich auf das Bett, ruhte mich aus, duschte mich anschließend, sah mir Latin American Idol an und schlief dabei – wie von mir prognostiziert, erwartet und erwünscht - ein.

Und meine Vorfreude auf den folgenden Tag war nicht umsonst. Anscheinend hatte die Nachbarin mit dem Fahrer geredet, denn dieser betätigte sein Signalmachgerät nicht und das Mädchen war pünktlich vor der Haustür. Das alles beobachtete ich nicht, ich dachte es mir später, nachdem ich um sieben Uhr fünfzig, also nur zwei Minuten vor der errechneten optimalen Zeit aufwachte. Ich wusste, dass dies ein schöner Tag werden und ich heute meine adrette Kollegin, die übrigens Alyson hieß, ansprechen und sie zu einem Lonche, einem Abendessen in den nächsten Tagen, am besten am Freitag, einladen würde. Und ich tat es und für mich überraschenderweise sagte Alyson auch zu. Alyson, einer dieser modernen Namen aus Nordamerika. Von Eltern gegeben, die ihr Kind yankeemäßig erziehen oder ihnen zumindest einen Hauch von westlicher Kultur geben wollen. Modenamen. So wie Kevin. Sie eben Alyson. Und trotzdem überhaupt nicht abgehoben, am Boden geblieben. Was für mich. Meine Euphorie steigerte sich, zumal auch am nächsten Morgen ich zur optimalen Uhrzeit ungestört aufwachte. Ein weiterer Tag verging und Donnerstagnacht bettete ich mich, Schmetterlinge in meinem Bauch habend, zur Ruhe.

Doch der nächste Morgen, der Freitagmorgen, war eine Enttäuschung. Das Taxi hupte um sechs Uhr zweiundvierzig und mein Tag war schon mit diesem frühen ersten Aufwachen zerstört. Wütend frühstückte, wütend duschte ich mich, wütend und schwitzend fuhr ich im Combi ins Ministerium. Der Schweißgeruch war dermaßen intensiv und indiskutabel, dass sich einige Fahrgäste von mir abwendeten. Ich war traurig, schwermütig, niedergeschlagen. Der einzige Lichtblick war mein Rendezvous mit Alyson. Doch, es kam anders. Anscheinend war mir die Niedergeschlagenheit in mein Gesicht geschrieben denn Alyson kam kurz nach der Mittagspause auf mich zu und meinte, wenn ich mich nicht wohlfühle, dann sollten wir das gemeinsame Abendessen lieber auf irgendwann später verschieben. Ja, sie sagte was Blödes, sie sagte auf ‚irgendwann später verschieben'. Ich konnte nichts dagegen einwenden, mir war der Mund zugeschnürt. Ich arbeitete meine Stunden im Büro ab, verabschiedete mich von meinen Kollegen nicht, schlug auch eine Einladung auf ein Bier aus, fuhr in der Hitze des frühen Nachmittages nach Hause, stieg aus dem Combi aus, betrat einen Likörladen, kaufte mir jeweils eine Flasche billigen Pisco und Rum und spazierte zu dem Haus in dem mein Zimmer lag."

Verehrter Leser, das waren also einige Tage im Leben des Herrn Joaquin und es waren durchwegs keine schönen Tage. Und es sollten noch schwierigere für ihn folgen. An diesem Wochenende, das am Nachmittag des Freitags begonnen hatte, aß er kaum, trank viel mehr zuerst den Pisco, dann, am Sonntag noch den Rum. Und währenddessen brodelte in ihm das Rachegefühl. Denn er kam recht schnell zur Schlussfolgerung, dass die Nachbarn und auch der Taxifahrer an seinem Unglück schuld seien. Hätten sie ihn an diesem Freitag nicht frühzeitig aus seinem Schönheitsschlaf aufgeweckt wäre der Tag komplett anders, vor allem positiver verlaufen. So ging alles buchstäblich in die Hose. Keine Sonne, viel mehr Gewitterwolken, wobei es letzteres in Lima jedoch nicht gab, also beschränken wir uns auf Wolken. Das Feuer der Wut brodelte und in diesem konnte er halb- oder vollbenebelt Pläne der Rache schmieden. Und eine süße Speise kam heraus. Am Montag, der auf das Wochenende folgte, zeitig in der Früh um sechs Uhr zweiunddreißig, meldete er sich krank, er meinte gegenüber seinem Dienstgeber, dass der Verdacht auf Schweinegrippe bestünde, er müsse einen Arzt aufsuchen. Tatsächlich war damals eine neuartige Grippe weltweit im anrollen und angeblich hatte sie sich schon bereits von Mexiko kommend nach Peru ausgeweitet, es gab jeden Tag mehr und mehr Fälle, auch waren schon einige Menschen verstorben. Die Gesundheitsbehörden des Landes, insbesondere das Ministerium für Gesundheit, empfahlen der Bevölkerung, auf das Küsschen auf die Wangen sowie auf das Händeschütteln zu verzichten, diese Gepflogenheiten des täglichen Lebens würden die Verbreitung nur noch vorschnellen. Da Joaquin normalerweise auf diese Grußformeln verzichtete und er auch sonst gesund lebte – abgesehen von den manchmal auftretenden Alkoholgenüssen, die jedoch seiner Meinung nach die Abwehrkräfte gegen Viren jeder Art steigerten – mochte man meinen, dass er niemals diese Grippe bekommen würde. Und ja richtig, er hatte keine Grippesymptome. Fühlte sich auch trotz des früheren Aufstehens mehr als sonst lebendig. Seiner Vermieterin, die sich über das zeitige Verlassen des Hauses wunderte, erzählte er was von einem wichtigen Besprechungstermin, zu dem er auf keinen Fall zu spät kommen dürfe und so würde er lieber ein paar Minuten vor der Zeit im Büro erscheinen wollen. Er ging an diesem Morgen aber nicht zum Arzt, sondern verfolgte die Schülerin, deren morgendliches Ritual ihn zutiefst stört, zu ihrer Schule. Er hatte zu diesem Zweck extra ein Taxi zu seinem Haus bestellt, einem Vorgang, den normalerweise niemand in Peru tätigte. Kein Mensch rief hier eine Zentrale an und bestellte ein Taxi. Es lief in neunundneunzig von hundert Fällen so ab: Man geht auf die Straße und wartet auf das ein freies Taxi vorbeikommt. Sobald man eines sieht, winkt man dem Fahrer zu, der bleibt stehen, man sagt das Ziel zu dem man gebracht werden möchte, der Fahrer sagt einen Preis mit dem man als möglicher Kunde einverstanden oder auch nicht einverstanden ist. Im Falle des Einverständnisses setzt man sich dann ins Taxi. Im Falle des nicht vorhandenen Einverständnisses versucht man zu handeln oder man holt sich das nächste Taxi an den Straßenrand. Und so weiter. Und da kann sich ein Chalaco, also einer, der in Callao lebt gleich ein weiteres Mal ärgern. Oft, wenn er im Centro was gekauft hat und es nicht im Combi mitnehmen kann, muss er ein Taxi besteigen. In vielen Fällen weigert sich der Fahrer aber, ihn nach San Joaquin, nach Bellavista, nach La Perla zu bringen. Weil all das liegt in Callao und für Callao braucht man seit einigen Jahren als Taxifahrer eine eigene Genehmigung. Und das alles wegen dem korrupten Alcalde, der von Chim Pum Callao gestellt wird. Das will nur abcashen, dieses Arschloch. Ich hab mal gehört, dass das in Österreich dasselbe ist. Wien die Metropole und Schwechat die Stadt mit dem Flughafen. Dort soll es eine ähnliche absurde Regelung geben, da dürfen etwa die Wiener Taxifahrer keine Gäste vom Flughafen mitnehmen. Habe ich halt gehört. Ach, Absurdistan ist überall. Aber in diesem Fall wurscht. Da brauchte Joaquin ein Taxi, das vor dem Haus auf ihn wartete. Er hatte die Nummer zu diesem Fahrer zufällig in seiner Geldtasche gefunden, sie war auf eine Visitenkarte geschrieben, die den Fahrer als sicher, vertrauenswürdig, beschrieb. Und er stand vor der Tür, pünktlich um sechs Uhr vierzig, so wie das Taxi, welches das Mädchen zur Schule bringen sollte. Einzig diese Schülerin fehlte, naturgemäß. So ließ er auch sein Taxi warten, er erfand eine Ausrede, er meinte, dass er was im Hause vergessen hatte. Er blickte einige Zeit hinter dem Fenster hervor und schon sah er die Señorita das gegenüberliegende Haus verlassen. Er bat seinen Fahrer, dem kleinen Taxi zu folgen, klarerweise so unauffällig wie nur möglich. Zu seiner Überraschung ging die Reise nicht weit. Die Schule des Mädchens lag keinen Kilometer, gerade mal fünf Straßenblöcke von dem Viertel entfernt. Doch lassen wir Joaquin weitererzählen:

„Und das ärgerte mich natürlich noch mehr. Wurde diese Schlampe – verzeihe mir bitte wenn ich dieses junge Mädchen, welches mit seinen möglichen zwölf Jahren wohl noch nicht geschlechtsreif war, Schlampe nenne – also von einem Taxi in eine so nahegelegene Schule gebracht. Nein, zu Fuß wäre es zu weit für sie gewesen, wohl zu unsicherer Schulweg, wie die Eltern meinten. Sie, dieses langhaarige Flittchen, ging also nicht, sie fuhr. Noch besser: sie ließ sich führen. Und dieses in meinen Augen total sinnlose Taxi weckte mich jeden Tag, genauer gesagt von Montag bis Freitag jeder Woche, auf. Ein unnotwendigerweise frühzeitig abgebrochener Schlaf war das für mich. Aber am Dienstag, also vor zwei Tagen; da zeigte ich es der Mutter und ihrer Tochter. Ich hatte über das Wochenende aus Müll eine kleine Rolle gefertigt, die perfekt in den Auspuff eines Autos passen sollte. Auch hatte ich im Fetzenviertel Gamara zwecks Tarnung einen preiswerten Clownanzug erstanden. Ebenso dachte ich über die Müllrolle nach, sie schien mir dann doch nicht so nutzvoll zu sein, zumal sie lang war und es daher auch lang dauern würde, sie in den Auspuff zu stopfen. Unglaublich unpraktisch. Aus diesem Grund verbesserte ich mein Vorhaben indem ich einen richtig guten Sekundenkleber sowie einen Plastikverschluss, der etwas größer als der Durchmesser eines Auspuffrohres war, erstand. Also: Durch den Wecker geweckt stand ich auf, packte das Täschchen mit der Tarnkleidung, hastig entworfene, geschriebene und vervielfältigte Flugblätter mit der Bitte um Spenden für Clowndoktoren, den Verschlussutensilien sowie einer Flüssigkeit, von der ich erst später berichten möchte, und schlich mich um sechshundertzwanzig Uhr aus dem Haus hin zum nahegelegenen Park wo ich mich versteckt hintern Büschen in die Rolle eines Clowndoktors mit einer roten Nase wechseln konnte. Ohne idiotisch große Schuhe. Das erlaubte mir schnellere Ortswechsel, die – so glaube mir – notwendig werden würden. Ich spazierte zurück in meiner Straße, ging von Haus zu Haus, steckte die Flugblätterchen zwischen den Gitterchen durch. Das Taxilein kam heran, ich ging so unauffällig wie ein Clown nur gehen konnte, genau hinter die Taxe und ließ den Stoß Papier fallen, holte, als ich auf dem Boden herumkrabbelte und so tat als ob ich die Blätter umständlich wieder einsammeln würde, die Verschlusskappe aus meiner Tasche, drückte das ganze Tübchen Sekundenkleber auf die selbige, befestigte diese dann am Auspuff, was relativ einfach vonstattenging, lachte laut, wie ein Clown zu lachen pflegt, auf, hob die Papiere mit der Werbung für Spenden von der Straße auf, nahm eines vom Stoß, ging zum Taxifahrer seinem Fenster hin, reichte ihm eines hinein und sagte laut und deutlich grinsend: ‚Gracias!'. Und schlich mich um die Ecke. Und lauschte. Ich hörte, wie sich die Tür des Hauses des Mädchens öffnete, ich kannte dieses Geräusch. Wenige Ohrenblicke später schlug das Türchen zu, der Fahrer trat auf das Gaspedal, der Motor heulte auf, stotterte und stoppte schlussendlich abrupt. Zugegeben, ich hatte mir schon einen lauten Knall gewünschte, einen Knall, der die ganze Nachbarschaft aufwecken würde und die kleine Göre zu Tode erschrecken oder zumindest so, dass sie sich ins Höschen machen würde. Aber nichts. Hauptsache war, dass sie möglicherweise zu spät zur Schule kommen würde. Ich hörte den Fahrer fluchen, das Mädchen blieb scheinbar still. Wenigstens hörte ich auch die Mutter ein paar Schimpfwörter schreien. Dann ging es ab zur Schule. Denn das Auspuffverstopfen war nur der erste von zwei Teilen, um den unliebsamen Nachbarn einen Streich zu spielen. Ich sprang in ein Moto-Taxi das zufälligerweise und entgegen meiner eigenen Erfahrungswerte in der Straße war und ließ mich in des Mädchens Schule bringen. Der Fahrer dieses Vehikels zeigte absolut keine Anteilnahme an meinem Kostüm, meiner Aufmachung. Einen Luca und drei Minuten später war ich an ihrer Schule und erwartete mein Opfer. Eine Erklärung: In den Tagen zuvor hatte ich einen interessanten Beitrag im Fernsehen gesehen. Der ehemalige Präsident Toledo besuchte eine Universität, der Name ist mir mittlerweile schon entfallen, viele Studenten begrüßten ihn mit Applaus, doch einige Störenfriede hatten ein Problem mit Toledo und überschütteten ihn mit Urin. Für mich war und ist Toledo in Ordnung. Er war der erste Präsident in dem indigenes Blut floss, er wuchs in armen Verhältnissen auf, putzte Schuhe, besuchte eine staatliche Grundschule. Eine Rarität in unserem Land, wo jeder, der was werden will, es im Grunde schon ist, schon als Kleinkind in eine private und somit teure Schule gehen darf. Er ist für mich ein Held. Auch wenn er manch Fehler während seiner Präsidentschaft gemacht hat. Aber die Wirtschaft wuchs und er war der Führer der Opposition gegen diesen Alberto Fujimori Fujimori. Diese Urinüberschüttung hatte er jedenfalls nicht verdient. Idiotisches akademisches Pack. Die sollen lieber studieren und so vielleicht die Zukunft Perus verbessern. Aber die sind ja nur arrogant."

An dieser Stelle sagte Hugo etwas, übrigens das erste Mal, dass er Herrn Joaquin unterbrach im Laufe des Gespräches in dieser Nacht. Es war nicht viel, was er von sich gab: „Übrigens, aus der Stadt Toledo kommt einer meiner Lieblingscharaktäre aus der Fernsehserie M.A.S.H., Corporal Maxwell Klinger. Weißt vielleicht eh, der, der immer in Frauenkleider herumlief, weil er als Idiot anerkannt und somit aus dem Armeedienst während des Koreakrieges entlassen werden wollte."

„Aha, das sagt mir jetzt nichts. Nun gut. Ich wartete also vor der Schule und im Clownkostüm auf die furchtbare Nachbarstochter. Einige Kinder sprachen mich an, fragten, warum ich keine Luftballone und stattdessen Flugblätter verteilen würde, denn Clown haben immer Luftballönchen in der Hand. Idiotische Kinderchen. Die mit ihren Stereotypchen. Aber nach einer vier, fünf Minütchen dauernden Wartezeitchen, die schnell vorüberging, stieg Frau Nachbarstochter aus einem Taxi aus. Wie ich sie erkannte? Gute Frage. Nun, du hast Recht, alle Schüler, alle Schülerinnen tragen eine Schuluniform. Aber glaube mir, ich habe dieses Mädchen oft genug gesehen um sie unter Hunderten zu erkennen. Jedenfalls, sie kam aus dem Taxi heraus. Ich bewegte mich die wenigen Meter, die mich von ihr trennten, lachend und watschelnd wie ein Clown auf sie zu. Du wirst dir schon denken, was dann folgte. Ich holte aus einer Tasche meines Kostüms ein Ein-Liter-Behälterchen, nahm den Deckel ab und überschüttete Madame Nachbarstochter mit meinem eigenen Urin, den ich am Montag schon gesammelt hatte. Das Mädchen schrie auf. Es war wütend. Ihr Haar, ihr Gesichtchen, ihre Uniform, auch ihr Rock waren voll Urin. Armes kleines Mädchen. Welch Pobrecita! Ich rannte klarerweise weg, so schnell ich konnte. Ein paar Mädchen rannten mir nach, nicht schreiend, dafür lachend, aber auch eine Aufsichtsperson fühlte sich bemüßigt, mir zu folgen. Gottseidank war nach wenigen Meter schon ein Auto samt Fahrer, die man beide für kurze Zeit mieten konnte, stehengeblieben, ich sprang hinein und sagte als Ziel die Bar Queirolo, diese alte Bar in Pueblo Libre, nicht unweit von der Maria Magdalena Kirche und dem tausendmal überdimensionierten Bolivarschädel im Park der Municipalidad, weit weg von meiner Nachbarschaft, wo ich mich dann in der Toilette umzog und einen oder auch zwei Wein trinken ging. Gegen Mittag war ich dann wieder zu Hause. War diese Tat also vollbracht, ich hatte mich gerächt."

Joaquin lachte laut auf, nachdem er seine Tat Hugo gestanden hatte. Er wirkte direkt stolz, wie ein Spitzbub, der spitz lächelte. Der Zuhörende lachte ebenso, sagte aber nichts Bemerkenswertes. Er trank jedoch hastig sein Bier aus und sagte, dass er nun zu seiner Frau fahren müsste, sonst würde die ungut reagieren. Joaquin setzte einen Blick auf den ich so deutete: Er bemitleidete seinen Gesprächspartner. Joaquin war frei. Hugo in gewisser Weise nicht. Früh verheiratet mit einer Cholita, die er verehrte. Allerdings nach weniger als zwei Jahren wieder geschieden, keiner der beiden wollte nicht mehr, sie, die Cholita, am wenigsten. Sie nicht arbeitend, kein Einkommen und auch keinen weiteren Ehemann habend. Daher glaubte Hugo zuerst die Freiheit zu haben, tun und lassen zu können, was er will. Aber denkste: Sie hatte nicht genügend Geld für ein neues Leben, daher wohnten sie im selben Haus weiter. Wenigstens separat waren die zwei Zugänge zu dem Haus. Die Exfrau lieferte oft Kommentare über seine Frauenbesuche ab, dabei ging sie dieses jenes Leben des Hugo absolut gar nichts mehr an. Gespielte Eifersüchtelei wohl. Und Hugo zudem dazu angehalten, monatlich einen Geldbetrag an seine ehemals große Liebe, die, rückwirkend gesehen, nicht mehr als eine kurze Episode war, zu überweisen. Komische Beziehung, die jedoch kaum als Beziehung bezeichnet werden kann, zumindest nicht als herkömmliche. Also der Hugo ein halbwegs freier Mann, wenn auch in finanziellen Handschellen, der von Zeit zu Zeit seine Episödchen mit Frauen hatte. Denn an die große Liebe glaubte er nicht mehr, zu groß war die Enttäuschung gewesen. Er, der Joaquin, konnte nach Hause gehen, wann er wollte. Er war ungebunden. Er war zwar verliebt, in Alyson, seine jüngere Kollegin, aber noch war da kein Verhältnis in Sicht. Solange konnte er tun und lassen was er eben wollte. In einer Bar herumhängen. Oder in seinem Zimmer im Bett liegen oder am Fenster stehen, sein Nachbarn beobachtend und Pläne schmiedend. So was vermeinte ich aus seinem Blick, den er gegenüber Hugo aufsetzte, herauszulesen. Beim Treffen in der folgenden Woche hatte Joaquin nicht viel zu erzählen. So redeten sie über Fußball, über Volleyball, über Verbrechen. Ein interessanter, tragischer, aber auch komischer Mord war Anfang der Woche geschehen. Bis zu diesem Mördchen formten zwei Frauen mittleren Alters, nicht gerade hübsch, euphemistisch gesagt aus dem Volk kommend, ein Volksmusikduo. Nach dem Mord existierte es nicht mehr. Eine Hälfte des Duos wurde ermordet. Und witzigerweise wurde die andere Hälfte des Pärchens, ja, beide sind/waren lesbisch veranlagt verdächtigt, einen Mann, der für das Duo arbeitete, mit dem Mord beauftragt zu haben. Die Tatinitierende sowie der Tatausführende sitzen nun im Gefängnis. Ich habe nie die Musik dieses Duos gehört, deren CDs wurden hier im El Directorio noch nie aufgelegt. Joaquin meinte dazu: „Das sei keineswegs überraschend, das musste mal kommen. Schlagersängerin und Lesbisch und mit der lesbischen Lebenspartnerin zusammen singen, das geht nicht gut. Früher oder später passiert da was. That's showbusiness." Auch erwähnte er kurz die Sache mit Alyson, hier gab es keine nennenswerten Fortschritte, ein neuer Termin für ein gemeinsames Abendessen war – wenn überhaupt jemals stattfindend - noch nicht ausgemacht. Aber wieder eine Woche später wurde ein interessanteres Gesprächsthema gefunden, denn Joaquin konnte wieder von einem kleinen Abenteuer berichten.

Der Eisverkäufer aus dem Urwald

Mittlerweile hatte der Monat November begonnen, das hieß auf der Südhalbkugel: der Sommerbeginn ist nicht mehr fern! Die Temperaturen steigen manchmal sanft, manchmal rapid an, die Leute kommen ins Schwitzen, die Hosen, die Röcke werden kürzer und die Sandalen lösen – zumindest außerhalb der Ministerien, Gerichten, anderen Behörden und Anwaltskanzleien – die formalen Schuhe ab. Und die Hitze machte manche Zeitgenossen zum Mörder. So wurde Marco Antonio ermordet. Nun, das weiß doch jedes Schulkind, werden Sie denken. Jedoch, dieser Marco Antonio den sie möglicherweise meinen, starb vor mehr als zweitausend Jahren, der, den ich meine, lebte vom letzten Viertel des vorigen Jahrhunderts an dreißig Jahre oder so in Lima. Er war ein Fashion- und Friseurspezialist, ein trendiger Kerl. Natürlicherweise schwul. Umgebracht wurde er mit einer Plastiktüte, die über seinen Kopf gestülpt war. Beziehungsverbrechen. Sah für viele so aus. Ich kann dazu nicht mehr sagen. Gut möglich, dass Marco Antonito mal hier im El Directorio war, seine Aufwartung hier gab. Aber zurück zu unseren Helden: Summerfeeling hielt Einzug. Aber selbst mit diesem Anlass für Freude hatte Joaquin seine Probleme. Nicht nur, dass seine Hemden mit Schweißflecken übersät waren, nein, auch ein ganz spezifischer Lärm störte seine Nerven, wie er Hugo zu erzählen wusste:

„Du kannst dir vorstellen, Hugo, dass die Arbeit im Ministerium nicht die einfachste auf Erden ist. Man hat etliche Vorgesetzte und jeder von denen kann dir einen unnotwendigen Schass aufdrucken, will, dass du dies oder jenes für ihn erledigst und du hast es dann zu tun. Wie es dem Herrn Chefe beliebt. Klar, auch ich hab Untergebene, die sogar Anordnungen von mir entgegennehmen, aber die kann ich an einer Hand abzählen. Da wären die Sekretärin, der Junge, der die Post bringt und ein anderer Junge, der in der Kopierstelle sitzt. Aber dieses Herren-Untergebenen-Verhältnis nutze ich im Fall dieser Drei kaum aus, nur, wenn es notwendig ist. Alyson ist was anderes, die ist weder Vorgesetzte noch Untergebene. Die ist auf der gleichen Ebene wie ich. Wir sind gleichartig und gleichwertig sozusagen. Und mit ihr hatte ich einen gemeinsamen Kinoabend am Samstag ausgemacht, wir wollten uns einen Katastrophenfilm, der einen Weltuntergang inkludierte, anschauen. Darauf freute ich mich schon, also nicht auf den Weltuntergang, nein, ich freute mich auf die gemeinsamen Stunden die ich mit Alyson außerhalb des Büros in einer entspannten Atmosphäre ohne Vorgesetzte und deren Befehle verbringen konnte. Also, die Tage von Montag bis Freitag sind anstrengend, das Wochenende ist dafür erholenswert. Sollte es zumindest sein. Ich konnte nach dem Essen meinem traditionellen Wochenendmittagsschlaf frönen. Wenn es draußen heiß wurde über Mittag konnte ich in meinem abgedunkelten Zimmerchen in dem Hause in Callao eine Siesta halten. Das war fein. Aber in der Sommerzeit weckte mich jedes Mal so um vierzehn Uhr ein eigenartiges Geräusch auf. Druuuuuuuuuuuuuuuiiiuuuuuuuu druuuuuuuuuuuuuiiiiuuu uuuuu, machte es, wie im Urwald. Ich schrak oft aus meinem Schlaf auf und wusste meistens im ersten Moment nie, was es bedeutete, zu sehr war ich in meinen schwülstigen Träumen, die normalerweise Alyson inkludierten, behaftet. Ich sprang aus dem Bett, rannte zum Fensterchen und was musste ich sehen? Ein Kerlchen mit einer gelben Käppchen, gelbem Shirt, auf dessen Rücken eine rote Sonne leuchtete, der auf einem eigenartigen gelben Fahrrad mit einem Behältnis saß."

„Ah, du meinst die Eisverkäuferchen von D'Onofrio. Die fahren doch den ganzen Sommer durch die Viertel und wollen ihre Eisschlecker anbringen. Die sind doch nichts Besonderes, die kenne ich seit meiner Kindheit. Ihr Geräusch, ihr Auftreten hat immer bedeutet, dass ein leckeres Eiscremchen für uns Kinder nicht fern ist. Frio rico. Also, mich stört das nicht."

„Aber mich schon. Ich sehe nicht ein, warum das Eis direkt zu meinem Haus gebracht werden muss, wenn ich kein Eis will. Wenn ich ein Eis schlecken will, dann kann ich zum Laden um die Ecke gehen und mir dort eines kaufen. Ich bin dafür nicht zu faul. Und auch wenn es Tradition hat, dass die durch die Viertel herumpedalieren, herumtreten, ich scheiß' auf dieses Traditiönchen, das sag ich dir. Sie gehen mir auf die Nerven, diese Eisverkäuferchen, zum Teufelchen, zum Diabolito mit denen..."

„Aber geh, die müssen nicht zum Teufel, das sind arme Teufelchen. Die kutschieren vom frühen Nachmittag bis zum Abend durch die Gegend und wollen ihre billigen Schlecker an den Mann, an die Frau, vor allem an das Kindchen bringen. Viel verdienen tun die kaum. Und was die schwitzen, ich möchte das gar nicht wissen."

„Mir egal, mir tun sie nie und nimma leid. Punkt. Ich hielt lange ruhig. Auch bat ich den Verkäufer, dass er in der Nähe meines Hauses, also des Hauses, in dem ich ein Zimmer gimietet hatte, dieses primitive Pfeifen unterlassen sollte. Doch er unterließ es nie. Er kümmerte sich einen Dreck um mein Begehr. Und genau an jenem Samstag, an dem ich mit Alyson ins Kino gehen wollte, kam dieser Eisverkäufer, es ist eh immer derselbe, noch früher an meinem Fenster vorbei und weckte mich auf. Ich war nicht ausgeschlafen und zusammen mit der Hitze, die ich schlagartig spürte, wurde ich narrisch, ich geriet in Rage. Ich rief dem Eischarly zu, dass ich ein Eis erstehen würde. Doch stattdessen lief ich in die Küche hinunter, nahm beide Thermoskännchen, von denen ich wusste, dass meine Vermieterin sie verlässlich mit heißem Wasser für Kaffee oder Tee gefüllt hatte, stürzte aus dem Haus, riss das Deckelchen des Eisfaches hoch, öffnete eine Thermoskanne nach der anderen und schüttete das heißdampfende Wasser in den Behälter hinein. Der Eisverkäufer war natürlich überrascht, bestürzt, wollte schon wütend werden, mich tätlich angreifen. Doch ich griff in die Tasche meiner kurzen Hose, holte einen Zwanzig-Soles-Schein heraus und drückte sie ihm fast brüderlich in die Hand und rechnete ihm vor, dass in dieser Eis-Suppe, die er nun herumführen würde, etwa grob geschätzt noch fünfzehn Eisschlecker herumschwimmen würden. Mit diesen zwanzig Lucas müsste der Schaden behoben sein. Und ich drückte ihm noch einen Zehner mit der nochmaligen Bitte in die Hand, dass er, wenn er in diesem Viertel, zumindest in der Nähe dieses Hauses, sich herumtreiben würde, es etwas ruhiger angehen sollte. Er sagte ‚muchas gracias y no hasta luego por favor' und fuhr davon. An sich war das ja ein Lausbubenstreich, ein gemeiner sogar noch dazu. Aber diese dreißig Soles, die ich springen ließ, machten mich zu einem Gentleman, nicht wahr? Das einzige Problem, mit dem ich konfrontiert wurde, war die Hausherrin, die sich über den Missbrauch des heißen Wassers zu Zwecken der Rache und vor allem über das somit fehlende Wasser für den Kaffee, der anlässlich eines späten Abendessens kredenzt wurde, ärgerte. Und, bevor du fragst, ich legte mich hin, ruhte mich aus und ging, wie mit Alyson vereinbart, ins Kino. Mit ihr. Sie hielt ihr versprechen. Es war ein netter Film, mit richtig guten Special Effekts, wir gingen auch anschließend einen Cocktail schlürfen, dann noch einen, aber dann sagte sie, dass sie nach Hause müsste, es aber ein schöner Abend gewesen sei. Und sie gab mir einen Kuss auf die Wange. Das war die zugegeben magere Ausbeute dieses Wochenendes. Ich hoffte, meinem Ziel einer Vereinigung mit Alyson auf allen Linien nähergekommen zu sein. Aber eines freute mich noch mehr. Seit diesem Samstag höre ich den Eisverkäufer mit seinem Trötchen nur mehr aus der Ferne. Wenn man es von weitem hört, klingt dieses Pfeifen nicht einmal so arg, ja, es klingt fast lieblich, so, wie sich etwa einer aus dem Norden einen Aufenthalt in einer Lichtung inmitten des Regenwaldes vorstellt. Er steht da, von Mosquitos umschwärmt, aber davor auch dank eines möglicherweise auf biologischer Basis hergestellten Mittels geschützt, er lauscht, hört etwa einen Affen, oder zwei, aber ebenso dieses Pfeifen eines Vogels, eines Papageis, gar eines Kakadus. Vielleicht für ihn unsichtbare Lebewesen, deren frisch geputztes Fell oder bunten Federn er nicht bewundert jedoch ihre Laute, deren Gründe ihm unbekannt sind, hört. Ich glaube fast, dass ich irgendwann einmal in den Dschungel gehen und dort Aufnahmen für eine CD machen sollte. Da ließe sich sicherlich Geld verdienen, auch über das Internet, nicht wahr? Auf nach Loreto, auf nach Iquitos."

„Ja, Joaquin, da bist du am richtigen, nicht am hölzernen Weg, ganz klar.", meinte Hugo. Der sich vergleichsweise an diesem Abend recht oft in die Erzählung des Señor Joaquin eingemischt hatte. Da war ich überrascht. Ja, dieser Hugo. Nach außen ein stilles Wasser, das aber seine Tiefen hat. So erzählt er etwa Joaquin, dass er gewisse Träume hätte. Letztes Wochenende beispielsweise, so sagte er, habe er ein Spiel der Jugendauswahl des peruanischen Volleyballteams gesehen. Volleyball hätte er von Jugend an gerne angeschaut, er liebte es, diese weiblichen Körper bei der Ausübung ihres Sportes, bei den Versuchen, den Ball im Team über das Netz zu bringen, zu beobachten. Am liebsten hätte er mit diesen Mädchen, mit diesen Frauen, irgendwas angefangen, was kurz- oder längerfristiges. Doch sie waren für ihn, diesen armen Jungen, der nicht besonders gutaussehend war, unerreichbar. Aber sie, diese athletischen Körper, vor allem die Oberschenkel, die sich unter den kurzen Sporthöschen abzeichneten, waren oft Teil seiner feuchten Träume. Doch dann, nachdem die Schulzeit beendet war und er Kontakt zu realen, erreich- und leistbaren Frauen finden konnte, sei das Interesse an den Sportlerinnen abgeflacht. Die Jahre vergingen, er heiratete, lebte kinderlos dahin, wurde schließlich geschieden, weil seine Frau kein Interesse mehr an einem Zusammenleben gehabt hätte. Das hatte er selbstkritisch nochmals von sich aus gesagt. Er war seit fast einem Jahr also solo und hatte diese Zeit des Alleinseins etwas genossen, Sprichwort

Betthupferln, aber ansonsten war er durchwegs alleine in seinem Bett, hatte keine festen Partnerinnen, keine Bettgenossen, außer den Gelsen im Sommer und Bettwanzen. Und so wurde er zu einem Fernsehjunkie, der am Abend, bis zum Einschlafen, fernsah. Seifenopern, Talkshows, alles Mögliche. Wenn nichts von dem lief, zappte er sich durch die wenigen Programme und kam eines Tages zum Canal del Voley, der Frecuencia Latina. Canal Dos. Und schlagartig hatte er eine Sehnsucht wieder gefunden. Dreißig Jahre nach seiner Pubertät liebte er es wieder, Frauen beim Volleyballspielen zuzusehen. Zwei Unterschiede zu früher bemerkte er: Die Spielregeln waren leicht verändert, die Matches waren schneller, spannender, vor allem interessanter und übersichtlicher. Und er wollte ausschließlich die Jugendauswahl sehen. Die Überzwanzigjährigen interessierten ihn nicht, sie schienen zu alt, zu verbraucht zu sein. Da war das Mädchenteam genau das Richtige für ihn, wie er Joaquin gegenüber zugab. Junge, knackige, athletische, liebens- und begehrenswerte Körper. Und vergangenes Wochenende, so sagte er zu Joaquin, habe er sich selbst dabei ertappt, wie er beim Spielstand von zwei zu zwei in Sätzen und vier zu zwei für Peru gegen Venezuela im letzten und entscheidenden Satz, bei dem die Mannschaft, die zuerst fünfzehn Punkte erreicht gewinnt, zu masturbieren anfing. Still und heimlich, weil er Angst hatte, beobachtet zu werden und er auch das

Gefühl hatte, etwas Unanständiges zu tun. Der Druck war einfach zu hoch für ihn, so gestand er. Vor allem wenn die Raffaella Camet, dieser Gringita, im Bild war, fuhr er mit seiner rechten Hand wie wild auf und ab, sagt er, dieser Bajero, errötend. Es schien für mich, als ob Hugo, der mehr als doppelt so alt war wie Raffaella, sich in diese verschaut hatte. Das Erröten verriet ein Verliebtsein. Oder war es doch der Umstand des Selbstbefriedigens? Rechtzeitig zum letzten Ballwechsel zum fünfzehn zu elf für Peru beendete er den Wichsvorgang erfolgreich. Joaquin versicherte Hugo am Ende dessen Erzählung, dass er sich dafür überhaupt nicht schämen müsste. Ein Aufgeilen erwachsener Männer beim Anblick von jungem Gemüse wäre doch natürlich und keineswegs besorgniserregend. Hugo, der während seiner Erzählung aufgeregt schien, sein Gesicht mal hochrot, mal blass, schien sich durch die Worte des Señor Joaquin sowie dank des Pisco Sour wieder zu beruhigen. Ja, die stillen Wasser im tiefen Brunnen. Ja, der Hugo. Kein unbeschriebenes Blatt anscheinend. Er, der Bankbeamte, der von Geburt an ein Limeño ist. Er, der in Jesus Maria zusammen mit seiner ehemaligen Frau in einem Haus, nicht weit vom Campo de Marte – auf den er sogar sieht – lebt. Und nicht als Mitbewohner einer Familie im zwar nicht verruchten – so wie etwa der Kern von El Callao es ist – aber immerhin doch halbschmutzigen Bellavista. Joaquin zeigte gegenüber Hugo jedoch nie Neid. Er vergönnte ihm sein Leben in diesem sauberen Distrikt. Und er rechnete ihm hoch an, dass die Treffen nicht unbedingt in seiner Nähe stattfinden mussten und sie sich auf das Zentrum von Lima geeinigt hatten. Das war Einigkeit und Gleichheit vor der Bar.

Und noch etwas überraschte mich, nämlich dass Joaquin tatsächlich ein Heißläufer war, im wahrsten Sinn des Wortes. Und heißer wurde es in Lima und Callao, unerträglich heiß. Wie mir Cesar, einer meiner Kollegen im El Directorio berichtete, war überall Salsa aus den Fenstern zu hören, Emotionen gingen hoch und auch Joaquin hatte am folgenden Donnerstag wieder etwas zu erzählen und ja – natürlich – auch dieses Mal ging er richtig zur Sache.

Die mittlerweile von diversen Nichtregierungsorganisationen (NGO's) als Plage erkannten Mototaxis – Teil 1

„Nun, Hugo, ich weiß ja nicht, wie es bei dir im Viertel so ist. Ich weiß ja nicht einmal genau, wo du lebst, aber eines kann ich dir sagen. Mein Viertel, das ist ein weitgezogenes Labyrinth. Bis man mal bei einer der drei Avenidas ist, die das Geviert umgeben, also die Venezuela, die Colonial und die Faucett, braucht man gehend viele Minuten. Minuten, die man in Ruhe entlang der vielen Wege und Kleinstraßen spazieren könnte, nicht so argverschmutzte Luft atmend, Luft holend, bevor man die Hauptstraßen erreicht. Wenige Autos fahren durch das Viertel, das kann ich dir sagen, und das ist fein. Aber eine Plage gibt es. Und das sind nicht die Hunde oder Katzen, die manchmal über die Straßen laufen, die sind brav, ruhig, tun einem – zumindest in den meisten Fällen – nichts. Nein, es sind die vermaledeiten Mototaxis. Diese lauten und stinkenden Motorräder, auf die im hinteren Teil ein Gehäuse samt einer Sitzbank für zwei Personen aufgesetzt wurde und mit dem zwei Personen samt einem Kind etwa, nicht aber drei erwachsene Personen, die werden auf ein zweites Mototaxi verwiesen, von Punkt A nach Punkt B transportiert werden. Generell kostet das einen Luca, egal von wo aus man wohin fahren will. Ich möchte gar nicht wissen, wie viele es dieser blauen oder roten und mittlerweile sogar grünen Ungeheuer in meiner Gegend gibt, es sind unzählige. Und sie halten sich kaum an die Verkehrsregeln. Sie fahren in der Mitte der Fahrbahn, weichen den Schlaglöchern ohne vorherigen Hinweis für den nach- oder entgegenkommenden Verkehr aus, bleiben abrupt stehen, haben noch nie was von Verkehrszeichen oder Signalgeben gehört, kurzum, sie verhalten sich so, als ob sie die einzigen Benützer der Straßen wären. Und schnell fahren sie. Kaum will man die Straße überqueren, kommt schon eines um die Kurve, zwar hört man den Lärm schon im Vorhinein, aber man kann nie deuten, woher der Lärm, das Rattern des Motors kommt. Und sie bremsen nicht, wenn sie einen Fußgänger auf der Straße sehen. Sie erwarten von einem, dass man zur Seite hüpft, zum gegenüberliegenden Straßenrand rennt. Rücksichtsloses Pack. Und wie sie stinken. Diese idiotischen Dieselmotoren, ekelhafter Otto. Noch eine Minute nachdem das Mototaxchen vorbeigefahren ist, riecht man den Dieseltreibstoff. Ich habe mir sagen lassen, dass bis Mitte oder Ende der Achtziger Jahre diese Form von Taxi nicht mit Motoren betrieben worden sind. Damals sind es – wie in China – Droschken gewesen, wo der Fahrer gestrampelt ist damit die Fahrgäste an ihr Ziel kommen. Das war nicht nur sportliche Betätigung oder koloniale Nostalgie – obwohl es, soweit ich weiß, unter der spanischen Herrschaft keine Droschken in Lima gegeben hat, nein, es war vor allem ein Beitrag zum Umweltschutz sowie eine Form der Verringerung der Emissionswerte in der Luft.

Ja, ich würde für ein Verbot eintreten. Allerdings bin ich kein Egoist, ich denke auch an die vielen alten Frauen und Männer im Viertel die zu Fuß nicht mehr so gut unterwegs sind. Die es gerade schaffen, behäbig oder schleichend zum Laden um die Ecke zu kommen. Einen Marsch unter der sengenden Sommerhitze kann man ihnen kaum zumuten. Und zugegeben, auch ich nehme diese kleinen Ungeheuer dann und wann in Anspruch. Nämlich dann, wenn ich es eilig habe, etwa wenn ich am Abend noch Fortgehe, beispielsweise hierher ins El Directorio, es spät ist und ich dich nicht unbedingt länger als notwendig warten lassen will. Dann sind sie nützlich, aber nur dann, jedenfalls für mich. Und da gibt es noch einen anderen Grund für mich, dieses altertümlich und an die dritte Welt erinnernde Fortbewegungsmittelchen zu hassen. Denn seit einiger Zeit stehen vor dem Nachbarshaus zwei oder drei Mototaxis. Tag und Nacht. Sie kommen vor das Haus um gewaschen, gewartet, gar von der roten in die blaue Fraktion umgefärbt zu werden. Ja, es gibt zwei Konkurrenzunternehmen, die sich das Viertel aufteilen, so denke und glaube ich halt. Genaues weiß ich ja nicht. Auch möglich, dass es eine Organisation von Mototaxis gibt und die auf einfache oder komplizierte Weise ihre Gefährtchen in zwei, gar drei Farben färben. Und anscheinend werden die Fahrer von diesem Nachbarshaus aus auch bewirtet. Ich sehe sie beim Essen. Sie nehmen ihre Nahrung aus Plastiktellerchen auf und wenn sie das Mahl abgeschlossen haben, werfen sie die Teller auf die Straße, wo sie dann oft tagelang herumliegen weil die Müllmänner, die Mistkübler, nur den in Plastiksäcken verpackten Müll mitnehmen und sich klarerweise nicht für jeden einzeln auf der Straße herumkullernden Schmutz verantwortlich fühlen. Für mich absolut verständlich. Und sie, diese Mototaxler, lassen auch oft, auch am Abend, die Motoren ihrer Gefährten laufen, warm laufen sozusagen. Ich bin kein Techniker und kann schwer sagen, ob das wirklich notwendig ist. Jedenfalls, es stört mich gewaltig. Und schlimm ist es auch, wenn sie ihre unter jedem Niveau liegenden Pausengespräche führen, wenn sie über Cholas oder Chuchas, über Fußball oder sonst was reden, das ist dann nicht mehr schön anzuhören. Wenigstens habe ich sie noch nie beim Alkoholgenuss gesehen, auch sind sie mir nie besoffen vorgekommen. Und das Eigenartige an der ganzen Sache ist folgendes: Wenn ich aus dem Haus laufe, weil ich es eben eilig habe, dann sind sie nie da. Dann kann ich oft zu der Straße laufen, die den angelegenen Park umkreist und selbst dort finde ich dann etwa zur Mittagszeit kein einziges Mototaxi. Diese idiotitischen Fahrer nehmen offensichtlich ihr Mittagsmahl allesamt zur selben Zeit ein. Die denken nicht daran, dass zwischen zwölf und ein Uhr zu Mittag auch Menschen zur Avenida gebracht werden wollen. Egoistenpack mit ihren zentral geschalteten Mägen. Sollen sie doch ersticken an ihren schnell in ihre verdreckten und verstunkenen Münder reingestopften Reis-, Linsen- oder Kartoffelgerichten! Wenn sie also weder vor meinem Haus lauern und auch nicht in der Parkstraße anzutreffen sind, dann kann ich noch weiter laufen und hoffen, dass sie mir die Ehre in einer anderen Straße geben. Und da denke ich mir, ich könnte gleich direkt zur Avenida laufen, zwar verschwitzt sein, aber einen Sol sparend.

In den letzten Monaten hatte sich also einiges an Hass gegen die Mototaxisten aufgestaut und ich wollte – nein, in Wahrheit musste ich – Rache nehmen. Das hatte ich nötig. Ich hatte mir zwei Wellen der Gewalt, ausgedacht. Als ersten Schritt schnitt ich während der Nacht, unbemerkt von den Straßenwächtern, auf die ich später einmal zurückkommen möchte, bei den vor dem Nachbarshaus parkenden Mototaxis die Reifen auf. War das ein Riesenskandal in der Früh, als sich ihre Arbeitsaufnahme verzögerte und sie zuerst Ersatzreifen besorgen mussten. Zwar wurde ich durch das hysterische Herumgeschreie unten auf der Straße frühzeitig aufgeweckt, aber deren Ärger gab mir mehr als genug Genugtuung. Wie ich aus den wütenden Unterhaltungen der Fahrer hören konnte, dachten sie an eine Verschwörung, einen Akt der Sabotage der gegnerischen Fahrvereinigung. Und das brachte mich schon auf eine weitere Idee. Warum sollte ich nicht einen Krieg zwischen den beiden Firmen auslösen. Sollen sie sich doch selbst bekriegen als mir auf die Nerven zu gehen. Es folgte also meine zweite Angriffswelle. Wiederum mitten in der Nacht schlich ich in meiner schwärzesten Kleidung, die ich während meiner leicht depressiven Phase erstanden hatte, zum Lager der roten Mototaxis. Dort fand ich statt nur einem erwarteten Sicherheitsmann oder Watchingmen einen weiteren an. Da wurde mir die Sache zu heiß. Mein ursprünglicher Plan war, unbemerkt in das Lager der Roten zu klettern und dort etwa ein Mototaxi umzuwerfen, die Bremsschläuche durchzuschneiden oder die Reifen aufzuschlitzen. Offensichtlich waren die Organisationen, die beiden konkurrierenden Mototaxiclans, aufgescheucht worden. Sie hatten für mich blöderweise ihre Sicherheitsmaßnahmen verstärkt. Ich bewegte mich also vom Einfahrtstor weg, bog um die Ecke und blieb fern von der nächsten Lichtquelle nachdenklich stehen. Was sollte ich tun? Heimgehen oder handeln? Zugegeben, in mir brodelte der Hass, ich wollte diesen Banditen von der Mafia was antun. Ich nahm daher irgendein Papier, dass mir ein Papier- und Werbeausteiler tagsüber zugesteckt hatte, zündete es an, sprang aus dem Stand hoch und warf es über die zweieinhalb Meter hohe Festungsmauer hinein, mitten unter die hier parkenden Gefahrenquellen für Leib und Leben. Ich schritt weiter, bog nochmals um eine Hausecke und wartete auf ein Knistern, Knastern oder gar eine Explosion. Doch kein Geräusch, abgesehen von einer durch ein Walkie Talkie eines Watchingman durchgegebene Nachricht, störte die Nachtruhe. Mit dem Gefühl des Wenigstenversuchtzuhabens legte ich mich in dieser Nacht zur Ruhe. Zwei Tage später sah ich jedoch eine angesengte rotweiße Plane eines Mototaxis. Das musste ich gewesen sein. Zumindest das hatte ich erreicht. Ich konnte zwar diese Plage nicht stoppen, aber zumindest einen kleinen Kieselstein, der die Maschinerie für wenige Augenblicke unterbrach, einwerfen."

Na, das war nicht einmal so erschütternd. Cesar, ich und mit Sicherheit auch Hugo hatten wahrlich Schlimmeres von Joaquin, dem großen Ausraster, erwartet. Aber dieses Mal war er fast fromm wie ein Lamm, friedliebend. So wie er würden etliche bei so einem Anlass des permanenten Gestört- und Ignoriertwerdens durch die Mototaxisten reagieren.

Hugo warf bezüglich der Fahrer der Mototaxchen noch etwas ein: „Nun Joaquin, hast du dir schon mal Gedanken darüber gemacht, welche Verantwortung diese Fahrer überhaupt haben, was sie alles bedenken müssen? Ich glaube nicht. Ich habe mir nämlich mal Gedanken gemacht, beim Spazierengehen. Oft fahren diese Mototaxis auf und ab und warten, bis einer der wenigen Passanten, die sich oft untertags auf den Straßen herumirren, die Hand hebt und um eine Fahrt bittet. Und dabei müssen aber bedenken, dass dieses herumfahrende Warten auch Treibstoff kostet. Sie müssen also permanent eine Kosten- und Nutzenrechnung anstellen. Fahre ich herum und habe so mehr Chancen auf Kundschaft? Oder verbleibe ich an einem bestimmten Standort, der von den meisten Bewohnern frequentiert wird und spare so auch Diesel? Ja, das sind Fragen, an die du sicher noch nicht gedacht hast. Und wenn sie dann einen Passagier haben, dann wollen sie natürlich, dass er so schnell wie möglich am Bestimmungsort ankommt. Denn je schneller die eine Fuhre erledigt ist desto mehr Fahrten kann er dann später absolvieren. Ach Gott, für mich sind das Genies. Wirklich. Ich glaube auch, dass sie gewissermaßen die Stütze unserer Gesellschaft sind, zumindest eine der wenigen Stützen. Kleine, aber immens wichtige Zahnräder im big picture. Die anderen – wohl auch größeren Räder - sind Parlament, der Präsident, die Kirche, die Justiz und zuguterletzt auch die Mariachigruppen.

„Maink! Ach Hugo, du spinnst ja! Du hast wohl schon zu viel getrunken, du bist besoffen, glaub mir das. Du Barhockerphilosoph!", fuhr Joaquin Hugo an. „Stützen, Zahnräder sollen Mototaxisten sein, was? Für mich sind und bleiben sie eine die Umwelt und die Nachbarschaft verpestende minderwertige Gruppe. Absolut verteufelnswert! Und zu den Verteufelnswerten gehören diese absurden Mariachigruppen mexikanischen Ursprungs mit ihren noch idiotischeren großartigen Sombreros auch dazu, an oberster Stelle. Du klingst mit deinen Worten wie ein Idiot, ein wahrhaftiger und abgeschmackter Idiot."

Puh, das war ja ein ziemlich starker Tobak, mit dem Señor Joaquin Señor Hugo bewarf. Dieser verzieh ihm übrigens, war doch alles im halberten Alkrausch gesprochen und auch gehört. Ob das eine bleibende Freundschaft werden konnte? An dieser Stelle möchte ich auch einmal abseits von Joaquin und Hugo was erzählen. Denn die Welt des El Directorio besteht nicht nur aus den beiden mittelalterlichen Herren mit ihren aberwitzig erscheinenden Problemen, nein, es gibt auch andere Persönlichkeiten, die eine Erwähnung wert sind. Etwa jemanden, dessen Namen weder Cesar noch ich kennen. Cesar hat mir übrigens die Geschichte erzählt, denn dieser Unbekannte saß eines Abends an der Bar und gab Cesar während dessen Tätigkeit als Mixer und Shaker ein recht lustiges aber auch zum Nasen rümpfen animierendes Geständnis:

Es fing damit an, dass der Herr ohne bekannten Namen eines Tages im Dezember zu einem Absolvententreffen eines Colegios eingeladen wurde. Diese Treffen fanden alle fünf Jahre statt, es war das vierte dieser Art, also lag wohl der Abschluss dieses Jahrganges zwanzig Jahre zurück. Das Treffen fand in einem Tagesferienclub in Chaclacayo an einem Sonntag statt. Die Zusammenkunft mit seinen früheren Schulfreunden, die er, so sagte er, mittlerweile aus den Augen verloren hatte, verlief so, wie er es sich erwartet hatte. Zusammenstehen, Bier trinken, Steak und Würstel grillen, also alles angenehme

Sachen. Auch ein Swimmingpool war in diesem Klub vorhanden und er wollte diese rare Möglichkeit für ihn, ein paar Runden in diesem blau schimmernden Pool mitten im Grünen zu schwimmen, auch ausgiebig nutzen. Dies im Gegensatz zu seinen Schulkollegen, die lieber noch etwas im Schatten stehen und dem Alkoholgenuss nachgehen wollten. Er wanderte also mit seinen Flipflops und einer kleinen Badetasche, vorbei an einem Gehege für Ponys, in dem die Kinder im Kreis herumreiten durften, an einer Anlage für Fronton, wobei er sich über das Nichtmitbringen der dazu passenden Schläger ärgerte, vorbei an einer kleinen Hütte, die Picarones anbot, dem Drang aber, diese zu essen, widerstand, hin zum mit kaltem Wasser gefüllten Schwimmbecken, in dem er, so wie er es sich vorgenommen hatte, ein paarmal hin und herschwamm, darüber nachdenkend, ob ihn die Kühle des Wassers erfrischen oder er sich verkühlen würde. Nachdem er an den südlichen Rand des Beckens geschwommen war und er sich dort abstützte, erblickte er wenige Meter vor sich, ein weißes, an einen ungefähr fünf Meter langen Strick angebundenes und in einer Wiese grasendes Lama. In Peru keineswegs was außergewöhnliches. Jede Provinz hatte ihre Lamas und seien sie nur zu Ausstellungszwecken in Streichelzoos oder aus patriotischen Gründen für Umzüge gehalten. Alltägliche Angelegenheit. Aber, so sagte dieser Mann, dessen Namen wir nicht wussten, in diesem seinen Fall wäre es anders geartet: „Ich bewunderte dieses Lama vom ersten Augenblick an. Ich hatte mich mit meinen Händen und Armen am Schwimbeckenrand abgestützt, strampelte mit meinen Beinen gegen die Kälte im Wasser ankämpfend. Mein Blick war aber permanent auf das Lama mit seinem fast reinen weißen Fell, das, so konnte ich behaupten, makellos erschien. Eine Ausnahmeerscheinung. Auch, wie friedvoll es in der Wiese seiner Nahrungsaufnahme nachging war herzergreifend. Um es auf den Punkt zu bringen, ich hatte mich wohl verliebt. Verliebt, auf eine weniger sodomistische denn mehr eine romantische Art. Ich will mit dem Lama, dem ich den Namen Raffaella gegeben habe, keinen geschlechtlichen Verkehr haben, daran denke ich zumindest jetzt noch nicht. Denn Cesar, du wirst jetzt lachen aber trotzdem sage ich es dir, ich bin Mitglied der Gruppe ‚True Love waits' und du kannst dir denken was das bedeutet. Ich möchte mit dem Sex – falls sie das will, zwingen will ich sie nicht - bis zur Hochzeit warten. Ja, Cesar, lache nur, du brauchst mich nicht verstehen, ich dachte nur, dass ich dir das einfach sage, dir erzähle, was in meinem Leben vorgeht. Wozu sind denn Bars neben dem Saufen denn da? Das kannst du mir nicht sagen? Nun, dann sage ich es dir. Sie sind auch dazu da, damit man seine Gedanken äußern kann, etwas gestehen kann, was auch immer. Ich hatte einfach das Bedürfnis, dir das zu sagen. Und selbst falls du mich auffordern solltest, eine Ruhe zu geben und dich nicht mehr mit meinem Leben zu belästigen, ich werde weiterreden. Denn ich stänkere niemanden an und ich konsumiere und zahle auch genügend Getränke. Nun, Cesar, lache nicht... Als ich aus dem Schwimmbecken rausgeklettert war, ging ich auf das Lama, auf Raffaella, auf Raffi, so nannte ich sie schon beim Kosenamen, und wollte sie umarmen. Eigenartigerweise wehrte sie sich, mir schien fast, dass sie sich belästigt fühlte. Ich trat zwei Schritte zurück, ließ ihr Zeit, redete gut auf sie ein, sagte ihr, dass ich ihr eine bessere Zukunft, eine bessere Wiese als diese hier bieten würde. Ich würde mit ihr auf das Land ziehen, ich würde meinen Job hier in Lima für sie opfern, nur um sie glücklich zu machen. Das sagte ich ihr, denn ich meinte es auch ehrlich. Sie ließ kurz das Gras Gras sein, hob ihren Kopf und schaute mich mit ihren treuherzigen Augen an, ein, zwei Sekunden lang, doch dann setzte sie wieder ihre Mahlzeit fort. Doch nein, ich war nicht enttäuscht. Ich bin zu verliebt um enttäuscht zu sein. Da stehe ich drüber. Ich hab kurz den Hals von Raffi angegriffen, besser gesagt gestreichelt und bin dann wieder, dieses flauschige, zarte und gar wohlriechende Fell angegriffen habend, glücklicher als je zuvor, zu meinen Freunden aus der fernen und im Vergleich zu Raffi schon unwirklichen Schulzeit zurückgekehrt. Natürlich erkannten sie, dass ich viel besser als zuvor aufgelegt war. Ich meinte ihnen gegenüber nur, dass ich beim Pool zur Erfrischung einen kleinen Pisco Sour getrunken hatte. Das mit dem Lama namens Raffaella wollte ich ihnen nicht mitteilen. Zu persönlich war das und ich befürchtete, nur blödes Gelächter auszulösen. Wie sollten diese abgestumpften Idioten auch anders reagieren? Du, Cesar, bist der erste, der das erfährt. Und nächstes Wochenende fahre ich wieder hinaus zu dem Klub, fern der Innenstadt, in Chaclacayo. Dort werde ich Raffi wiedersehen, sie bewundern und auch versuchen, ihr näherzukommen. Sie von meinen Plänen überzeugen. Heiraten will ich sie, ja, das will ich. Ich hoffe, sie versteht, dass es das absolut Beste für sie ist. Ich werde ihr einfach sagen, dass ihr Leben mehr bietet als ein Dasein als natürlicher Rasenmäher in einem Ferienklub, so quasi zum Aufputz. Ich weiß, sie wird mich erhören." Cesar unterdrückte ein lautes Auflachen und schenkte dem Unbekannten und sich selbst noch einen Pisco Pur ein.

Rodizio mit Alyson, ein Erlebnis frei nach Frederico Fellini

Naturgemäß trafen sich Joaquin und Hugo auch am darauffolgenden Donnerstag im El Directorio. Sie kamen immer schon knapp nach Aufsperren der Bar, so nach 19 Uhr. Da war noch nicht viel, besser gesagt gar nichts los. Gerade mal zwei oder drei der insgesamt acht Tische waren besetzt. So richtig ging es ja erst kurz vor Mitternacht los, klarerweise, muss ich sagen. Das haben Lokale für Nachtschwärmer an sich. Und da ist was anderes. Das muss mal gesagt werden: Mit vierzig Jahren ist man im El Directorio nicht mehr der Jüngste. So ungut und unschön das auch klingt. Nachtschwärmen ist anstrengend, das oft nur junge noch weniger verbrauchte Körper verarbeiten können. Für alte Knacker ist das nichts. Das El Directorio hat einfach eine andere, eine jüngere Zielgruppe. Achtzehnjährige Mädels, die knackig sind, die ihre Knackigkeit mit kurz gehaltenen Röcken noch betonen, schön anzusehen sind, zum Träumen, vielleicht auch zu mehr einladen. Und das zieht sich dann bis in die Dreißiger. In etwa. Das ist meine Meinung und überhaupt keine Form von Diskriminierung. Sie, die Gäste, müssen sich wohlfühlen. In der Tat, das jugendliche Umfeld machte sie wohl auch fünf, zehn oder gar fünfzehn Jahre jünger. Allerdings, vierzig, Mitte vierzig geht gerade noch. Cesar etwa ist dieses Jahr vierzig Jahre alt geworden. Und mit dem Verjüngungsschub wären die

Gäste, auch Cesar, dann dreißig oder so. Und es kam selten vor, dass Joaquin und Hugo unser Lokal länger als bis kurz nach Mitternacht beehrten. Später wurde es dann überhaupt lauter. Sie selbst hätten sich kaum verstanden und ich hätte noch weniger mitbekommen. Einmal hatte Hugo gemeint, dass sie ihre Treffen nicht immer im Directorio haben müssen, sich auch anderswo besprechen könnten. Etwa in einer Polleria, da gibt es ja Tausende davon in Lima. Die sind überall, meinte er. Aber, so sagte Joaquin und Hugo stimmte sofort zu, aber Pollerias, diese Pollo a la Brasa Läden, diese Hühnergeschichten, die sind zu alltäglich. Die sind nichts Besonderes und das Schlimmste sind die überhöhten Kosten für das Bier und Alkohol überhaupt. In diesen Pollerias kann man Hühner essen und sonst nichts. Eine Limonade trinken und das war es dann schon. Nun gut, das Chimi Churi, das ist was einmaliges in diesen Brasarien. Dieses grüne, erfrischend scharfe Zeug, das schütteten sich Hugo und auch Joaquin jedes Mal haufenweise über das Hendl und den Reis und die Papas Fritas. Aber: Zum Ausreden – oder wie man sonst zum Saufen adäquat sagen kann – ist das nichts. Jedenfalls: Ihr Treffen war schon eine Institution geworden in diesem Lokal und Cesar und vor allem ich freuten uns über ein Wiedersehen mit ihnen, wobei die beiden jedoch nicht ahnen konnten, dass sie beobachtet wurden. Nun beobachtet ist eher ein unrichtiger Ausdruck, mehr könnte schon bewundern zutreffen.

Aber das ist eher unwichtig. Das, was zählt, sind die Personen die im El Directorio sind und deren Geschichten, nicht meine Befindlichkeit und Empfindungen. Hören wir also einmal, was Joaquin an diesem Tage zu berichten hatte:

„Lieber Hugo, Prost! Es gibt was zu feiern! Was, wirst du dich jetzt fragen und durchaus schon eine Antwort parat haben. Nun, Alyson und ich sind uns nähergekommen, wir haben schon das erste Date hinter uns gehabt. Es war letzten Dienstag. Überraschenderweise für mich. Erstens, weil Dienstag nicht gerade d e r Fortgehtag ist und zweitens, weil Alyson nach dem ersten Näherkommen ziemlich distanziert wirkte. Aber dieses Mal fragte mich meine Kollegin am Montag, ob ich nicht am Dienstag mit ihr was essen gehen würde, ich sollte das Lokal aussuchen. Nein, sagte ich, du sollst es aussuchen, ich vertraue deinem Geschmack, Alyson. Und, das ist eigentlich die dritte Überraschung, sie wählte das Rodizio aus. Wow, eine Wahnsinnsfrau. Eine Frau, die das Essen liebt. Die das Vielessen liebt. Das Fressen liebt. Genau das, was ich brauche. Eine Frau vor der ich mich nicht genieren muss, wenn ich mal kräftig zulange, bei einem Büffet etwa nicht nur zwei Mal einen Nachschlag hole sondern ein Dutzend mal. Ja, so eine brauche ich. Wie mir schien, ist sie eine Expertin auf dem Gebiet des Rodizioessens. Schon beim Smalltalk, noch bevor wir die Getränke bekamen sagte sie mir ganz leise, unhörbar für die Nachbartische: ‚ Wir sollten auf gar keinen Fall Reis, Kartoffel oder Salat auf unsere Teller anhäufen, nur ein, zwei Löffel von jedem. Denn das, um was es im Rodizio dreht, ist Fleisch, Fleisch und nochmals Fleisch, sonst gar nix. Jede Stück Kartoffel, jedes Blatt Salat, ja sogar jedes Körnchen Reis nimmt Platz im Magen ein, wo sonst Fleisch landen würde. Und das hilft in weiterer Folge den Besitzern des Rodizio. Wir zahlen siebenunddreißig Soles für das Essen und dafür will ich auch kräftig zulangen. Und noch was, nicht zu viel trinken, nicht nur, weil es teuer ist sondern auch, weil Flüssigkeit wertvollen Platz einnimmt. Aso, das war noch nicht alles. Das Beste ist, das wir mit dem Reden erst nach dem Abschluss des Essens anfangen. Denn wer redet, kriegt Luft in die Speiseröhre und auch das verschwendet Platz. Verstanden?‘ Ja, Alyson, sagte ich, verstanden! Auch wenn mir letztere Theorie schleierhaft blieb. Ich liebte, bewunderte gar ihre Devise. Und wie sie zulangte, das war extrem. Eingangs zwei Hühnerkeulen, dann etwas seichtes, etwas für meine Begriffe zu salziges, anschließend zwei exquisite Rindersteaks, ein Stück vom Straußenfleisch, zwei Frankfurterchen, zwei Blutwürstchen, dann wieder eine Hühnerkeule und zum Abschluss noch ein weiteres Steak vom Rind, dieses Mal halb durch. Und ich dasselbe, wollte ihr nicht nachstehen, nicht wie ein Versager dastehen. Es war ein harter Kampf, das kannste mir glauben. Einfach war es nicht, das alles in mich reinzustopfen. Und wir tranken zusammen nur eine Flasche Mineralwasser.

Nachdem diese Flasche ausgetrunken war flüsterte sie wiederum zu mir, dass wir das nächste Mal am besten versteckt in Rucksack Getränke mitbringen und die dann heimlich trinken. ‚Das haut schon hin', meinte sie. ‚Ich geniere mich nicht, ich zahle brav meine siebenunddreißig Soles und damit bekomme ich das Recht das zu tun was ich auch tun will!' Wie gesagt, eine wahre Wahnsinnsfrau, die ich durch und durch verstand. Und dann erzählte sie in kurzen Worten ihre ganze Geschichte. Sie in Lima geboren, in Brena aufgewachsen, eines von drei Kindern ihrer Mutter, mit einem Freund, der auf den Namen Alfredo hört, in San Borja lebend und seit fünf Monaten Mutter einer Tochter, der sie den Namen Gabriela Matilda gab. Trotz des Kindchens kriselt es in der Partnerschaft, die weder durch eine Ehe noch durch einen dementsprechenden Vertrag geregelt ist. Er sei ein mieses Arschloch, der sie schon während der Schwangerschaft betrogen habe und dies auch nach der Geburt fortgesetzt habe. Er begründe sein Verhalten, so sagte Alyson, dass er mit ihr nicht die Möglichkeit habe, Geschlechtsverkehr auszuführen, er dies aber zum Mannsein brauche. Sie, Alyson, frage sich nun, was sie mit diesem Vollkoffer noch zusammenlebe. Ich beantwortete ihre Frage ohne jeden Schnörkel. Alyson, sagte ich, anscheinend ist der Kerl nicht der Richtige für dich. Aber andererseits ist er auch der Vater deiner Tochter. Sie meinte darauf, dass das schon stimme, er sich aber um sein, ihr Kind, nur wenig kümmere.

Meistens sei er in der Arbeit, in der er wenigstens nicht schlecht verdient. Aha, dachte ich mir, Geld ist also vorhanden. Und meinte zu ihr, dass sie ihm eine Chance geben sollte, etwa ein Monat lang sollte sie es noch versuchen. Wenn es dann nicht funktioniert, müsse sie ihn verlassen. Denn niemand kann es sich auf Dauer gefallen lassen, betrogen zu werden. Das mit dem einem Monat war zugegebenermaßen nicht in meinem Interesse, ich wollte sie sofort bei mir haben, als Freundin, auch die Tochter, die ich noch nie gesehen hatte, auf keinem Bild nicht, aber wie sollte sie schon ausschauen, wie ein Baby, würde ich mal sagen. Frau mit Kind. Alles wäre dann gebongt. Gebongt mit Chupong. Dieses eine Monat Bewährungsfrist gewährte ich Alfredo nur aus dem Grund, nicht als mutwilliger Beziehungszerstörer dazustehen, das brauchte ich nicht, war abseits meiner Interessen. Ich wollte ein guter Freund für Alyson sein. Und später der Lebenspartner, der, der sie verwöhnt, der, der sie und ihr Kind ebenso liebt. So stelle ich mir das vor."

Joaquin schien glücklich zu sein. Er hatte die Frau seines Lebens getroffen, so meinte er. Und er wusste, dass Señora Alyson möglicherweise bald zur Verfügung stehen würde. Bis dahin könnte er die Rolle des guten, schwulen, rücksichtsvollen Freundes übernehmen. Hugo spendierte einen Drink zur Feier des Tages. Und Recht hatten sie, die zwei netten Rauschköpfchen.

Die Anti-Schweinegrippe-Maske, die gegen praktisch alles eingesetzt werden kann, auch gegen herumgehende Reparaturisten.

Nach den erfreulichen Neuigkeiten, die Joaquin am vorangegangenen Donnerstag Hugo erzählt hatte, gab es am nächsten Tag des Treffpunkts keine feiernswerten Begebenheiten. Alyson hatte er während der vergangenen Woche außerhalb des Dienstes nicht getroffen, es sei seine Idee gewesen, sagte er, er wollte Alfredo, ihrem Nochfreund und Vater ihrer Tochter keinen Grund zu Eifersüchteleien geben. Wenn diese Verbindung scheitern sollte, dann allein aus Alfredos Schuld. Im Büro selbst tranken sie gemeinsam Kaffee und plauderten. Mehr nicht. Keine Berührung nichts, niemand sollte mitbekommen, was zwischen ihnen laufe. Keiner der Kollegen sollte die Möglichkeit haben, Alfredo, der möglicherweise jemanden im Ministerium kennen konnte, etwas Desavouierendes zu erzählen. Abwarten und Chicha trinken. Das machte Joaquin. Und sich ärgern, damit die Zeit vergeht:

„Es gibt da in meinem Viertel einen Typen, der zwei, drei Mal in der Woche durch die Straße läuft und herumschreiend seine Reparaturdienste anbietet. Er schreit dabei irgendwas Unverständliches herum. Klingt in etwa so: Zarpataiolllooo, zapatapapapaoiiiillllooooooo., zararapatatapaptaooooiiiilrrrrroolllooooooo! Unheimlich schräg und schrill halt, aber du weißt, was ich meine, auch wennst es kaum verstehst, was? Und ich muss gestehen, dass es für mich absolut total unverständlich ist. Nicht einmal meine über sechzig Jahre alte Quartiergeberin, die schon seit Jahrzehnten in diesem Viertel wohnt, weiß, was er von sich gibt, aber sie konnte mir sagen, dass er so ziemlich alles reparieren kann, was es zu reparieren gibt. So rennt er mit einer geschulterten Ledertasche und einer kleinen Eisenstange, mit der er dann und wann auf den Boden schlägt, was dann wie ein Glockenschlag tönt. Dieser Ton sowie das Schreien machen mich in gewissen Stunden nervös, bringen mich zum Heißlaufen, vor allem an heißen Tagen. Wenn ich dem Señor freundlich gesinnt wäre, ja dann würde ich ihm sogar vorschlagen, es doch im Musikgeschäft zu versuchen, irgendwelche Idioten würden ihn sicher zu Veranstaltungen, Festivitäten jeder Art, engagieren. Dort würde er dann als Pausenunterhalter auftreten, etwa wenn die Hauptband gerade eine Ess-, Trink- Kieff- oder Pinkelpause braucht. Oder als Entertainer, als einer, der durch den frühen Nachmittag oder den Abend führt. Er könnte dann im Tonfall seines Werbespruches, den er in den Straßen meines Viertels zum Besten gibt, Glückwünsche mitteilen, Vermittlungsversuche zwischen Singles tätigen oder einfach die nächste Attraktion im Programm ansagen. Das ist halt so eine Idee von mir. Aber ich bin nicht sein Manager, Agent. Ich bin einfach nur ein Bewohner des Viertels, in dem er sein (Un)wesen führt.

Ein Ministeriumsangestellter, der Anordnungen erhält und darüber nicht nachdenken sollte und der daher möglichst eigene Gedanken unterlässt, ihnen im Büroalltag keinen Raum gibt. Also, dieser Reparateur ist ein störendes Subjekt. Ein Subjektchen, das gescholten gehört. Denn warum sollte ich mich von ihm stören lassen? Wenn ich etwas zu reparieren habe, dann gehe ich zu einem Metallladen, einem Elektroladen, einem Tischler, einem Gashändler, wohin und was auch immer. Glaub mir, Hugo, er verdiente eine Abrechnung.

Und die sah so aus: Etwas weiter weg von meiner Straße, fünf Kurven weiter, stand schon längere Zeit ein Häuschen leer. Ich wusste dies, weil ich des Öfteren dabei auf dem Weg zur Bäckerei, in der ich Brot, Gebäck aber auch Süßigkeiten erstand, sah. Und das war schon der Anfang meines Planes und die Ausführung desselbigen. Als nächstes machte ich auf blau. Ich rief wieder mal an meiner Arbeitsstätte an und sagte, dass ich wegen Durchfalls ein oder zwei Tage zuhause bleiben müsste, ich möchte nicht nur aus Selbstschutz sondern auch aus Rücksichtnahme meinen Kollegen gegenüber der Arbeit entschuldigt fernbleiben. Mein Chef und ich wussten um die katastrophalen Zustände der Baños im Büro Bescheid, weshalb er keine Einwände äußerte. Zu sehr hatte er wohl Angst, dass ich die Toilette den ganzen Tag blockieren würde und wenn nicht das, dann doch eine mittlere Katastrophe gegenüber dem nächsten Besucher der Pinkel- oder Mehrmachanstalt hinterlassen. Und schon am ersten Tag meines Krankenstandes hörte ich den Schreimann das Viertel auf- und abgehen. Ich folgte ihm. Unerkannt. Einmal versteckte ich mich hinter einem Auto, dann wieder hinter einem Baum, auch Hydranten kamen mir dabei entgegen. Zwei Stunden dauerte dieses Routenauskundschaften, was zählte war, dass er auch an dem von mir auserkorenen Haus vorbeikommen würde. Als ich das wusste, ging ich in die Offensive und fragte ihn auf der Straße, wann er das nächste Mal in der Straße wäre, denn ein Nachbar von mir, würde eine Reparatur des Gasofen benötigen, doch heute wäre er im Krankenhaus, aber ab morgen wäre er wieder in seinem Hause – und ich zeigte auf das von mir auserkorene Haus – anzutreffen. Der herumlaufende Servicemann meinte, dass er schon übermorgen wieder hier wäre. Er würde einfach im Laufe des Vormittages beim Nachbarn vorbeischauen. Ich bedankte mich dafür und sagte, dass ich es ihm, den Nachbarn, ausrichten würde und er verlässlich anwesend wäre. Eigenartigerweise bekam ich am Tag danach tatsächlich Durchfall, keine Ahnung warum, möglicherweise lag es am Ceviche, das zu lange am Tisch in der Küche gestanden hatte, wo es auf den Verzehr durch mich wartete. Es hatte mich einfach angelacht. Ein heißer Tag war das, wie du vielleicht auch mitbekommen hast. Nun, schwere Magenverstimmung. So, kein schlechtes Gewissen gegenüber der Andenrepublik Peru und auch die weitere Vollstreckung meines Planes wurden dadurch begünstigt.

Wieder einen Tag später wartete ich im verlassenen, leicht verfallenen Haus auf den Schreihals. Wieder hatte mich keiner der vielen Wachmänner bemerkt. Warum auch. Das Haus gehört wohl niemanden oder anders gesagt hatte null Interesse daran, so zahlte auch niemand dafür, dass jemand darauf schaute. Und da kam er und da schlug er mit seiner kleinen Eisenstange auf den Straßenbelag. Und ich setzte mir einen Hut auf, den ich als Andenken aus Mexiko mitgebracht hatte und band mir eine Anti-Schweinegrippe-Maske um Nase und Mund."

Liebe Leute und Leser, seid jetzt bitteschön nicht über das Folgende erschüttert. Es ist doch halb so schlimm als es vielleicht klingt. Denn Señor Joaquin öffnete dem reparierenden Schreihmann die Haustür und lockte ihn in die Küche, wo ein Gasherd stehen sollte. Doch stattdessen leerte er eine zuvor mit eigenem Kot, der sehr flüssig war, wie Joaquin stolz erzählte, gefüllte Plastiktüte über den armen Menschen. „Das hast du von deinem blöden Brüllen und Schreien die ganze Zeit lang. Du störst doch nur mich und meine Nachbarn. Lass mich in Frieden. Gehe jetzt nach Hause und reinige dich von deiner Sünde. Frieden, ich will nur Frieden und sonst gar nichts. Und suche dir einen gescheiten Job. Wenn du wirklich so ein Wunderwutzi des allgemeinen Reparierens bist, dann suche dir eine Sparte aus, in der du am meisten Geld verdienen könntest, spezialisiere dich also. Öffne einen Laden, so wie der Zapatero, nein, nicht der Ministerpräsident von Spanien, ich meinen den Schuhmacher ein paar Blöcke weiter, der macht seinen Job schon Jahrzehnte lang und kann noch immer davon leben. Werde ein Spezialist. Wenn du genug Mut hast und dir was zutraust, dann mache dich selbstständig. Wenn dir das fehlt, dann heuere bei einer Firma an. Aber bitte, lasse mich in Frieden meine freien Stunden genießen. Bitteschön, das ist alles was ich will, brauche. Und weil du es bist, gebe ich dir noch was. Da, nimm die Dose Feuchttücher damit du dich vom ärgsten Dreck befreien kannst und auf das die Fliegen dich nicht umfliegen."

Und wie reagierte Hugo auf die eher abstoßende Erzählung? Nun er stand auf, sagte, dass er auf das Klo gehen müsste, es könne länger dauern. Und ja, es dauerte lange. Er saß ganze dreiundzwanzig Minuten auf dem Häuschen, keine Ahnung was er dort machte, sein Darmentleerungsgeschäft oder gründliches Nachdenken. Er kam zurück, lächelte Joaquin an und sagte zu ihm: „Na du bist mir ein Spezialist, du bist eine Hilfe für Jeden in allen Lebenslagen. Du bringst Menschen auf den rechten Weg!" Und er lachte laut auf und prostete ihm zu.

Heiratsgeschichten (I).

Schon einen Tag nachdem Joaquin die in Insiderkreisen des El Directorio von nun an „Scheißgeschichte" genannte Erzählung dargebracht hatte, kam ein gewisser Herr Jose Ka in unsere große, nette Bar. Ein Ausländer, ein Nichtperuaner, da weiß im Gesicht, aber kein Nordstaatengringo, da des Spanischen mächtig, wenn auch mit Akzent, ich tippte auf iberische Halbinsel, Südwesthang, Portugiese, aus Lissabon. Außerdem konnte ich schätzen, dass er zwischen dreißig und vierzig Jahre alt war. Das mal zur Einleitung. Er war ohne Begleitung gekommen, saß daher an der Bar und versuchte, mit Cesar ins Gespräch zu kommen, was anfangs nicht zu klappen schien, da die Hölle los war. Also ich meine, es war Hochbetrieb und darüber konnten die Mitarbeiter nur glücklich sein. Und das hatte seinen Grund. Anscheinend war gestern in einer landesweiten Tageszeitung ein Artikel über das El Directorio erschienen. Dort hieß es, dass diese Bar schon im ersten Jahr ihres Bestehens das Zeug hätte, ein Hotspot der Stadt zu werden, ein Ort, zu dem man einfach gehen müsse, man angezogen werde. Und daher waren an diesem Abend mehr Leute als üblich anwesend. Aber auch Menschen, die in In-Bars gehen, werden müde, gehen nach Hause, oder haben Lust auf mehr und gehen in einen Nachtklub. So war es zwei Uhr dreißig in der Früh als Cesar endlich Zeit hatte, Jose Ka zuzuhören:

„Also, Cesar, danke, danke. Danke fürs Zuhören, danke, dass du mir dein Ohr leihst. Denn ich muss da was loswerden. Ich muss darüber reden, bevor ich durchdrehe. In die Kirche, zum Priester möchte ich nicht gehen. Da habe ich meine Probleme. Ein Gespräch über dieses Thema mit meiner Frau ist auch unmöglich, da sie ebenso von dieser irrwitzigen Geschichte, die ich dir erzählen will, betroffen ist. Meine Frau und ich haben uns vor ungefähr einem Jahr und acht Monaten das erste Mal gesehen. Wir hatten uns über das Internet getroffen, hatten dort über Monate, nein, Jahre dahingechattet und schließlich hatte es gefunkt und ich flog hierher nach Lima. Und wir fingen Feuer. Also gefühlsmäßig, kein Anbrennen. Es war ein Wahnsinn. Knapp drei Wochen genügten uns zu wissen, dass wir ein Paar für die Zukunft wären. Wir redeten auch über das Heiraten und Kinderkriegen. Wir einigten uns, dass sie mal alle Dokumente, die für eine eventuelle Eheschließung in Portugal notwendig wären, in Lima zu besorgen. Sie kam dann ein paar Monate später zu mir nach Europa, nach Lisboa. Ich zeigte ihr mein Land, auch andere Teile von Europa. Gegen Ende ihres über zwei Monate dauernden Aufenthaltes heirateten wir und wir machten auch ein Kind. Das mag jetzt alles ziemlich übereilt klingen. Ein paar Monate kennen und schon Heiraten und Kindermachen. Aber ich kann dir gleich sagen, das ist nicht das Problem. Wir sind glücklich, auch heute noch. Nun, meine Frau flog schwanger zurück nach Peru. Es sollte fast fünf Monate dauern, bis wir uns wiedersehen konnten. Eher bekam ich keinen Urlaub. Einen schönen Bauch hatte sie schon. Wir gingen gemeinsam zur Ultraschalluntersuchung und wir sahen, dass es ein Bub werden sollte. In den vier Wochen meines Urlaubes mit meiner Frau wollten wir auch die in Portugal geschlossene Ehe hier in Peru anerkennen lassen. Das würde mir später nicht nur die Berechtigung zum dauernden Aufenthalt in Peru geben, denn ich zog hierher zu meiner Frau, sondern auch die Formalitäten für das Kind einfacher werden lassen. Auch würde meine Frau dann meinen Familiennamen als ‚de' angehängt bekommen. Aber das nur nebenbei. Frohen Mutes gingen wir also an einem Tag im Februar in die Municipalidad von San Miguel. Da muss ich noch vorausschicken, dass Erika, meine Frau, eigentlich in Bellavista in Callao wohnt, offiziell aber im Distrikt San Miguel von Lima gemeldet ist. Dies deshalb, um Erleichterungen wie billigeres Studieren an der San Marcos Universität – dort studierte sie bis zum Abschluss – zu erhalten. Wir also in einer Filiale der Municipalidad von San Miguel. Dort hat Erika eine Freundin sitzen. Wir zeigen der die Dokumente, die wir haben, unter anderem die internationale Heiratsurkunde in dutzenden Sprachen, also auch in Spanisch. Sie meinte, das müsse genügen. Wir müssten allerdings in das Hauptgebäude der Municipalidad gehen, dort wäre die Abteilung für Eheschließungen angesiedelt. Gut, nach einem kleinen Spaziergang unter der glühenden Sonne des südamerikanischen Sommers waren wir dort. Julio, bitte gib mir noch eine Flasche Bier, vom ganzen Reden ist mein Mund trocken geworden und ich auch... Ach, tschuldigung, Cesar ist dein Name... Weißt du, bei Cesar denke ich immer an Julio. Ist so wie grüner Frosch, Worte die einfach zusammengehören, ein Wortpaar. Aber gut, du bist Cesar ohne Julio, das akzeptiere ich... Danke für das Bier, das hatte ich nötig. Nun, wir zeigten der dort zuständigen Dame die Heiratsurkunde. Auch sie meinte, das würde passen. Doch dann fragte sie nach unseren Reisepässen, die wir – vorausschauenderweise – auch dabei hatten. Sie interessierte sich witzigerweise besonders für den von Erika. Sie las, blätterte, las und schließlich sagte sie: ‚Oje' und ‚Señora Erika, sie sind am achtzehnten August des Jahres 2008 zurück nach Peru gekommen. Heute haben wir den einundzwanzigsten November desselben Jahres. ' Sie blätterte in einem Ordner und zeigte uns die Stelle einer Verordnung die besagte, dass binnen drei Monate nach der Wiedereinreise in Peru die Standesänderung, also in unserem Fall die Eheschließung, bekanntgegeben werden muss. Diese Frist hatten wir offensichtlich ums Arschlecken versäumt. Die Frau vom Amt meinte, dass nun ein Verfahren durch ein ordentliches Gericht gemacht werden müsse. Dieses Gericht müsse die Rechtmäßigkeit der Ehe feststellen, erst dann könne sie im Standesregister vermerkt werden. Ich war wütend, meine Frau weinte. Wir wussten scheinbar schon, was uns bevorstand. Doch es wurde noch komplizierter als gedacht. Behördenwege sonderzahl standen uns bevor. Glücklicherweise gehört zum Freundeskreis der Familie ein Anwalt. Doch damit dieser Advokat offiziell in Erscheinung treten durfte, bedurfte es einer Wohnsitzänderung. Denn er konnte nur im Stadtteil Lince in Erscheinung treten. Meine Frau lebte aber in San Miguel bzw. Bellavista. Der Anwalt namens Palta verfertigte einen Mietvertrag der besagte, dass wir von nun – Ende Februar – im Hause seines Vaters in Lince wohnen würden. Ein netter Stadtteil übrigens, ruhiger als San Miguel. Auch das Haus schien einigermaßen gut erhalten zu sein, aber im Grunde war das fünftrangig, denn wir verbrachten gerade mal eine halbes Stündchen bisher in diesem Haus und dies nur aus Zwecken des Vertragsabschlusses. Dieser Mietvertrag musste natürlich von einem Notar beglaubigt werden. Das alles kostete Geld, aber es war erst der Anfang. Der nächste Schritt führte uns vom Notar zum Anwalt. Der Anwalt wiederum reichte einen Schriftsatz samt angeschlossenen Unterlagen, wie der internationalen Heiratsurkunde des Standesamtes Lissabon ein. Mitte Mai wurde vom Gericht die Anhörung angesetzt. An dieser jedoch konnten wir aus einem freudigen Anlass nicht teilnehmen. Denn zwei Tage vor der Tagsatzung wurde unser Sohn geboren. Wir waren glücklich und sind es heute noch. Aber wir versäumten die Verhandlung. Ein Monat später war unser Sohn stark genug, ein

Gerichtsgebäude zu betreten. Dieser dem Corte Superior de Justicia de Lima unterstellte Segundo Juzgado de Paz Letratdo de Lince y San Isidro unweit der Avenida Salavery ist in einem alten aber überhaupt nicht repräsentativen zweistöckigem Gebäude angesiedelt. Aber auch wurscht. Nach einer halbstündigen Wartezeit werden wir in der Hoffnung, dass der Fall noch an jenem Tag positiv abgeschlossen wird zum zuständigen Richter vorgelassen. Im Zimmer des Richters ist auch seine ihm beigestellte Secretaria Judical angesiedelt. Anscheinend hatten die beiden in den knapp zwei Monaten in denen die Unterlagen ihnen vorlagen diese noch nicht einmal angesehen. Denn der Richter stellte nur fest, dass meine Urkunden aus Lissabon nicht ausreichend wären. Ich hatte telefonisch meine Mutter zu bitten, eine neue Geburtsurkunde meinerseits zu besorgen, aus denen vor allem ihr Name und der meines Vaters hervorgeht. Denn Eltern sind ein elementares Instrument der Identitätsfindung. Der Findung der Identität der Bürger der Republik. Dem indirekten Angebot, eine Lösung des Falles durch einen gewissen Geldbetrag zu beschleunigen und zu erleichtern lehnte der Richter wiederum indirekt ab... Salud Cesar... Diese schon nach zwei Wochen in Callao ankommende Geburtsurkunde musste zusammen mit der internationalen und in dutzenden Sprachen ausgestellten internationalen Geburtsurkunde zuerst einmal von der portugiesischen Botschaft in Lima beglaubigt werden. Von der

Beglaubigung führte der nächste Schritt zu einem Übersetzungsbüro im Zentrum von Lima. Nach etwa weiteren zwei Wochen hatten wir die offizielle Übersetzung in unseren Händen. Bis dahin waren inklusive Ausstellung der Urkunde in Lissabon, der Beglaubigung durch die Botschaft, der Übersetzung des Ganzen sowie der dutzenden Fahrten mit dem Taxi kosten in Höhe von ungefähr zweihundert Euro entstanden. Die übersetzten Urkunden brachten wir dann zum peruanischen Außenministerium, welches überraschenderweise das Abzeichnen bzw. Bestätigen der Richtigkeit der selbigen innerhalb von vierundzwanzig Stunden erledigte. Am selben Tag, den achtzehnten Juli überreichten wir die Dokumente unserem Anwalt, der zu unserem Glück kein Honorar verrechnete. Wiederum eine Woche später landete das Konvolut mit einem Schriftsatz beim Gericht. Die Wochen vergingen. Der Anwalt hatte nichts vom Gericht gehört. Ende August fuhren wir zum Amtsgebäude und fragten mal höflich nach, was denn so vor sich ginge, wie die Dinge so stehen würden. Sie standen unverändert. Das Gericht hatte in knapp sieben Wochen absolut nichts unternommen, außer einen neuen Termin für die Tagsatzung, die schon im Mai hätte sein können mit dreiundzwanzigsten September festzusetzen. Meine Frau war wütend, später im Taxi weinte sie. Und auch meine Hassgefühle gegenüber dieser Bananenrepublik steigerten sich ins unermessliche. Ja, Peru war für mich eine Bananenrepublik. In einem Wutanfall prophezeite ich der Republik einen Untergang, nicht, weil Feinde, etwa Chile, es überfallen würden sondern aus der Unfähigkeit, der immensen Überbürokratisierung, die den Fortschritt zum Stillstand brächte, zu beenden. Und ich sagte meiner Frau, diese wäre mir auch komplett egal. Sollen doch die Politiker und die Beamten sehen, was sie angestellt haben. Wie soll dieses Land internationale Investoren ins Land bringen, wenn alles überbeglaubigt und zwanzigfach gegengezeichnet werden muss und dann die Behörden, die die Verträge zu genehmigen haben erst nicht weitertun. Das alles sagte ich meiner Frau. Ich war einfach enttäuscht... Ich muss aufs Klo... So, wieder da. Ah, ist das gut, wenn der Druck auf die Blase nachlässt – das viele Trinken... Wir redeten mit unserem Anwalt, der fuhr am nächsten Tag zum Gericht und erreichte, dass die nächste Anhörung schon in der folgenden Woche, genauer gesagt am fünfundzwanzigsten Tag des Monates August stattfinden würde. An diesem Tag wirkten alle Bedienstete des Gerichtes nett, zuvorkommend, gar freundlich auf uns. Der Portier und Sicherheitsmann, der Richter, dessen juristische Sekretärin sowie die Kanzleibedienstete. Der Richter diktierte der juristischen Sekretärin seine Setencia, sein Urteil, welches besagte, dass die im September des Jahres Zweitausendundneun in Lisboa geschlossene Heirat in Peru nunmehr legalisiert war; sie, die Sekretärin, schrieb es gekonnt nieder, der Richter korrigierte es wiederum und die Kanzleibedienstete fertigte das Geschriebene noch am selbigen Tag aus. Ach, war das fürwahr herrlich. Noch am selbigen Tag fuhren wir mit dem Urteil in zweifacher Ausfertigung zur Registrierungsbehörde namens RENIEC. Am Abend dieses anstrengenden jedoch erfolgreichen Tages feierten wir bei Pizza. Endlich, so schien es, war die unendliche Geschichte namens Legalisierung einer im Ausland geschlossenen Hochzeit zu Ende geschrieben... Prost..."

„Das ist ja sehr gut, das freut mich für dich, ist ja nicht so schlimm also oder", sagte Cesar zu Jose Ka und wollte ihm schon einen Pisco Sour spendieren. Doch K. winkte ab.

„Es war doch nicht das Ende der Geschichte. Denn fünf Wochen später, genau am vierten Oktober, als wir im Registro Nacional de Identificacion y Estado Civil kurz RENIEC die bestätigte Eintragung unserer Hochzeit abholen wollten, gab es den nächsten Rückschlag. Doch was hatten diese Arschlöcher zu sagen? Ihnen fehlte was. Und zwar die genauen Namen unserer Zeugen bei der Hochzeit in Lissabon sowie die Nummern deren Identitätsdokumente. Weil die sind sehr, sehr wichtig hier in Peru. Diesen Umstand hatte die Registrierungsbehörde dem Gericht mittels einer Email bereits mitgeteilt. Doch das Gericht hatte weder uns noch unseren Anwalt hievon verständigt. Nachdem wir die Behörde verlassen hatten, gerieten wir in Rage. Meine Frau und ich schrien uns gegenseitig an. Ich schimpfte auf das beschissene Peru, meine Frau bezichtigte sich selbst an der ganzen Sache schuld zu sein, wäre sie doch innerhalb der idiotischen Dreimonatefrist zur Municipalidad San Miguel gegangen. Aber es war zu spät. Wir waren schon so weit, den bereits reservierten Termin für die kirchliche Hochzeit in der Iglesia Maria Magdalena in Pueblo Libre abzusagen. Der Anwalt meinte, absagen wäre ein Fehler, weil dann die bereits hinterlegten fünfhundert Soles von der Kirchenverwaltung einbehalten werden würden. Besser wäre es, den Termin an ein anderes Pärchen zu verkaufen. Aber das wäre nur eine Notlösung. Gestern meinte der Anwalt dazu, dass wir ihm die genauen Daten unserer Ehezeugen mitteilen sollten, er würde dann einen Schriftsatz an das Gericht aufsetzen. Da stehe ich also heute und bin verzweifelt. Ich hoffe, dass unser Anwalt was erreichen kann. Denn wir sind bereit, aufzugeben. Wir sind bereit auf eine Anerkennung der Hochzeit hier in Peru zu verzichten, denn eine offizielle Aufenthaltsgenehmigung brauche ich nicht, reicht es doch, alle hundertachtzig Tage aus Peru auszureisen und ein paar Augenblicke später wieder einzureisen. Aber, wir werden ja sehen. Und jetzt gib mir eine Flasche Rum, ich will mich bis zur Besinnungslosigkeit saufen."

Pflichtgemäß gab Cesar ihm die Flasche. Und Jose Ka betrank sich bis zum bitteren Ende des Sichübergebens und des Rauswurfes um vier Uhr in der Früh.

Auch die Brotverkäufer von San Joaquin erfahren, was Señor Joaquin mit der Wiener Gruppe gemein hat.

Und so schräg die Masche des Joaquin auch war, ich meine die Sache mit seinen Ausscheidungen, nichts konnte ihn davon abhalten, sie fortzusetzen. Und er hatte einen Lauf, was das anbelangte, über die nächsten Opfer konnte er schon eine Woche später erzählen. Alyson blieb unerwähnt, er hielt sich scheinbar an die Einmonatsfrist:

„Für viele im Großraum Lima oder gar in ganz Peru mag es ein Vorteilchen sein, wenn die Dinge des alltäglichen Bedarfs direkt vor dein Haustürchen gebracht werden. Sei es das Gas zum Kochen, die Früchtchen, das Eis oder auch Dienstleistungen und anderes. Aber mir geht das auf die Nerven. Ich würde nichts sagen, wenn sie es stillschweigend machen würden. Klar, ich verstehe, wenn sie keine Aufmerksamkeit bekommen, machen sie auch kein Geschäft. Das nennt man dann Bewerben. Im Fernsehen, im Internet wie auch auf der Straße. Sie geben ihre Signale und die Frau in der Küche, das Männchen in der Werkstatt weiß sofort, was ihn jetzt erwartet. Das Gas, die Früchte, das Eis. Je früher am Tag jedoch diese Signal ertönen desto mehr stören sie mich. Und die Brotverkäufer wurden für mich zur Plage. Nicht, dass sie bisher ihr Wesen oder Unwesen in unserem Viertel nicht getrieben hätten. Das machten sie schon Jahrzehnte, wie mir meine Vermieterin versicherte. Und Brot ist nun – im Gegensatz zum Schleck- und Stieleis – ein Grundnahrungsmittel. Ohne Brot kein Korb. Oder ohne Brot kein Sandwich. Aber meine Geduld neigte sich dem Ende zu. Aus zwei Gründen. Meinem Empfinden nach schmeckte das Brot jeden weiteren Tag, an dem ich es aß, mehr nach nichts, absolut nichts. Nichts schmeckend, vor allem als mir ein Freund aus Europa eines Tages richtiges Schwarzbrot mit einer dicken Kruste und Körndeln drinnen, mitgebracht hatte. Das war ein richtiges, ein wahrliches Brot. Unser hiesiges hier in Callao war nichts, nur gebackenes weißes Mehl. Geschmacklos und in jeder Weise ungesund. Und überhaupt schien es mir, dass immer mehr Fieranten mit ihrer gesundheitsgefährdenden und dickmachenden Ware in unseren Straßen unterwegs waren. Mit dem Aufwachen, also ein paar Minuten vor sieben Uhr ging es los. Alle fünf Minuten fährt ein Kerl mit seinem Spezialfahrrad, auf dem vor dem Lenker eine Konstruktion installiert ist, die es ermöglicht, einen fast zwei Meter lange und einen Meter und dreißig oder vierzig Zentimeter hohen Kasten mit Glasfenstern an den Längsseiten, die einen Blick auf die Güter, die damit transportiert und angeboten werden, also das Brot und die trockenen Mehlspeisen, unter meinem straßenseitig gelegenen Fenster vorbei. Und jeder Auftritt ist mit einem Pfeifen durch eine Tröte verbunden. Iiiiiijiiiiii liiiiiijiiiiii ertönt es alle fünf Minuten. Und das Brot, also das Francesa, das Yema oder gar das Integral, das einzige, welches nicht nur weißes Mehl sondern auch ein paar Körndeln alibihalber zu seinen Bestandteilen zählt, sind oft nicht die besten. Manches Mal scheint es, als ob sie schon am Vortag gebackt worden sind. Und billig ebenso wenig. Ich glaube, die geben schon einen Aufschlag von ein paar Centimos zum normalen Preis in der Bäckerei. Aber viele wenn gar alle Nachbarn sind dazu einfach zu faul. Sie gehen nicht in die Bäckerei, obwohl es in unserem Viertel gleich drei gibt, die aber an den Avenidas liegen, nicht inmitten der verschlafenen Häuser. Ah, bequemes Pack, wie ich es hasse. Ich musste etwas tun. Konnte ich die Plage schon nicht eindämmen, so sollte doch ein Zeichen des Widerstandes gesetzt werden. Nicht das Gefühl der Rache bestimmte meine Wege, nein, es war das Bedürfnis, aufzuzeigen, ich wollte mich wehren. Wer nicht aufzeigt, sich nicht wehrt, in Ruhe verharrt, wenn etwas nicht passt, der gibt sich selbst verloren. Auch ein Credo von mir. Wenn du willst, schreibe ich es dir auf und gebe es dir als Nachdenkkarte für dein Portemonnaie. Also, was tat ich? Nun, ich griff auf das Schema F oder stimmiger gesagt auf das Schema Sch zurück. Wieder sammelte ich meine Exkremente zwei Tage lang, portionierte sie und gab sie in kleine Schachteln, die ich im Haus verteilt fand. In diese Schachteln hatte ich zuvor Löcher und Schlitzchen geschnitten, damit sich das Aroma nicht nur auf das Innere der Behältnisse beschränkte sondern auch in die

Umwelt entlassen wurde. Anschließend holte ich wieder mein Clownkostüm aus dem Schrank. Weil ich ein kluger Krimineller bin –denn das was ich tue ist ja kriminell, zumindest teilweise – färbte ich die Clownperücke von Rot auf Blau. Das genügte meines Erachtens. Eines Morgens also spazierte ich durch das Viertel und jedes Mal, wenn mir ein fahrender Brotverkäufer entgegen kam, gab ich ihm die Hand, kaufte ein, zwei Brötchen, schmiss, als der Verkäufer nach dem Wechselgeld in seiner Tasche kramte, mein Stinkpäckchen hinein und watschelte ob meiner großen Schuhe einer Ente gleich weiter. Der spezielle Geruch würde erst nach einigen Minuten sich in der Vitrine verbreitet haben, da würde die fahrende Backstube schon ganz wo anders sein. Drei Mal machte ich das insgesamt. Und alle Male blieb ich unerkannt, unverdächtig. Die Wachmänner versagten wieder. Das sollte ich mal zur Sprache bringen, dachte ich mir. Jeder sollte sein Fett oder in diesem Fall was Dementsprechendes abbekommen. Ich wurde übermütig. Ein weiterer Brotkasten kam des Weges und ich hatte keine Stinkbombe mehr parat. Als das feindliche Gefährt auf meiner Höhe war markierte ich ein Stolpern meinerseits. Ich war wirklich ein perfekter Clown, eines Tages sollte ich mal bei einem Wanderzirkus anheuern. So wie in diesem magischen chilenischen Film, dessen Namen ich vergessen habe. Aber weiter mit der Geschichte. Ich stolperte theatralisch, jeder Stuntman würde ob des Anblicks und der Perfektion neidisch werden. Ich stolperte und flog gegen das Brotvitrinchen, wobei auf der linken Seite das Glas zerbrach. Das Umfallen des Brotwagens, welches ich eigentlich in die Szene einbezogen hatte, unterblieb. Aber bei meiner während der Entschuldigungsszene erfolgenden Schadensaufnahme sah ich, dass die meisten Glasscherben in das Brot gefallen waren und wohl nicht mehr zum Verkauf geeignet waren. Haha."

„Also Joaquin, eines muss ich schon loswerden. Du bist ziemlich bösartig. Ich verstehe dich nicht. Die armen Kerle machen doch nur ihren Job, ich habe dir das schon bei den Eisverkäufern gesagt. So wie du im Ministeriumchen arbeitest fahren die auf den Straßen herum und versuchen ein paar läppische Rosinchen mit ihrem Brotverkauf zu verdienen. Das sind allesamt arme Kerlchen.", sagte Hugo vorwurfsvoll.

„Schon möglich, Hugo. Schon möglich, dass ich bösartig, ein ganz ein Böser bin. Aber ich kann mich nicht mehr halten. Es ist einfach zu heiß, ich bin so gereizt und es ist wohl auch die Ungewissheit mit Alyson. Ich hoffe, dass sie mit Alfredo Schluss macht und samt Baby mit mir eine Beziehung anfängt. Ich kann ihr vieles bieten. Und wenn wir ein Paar sind, dann ist es mit meiner Gereiztheit aus, glaube mir. Dann werde ich ein anderer Mensch. Es geht mir einfach alles auf die Nerven. Jedes unnotwendige Geräusch ist eine unverträgliche Anmaßung für mich. Entschuldigung, Hugo, dass ich dich damit belästige. Aber es tut mir gut, darüber zu reden. So kann ich das, was du möglicherweise Schuld nennst, verarbeiten.

„Eh, Joaquin, im Grunde bist du nicht bösartiger als ein Kind. Du bist ein Lausbub, das was du machst sind spätpubertäre Lausbubenstreiche. Keiner kommt wirklich zu schaden, das macht es verträglicher. Für die Opfer und auch für mich. Also schwamm drüber, vergiss das von mir zuerst gesagte. Du bist mein Freund, komm lass uns noch was trinken."

Nachdem sie noch zwei nach der Bar benannten Cocktails getrunken hatten, traten die beiden Helden dieser Geschichte aus der Bar hinaus auf den Plaza San Martin. Mit ihnen Cesar zum Zwecke des Erholens vom Qualm der Zigaretten und des dazu dienenden Luftschnappens. Er hörte wie Hugo zu Joaquin sagte, dass dieser Platz bei Nacht wohl der schönste Platz auf Erden und wenn nicht von der Erde so zumindest von Peru und wenn nicht von Peru, der von Lima ist und der Plaza de Armas trotz seines Präsidentenpalastes, seiner Kathedrale, dem Bischofspalais und all den anderen Gebäuden mit ihren hölzern verbauten Balkonen dort baden gehen könnte. Denn wenn die Nacht mit ihrem dunklem, gar schwarzem Himmel über dem beleuchteten Platz mit seinem zentral in der Mitte auf seinem weißen Felsen und dem Pferd thronenden General José de San Martin, dem in Yapeyu in Argentinien geborenen, in Guayaquil in Ecuador von Bolivar geschassten und entmachteten, daraufhin nach Brüssel, Paris und London ins Exil gegangenen, in Boulogne-Sur-Mer gestorbenen und zuerst in Brunoy und dann schließlich in Buenos Aires begrabenen lateinamerikanischen Befreiungshelden und ersten Protektor von Peru, den auf den Bänken und rund um das Denkmal und die Grünflächen samt den aus den Brunnen spritzenden Wassersäulen sitzenden und gehenden Passanten sowie die den Platz umrahmenden alten und massiven und allesamt weißen Häuser hängt und man dazu noch einige Getränke intus hat, dann vermeint man, in einem Traum von einem perfekten urbanen Paradies zu sein. Aber, so sagte Hugo weiter, spätestens beim Gehupe der zahllosen Taxis, die den Platz auf der Suche nach Fahrgästen umkreisen, wacht man wieder auf und ist in der Wirklichkeit namens Lima Cercado angelangt.

Die Palta, auch Advokatenfrucht genannt, ist, das wissen auch Historiker, ein wichtiges Lebensmittel.

Zwei Wochen waren wieder ins Land gezogen. Der Sommer hatte seine wohl heißesten Tage seit Jahren und die Hitze trug zu allgemeinen Spannungen und Exzessen dabei. Demonstranten marschierten durch die Straßen, sie forderten dies, sie forderten das. Auch nett. Mir egal. Ich habe alles was ich brauche, einen Job, nette Arbeitskollegen, auch meine Arbeitsstätte, das El Directorio, sagt mir zu. Ebenso hat Joaquin seinen Job und unter anderem auch eine nette Arbeitskollegin und da gab es einiges zu berichten:

„Ei, Hugo, heute kann ich dir wieder was erzählen. Ich mach es kurz. Du wirst es nicht glauben, aber die Alyson ist bei mir letztes Wochenende eingezogen. Ihr Alter, der Alfredo hat sie samt ihrem Baby aus der gemeinsamen Wohnung hinausgeschmissen. Er sagte, er könne mit ihr nicht mehr zusammenleben, habe das Kindergeschrei satt, wolle wieder das Leben führen, das er vor einem Jahr noch fähig war zu führen. Wenigstens hat er ihr ein paar Tausend Soles in die Hand gedrückt, als Entschädigung für alles, wie er meinte. Job habe sie ja, also sei sie versorgt. Und eine Wohnung kann sie für sich und das Kind mit dem Geld auch schnell finden. So was denkt also ein Arschloch, nichts anderes ist er für mich, ein stinkendes Arschloch. Aber irgendwie muss ich ihm auch dankbar sein, immerhin hat er Alyson mit seiner Aktion in meine Hände getrieben, sie auf mich zulaufen lassen. Jetzt wohnt sie bei mir, wenn auch nur vorrübergehend. Sie hat schon eine Wohnung in Aussicht, aber die wird erst in zwei, drei Wochen beziehbar sein, da muss noch einiges renoviert und eingerichtet werden. Und diese Zeit, die sie bei mir wohnen wird, will ich dazu nutzen sie zu überzeugen, dass ich ein super Mann bin, der für sie da ist, wenn sie mich braucht und auch darüber hinaus. Der auf sie und das Baby schaut, sie umsorgt. Wir kennen uns gut, arbeiten beide in der gleichen Firma sozusagen. Wir haben schon einige Zeit gehabt, uns zu beschnuppern und die folgenden Wochen könnten wir noch intensiver Proben über die Zusammenlebungsfähigkeit auszuführen. Sie wohnt jetzt also schon fünf Tage in meinem Zimmer, mehr kann ich ja nicht anbieten. Es ist schon eng. Vor allem mit dem Baby. Ein Doppelbett hatte ich ja schon immer, schon allein deshalb, falls – zugegeben – unerwartete Frauenbesuche sich für mich einstellen sollten. Das mit dem Baby, das ist schon was. So von heute auf morgen ein Baby in meinem Zimmer zu haben, das ist eine gewaltige Umstellung. Es ist so arbeitsintensiv, da bleibt kaum Zeit für anderen Dinge, wie etwa die Alyson streicheln, mit ihr schmusen oder so. Die erste Nacht ging ja. Wir waren alle erschöpft, das Baby schlief sogar gleich ein in dieser Nacht. Aus Anständigkeitsgründen wollte ich der Alyson nicht schon in den ersten Stunden näherrücken. Aber am Sonntag, da wollte ich es machen.

Ja, der Sonntag war schön, zumindest tagsüber. Es war zwar heiß, doch trotzdem fuhren wir nach Barranco. Schon seit meiner Ankunft in Lima hatte ich davon geschwärmt, an einem Sonntag nach Barranco zu fahren und dort im Parque Municipal im traditionellen Essmarkt Arroz con pollo und als Dessert Picarones zu verschnabulieren. Und mit Alyson tat ich es. Aber es war irgendwie nichts Besonderes, mich beeindruckte das Essen nicht, Alyson ebenso wenig. Egal. Dafür genossen wir den Spaziergang durch die alten Straßen dieser einzigartigen Bezirkes, den ich selbst Little Habana nenne. So karibisch, kolonial, einfach peruanisch schaut es hier aus. Und erst der Mirador mit dem Blick auf den Pazifik, ja, so idyllisch und friedlich ist es dort. Ach, wie ich diese Aussichten liebe. Doch dann der Höhepunkt von Barranco: Der Kuss auf der Puente de Los Suspiros. Seufz, jetzt seufze ich noch. Das war der erste innige Kuss mit Alyson. Wie ich das genoss, einfach himmlisch."

An dieser Stelle unterbrach Hugo mit folgender Meldung: „Weil du grad mit der Seufzerbrücke daherkommst. Vor etlichen Jahren, ich war so zwischen sechzehn und achtzehn Jahren alt war ich mit meinen Freunden zuerst in einer oder zwei Discos in Barranco unterwegs, ich glaub, die gibt es heute gar nicht mehr und mitten in der Nacht hatten wir auf einmal Lust auf Fisch. Ich glaub auch, dass Fisch eine erregende Wirkung und ich wollte mich anturnen, es waren ja fesche Chicas mit uns unterwegs. Nun, wir gingen Fisch essen, auf der Straße unterhalb dieser nämlichen Brücke. Nun, feste fetten Fisch gegessen, auch Muscheln. Dann wollten wir weitersaufen gehen, doch das eine Mädchen, Gabriela hieß sie, dem ich näherkommen wollte, meinte, wir sollten auf die Puente de Los Suspiros raufgehen und mal schauen, wie die Aussicht ist. Haa, Aussicht, das wollte ich haben. Nun, wir laufen die Stufen hinauf, wanken dann in die Mitte der Brücke. Auf einmal wird mir schwindlig, ich bekomme ein ungutes Gefühl, spüre, dass da was hochkommt. Darum lehne ich mich über das Geländer und speie was das Zeug hält. Ich glaube, wenn unten ein Eimer gestanden wäre, würde der voll meines Mageninhaltes sein. Wah, war mir übel. Unten beschweren sich zwei Typen laut über mein Verhalten und vor allem über ihre schmutzigen Anzüge, soweit ich mich erinnern kann, machten sie eine Bachelortour, also eine Sauftour vor der Hochzeit, saurauslassend. Die Nacht war klarerweise vorbei. Gabriela gab mir den Laufpass. Und ich musste Fersengeld geben. Denn die Angespieenen waren über den Zustand ihres Anzuges nicht besonders glücklich und die verbale Gegenattacke schien für sie wohl ungenügend. Ich blieb aber unerwischt, konnte in einem Taxi, für das ich einen absolut übertreurten Preis zahlte, flüchten. Die Gabriela also. Sah sie seitdem kaum mehr. Seufz, seufz und nochmals seufz. Ja, die Brücke hat ihren Namen absolut zu Recht. Au weh, seit dem trinke ich nicht mehr, nun, zumindest dann nicht, wenn ich mit einer Frau unterwegs bin."

Und Joaquin: „Nun, da hattest du aber Pech. Also wir fuhren am späten Nachmittag erschöpft, aber in erster Linie glücklich zurück in mein Zimmer in Bellavista. Das Baby hatte tagsüber recht viel geschlafen, also wollte es zuerst, nachdem wir zurück waren, keine Ruhe geben, nörgelte vielmehr herum. So dachte ich, sobald sich die Dunkelheit über die peruanische Pazifikküste ausbreiten würde, wäre die Zeit für Zärtlichkeit gekommen. Aber wir brauchten drei Stunden, bis das Baby fest einschlief, nicht, dass es nicht mal für ein paar Minuten seine Augen durchgehend geschlossen hatte, aber sobald etwa das Bett knarrte, weil wir uns umdrehten oder einer von uns aufstand und auf das Klo ging, war es mit der Ruhe vorüber. Schreien, schreien und nochmals Schreien. Ja, das Baby von der Alyson ist ein Schreibaby, aber ich mach ihr da keine Vorwürfe. Es ist halt mal so. Dann, um zweiundzwanzig Uhr dreiundzwanzig oder so, schlief es. Zehn Minuten später schlief es noch, weitere sechshundertdreiundsechzig Sekunden ebenso. Alyson ging nun davon aus, dass der feste Schlaf ihrer Tochter begonnen hatte. Wir konnten uns also in aller Ruhe zu Bette legen. Aber schlafen wollte ich noch nicht. Ich hatte noch was anderes vor. Ich wollte meine Alyson liebkosen. Und ich streichelte sie um die Hüften, rund um ihren Hintern und sie schien empfänglich zu sein, ich meine, sie wehrte mich nicht ab. Doch dann hörten wir von der Straße her was. Das Geräusch, die Melodie kam aus dem Nichts. Die einzige für mich fassbare und wenige Augenblicke später auch von mir belegte Ursache war ein Auto. Ein Auto, das von einem Fahrer gefahren wurde, der den Rückwärtsgang einlegte. Und wie du und viele andere in Lima und Callao wissen, bedeutet dies, dass die Melodie des Lambada-Liedes zu hören ist. Fürchterlich laut noch dazu. ‚Chorando se foi quem um dia so me fez chorar.'"

"Ah Joaquin, hast du gewusst", warf Hugo wissend ein, „hast du gewusst, dass Melodie und auch Teile des Textes ursprünglich aus Bolivien stammen, da gab es ja einen Plagiatsprozess, weil die Franzosen und auch die Brasilianer das sozusagen gefladert haben..."

„Klar, Hugo, weiß ich das, ich bin ja nicht ganz von gestern. Gut, die idiotische Melodie hätte den Abend noch nicht verhaut, hätte unter normalen Umständen der Sache auch noch einen romantischen Touch geben können. Doch das Auto war zu laut. Die Tochter von Alyson wachte auf und schrie. Schrie, weil deren Schlaf viel zu früh unterbrochen wurde. Jetzt war sie tatsächlich mies aufgelegt. Und wir natürlich auch. Keine zärtlichen Berührungen, dafür helle Aufregung. Ich konnte mich wieder nicht zurückhalten. Während Alyson versuchte, das Baby mit ihrer Brust und der darin enthaltenen und für die Kleine bestimmten Milch, zu beruhigen, entsann ich mich der Palta-Kerne, die die Frau des Hauses unten im

Erdgeschoss in der Küche in einem Wasserglas aufbewahrte. Sie tat dies aus einer Art Aberglauben oder halberten Voodootick. Sie meinte, dass die geöffnete Palta länger halten würde, wenn der dazugehörende Kern in einem Glas voll Wasser aufbewahrt werden würde. Ich rannte die unbeleuchtete Stiege hinunter zur Küche, fand die Kerne, die auf dem Küchentisch standen, schnappte sie mir, rannte wiederum die Stufen hinauf zu meinem Zimmer, stolperte dabei mit meinen Flipflops, landete unsanft mit einem Knie auf der hölzernen vorletzten Stufe, sah und hörte, dass das Baby noch immer schrie, was meine Wut noch mehr steigerte, öffnete mein Fenster und warf einen Paltakern nach dem anderen auf das Auto. Und ich traf. Ein Scheinwerfer wurde getroffen, das Glas brach. Und die Alarmanlage ging auch los, das war mir aber auch schon wurscht, zumal dieses Alarmanlagenlosgehen etliche Male in der Woche vorkam. Meine Rage ging, nachdem ich mich abgearbeitet hatte, zusehends zurück. Doch Alyson fragte mich, nachdem sie hallend

C A R A J O ! geschrien hatte, warum ich das getan hatte. Warum ich mich nicht im Zaum halten könne, so brutal und gewaltvoll reagieren würde. Beim nächsten Mal täte ich ihr was antun, wenn das Baby aufwachen würde, meinte sie. Doch ich beruhigte sie. Ich sagte zu ihr, dass nur Externe von meinen Aktionen betroffen sein würden, nie Familienmitglieder oder Freunde. Das beruhigte sie wohl. Aber kuscheln gab es in dieser Nacht und auch in den darauffolgenden Tagen keines mehr."

„Alyson hat Recht, Joaquin, du reagierst – sagen wir mal beschwichtigend – ein manches Mal wirklich zu extrem. Ein anderer würde seinen Groll für sich behalten und nicht einfach Steine oder wie in deinem Fall Kerne von Paltafrüchten werfen. Joaquin, ich sag es dir, das kann ins Auge gehen, nicht nur sprichwörtlich gesprochen." Da hatte Hugo meiner Meinung nach durchaus Recht. Denn ich bin friedliebend. Wenn man in einer Bar arbeitet ist man immer in Gefahr, wenn eine Schlägerei losgeht oder ein Glas fliegt, nur weil wieder zwei Kontrahenten streitsüchtig sind.

Heiratsgeschichten (II).

Etliche Wochen waren seit dem Besuch und dem Lamento des Jose Ka im El Directorio vergangen. Cesar und ebenso ich hatten keinen weiteren Gedanken an ihn verloren. Er war halt nur einer von vielen armen Schluckern die scheinbar nicht zu ihrem Recht kommen würden. Doch Ka rief sich wieder in Erinnerung. Denn er tauchte wiederum in der Bar seines und ebenso ihres Vertrauens auf.

„Ei, Julio, eh, perdon, Cesar. Kannst dich noch an mich erinnern, ich bin der Portugiese, dessen Hochzeit in Peru nicht anerkannt wird. Weißt eh, die unendliche Geschichte... ah, erinnerst dich eh, fein... denn es gibt heute eine Fortsetzung zu erzählen. Der Anwalt meiner Frau hatte eine Gesetzestelle gefunden, die besagt, dass, wenn die Zeugen einer Hochzeit Ausländer sind, keine DNI-Nummern notwendig, da nicht vorhanden sind. Und er meinte, dass es vollkommen ausreichend ist, wenn wir dem Gericht die vollständigen Namen der Zeugen unserer Hochzeit in einem Schreiben mitteilen. Das ist bereits geschehen. Wir haben diesen Schriftsatz in der Einlaufstelle des Segundo Juzgado de Paz Letrado de Lince y San Isidro deponiert. Wir warteten und warteten auf einen Anruf unseres Anwaltes oder des Gerichtes oder der Behörde. Gar nichts kam. Und das zerrte an unseren Nerven. Wieder dachten wir darüber nach, alles abzusagen. Eine Alternative wäre auch gewesen, hier in

Lima auch zivil neu zu heiraten. Aber das schien unmöglich. Denn das Standesamt in der Municipalidad hätte aus Portugal eine Bestätigung gebraucht, die besagen würde, dass ich ein Dasein als Single und nicht Ehemann führen würde. Aber das war ja unmöglich, weil ich ja schon vor einem Jahr meine Frau, meine Erika, geehelicht habe. Verstehst du, warum ich so verwirrt klinge ein manches Mal. Weil es zum verrückt werden ist, das Ganze... Da hilft nur eines, was trinken,... wow, schmeckt das wieder überraschend herrlichst... Nun, gestern, ein Monat nachdem wir also die Namen der Zeugen dem Gericht schriftlich mitgeteilt und wir seitdem nichts mehr von denen gehört haben, sind wir ins Gericht gefahren, um mal nachzufragen, wie denn der Stand der Dinge so sei. Und was erfuhren wir? Das Gericht hatte bereits fünf Tage nachdem der Schriftsatz unseres Anwaltes durch uns selbst überreicht wurde eine Resolution verfasst, aus der die notwendigen Daten für das RENIEC klipp und klar hervorgingen. Eigenartigerweise jedoch hatte das selbige Gericht es nicht für notwendig erachtet, diese Resolution der Registrierungsbehörde mitzuteilen. Die Resolution vergammelte einfach im Gerichtsakt. Ein Wahnsinn. Die Kanzleibedienstete sagte uns aber, dass am folgenden Nachmittag die Sache erledigt wäre und wir das vom Gericht verfasste schreiben der Registrierungsbehörde bringen könnten. Hoffnung keimte auf. Heute waren wir also wiederum im Gericht. Natürlich war das Schreiben noch nicht geschrieben. Warum auch, wir haben ja Zeit.... Eija, noch ein Bier bitte... Nun, der Richter diktierte seiner juristischen Sekretärin etwas, beide unterschrieben es und meine Frau musste, während ich auf das Baby aufpasste, auch noch Papier kaufen, damit das Schreiben und der mitzuschickende Akt kopiert werden konnten. Drei Soles. Meine Frau geht zurück zum Gericht. Die Kanzleibedienstete druckt das Aktenkonvolut aus. Auch das Schreiben an RENIEC. Das dauerte eine weitere halbe Stunde. Schließlich kommt Erika aus dem Gericht heraus. Nun muss der gesamte Akt noch einmal von uns kopiert werden, denn die Behörde bekommt das Konvolut zweimal. Wieder sechs Soles. Anschließend fahren wir zur Registrierkasse und geben das gesamte Paket bestehend aus Eingaben, Schriftsätzen und Entscheidungen ab. Und wir erfahren, dass wir in acht Werktagen mit der Erledigung rechnen können. Ist das nicht fein. Ach, ich bin so glücklich. Juhuu! Schenk mir noch ein, Cesar, noch ein Glas!"

Nun, es schien also, dass die Sache für Ka ein freudiges Ende finden würde. Hier möchte ich auch festhalten, dass es wirklich anstrengend ist, den Leuten bei den Erzählungen ihrer Elends- und Leidensgeschichten zuzuhören. Man muss ihnen zumindest ein Ohr leihen. Dafür sind wir ja da. Wir verdienen Geld damit. Und im Fall von Ka nicht wenig. Bier floss, Pisco, Whiskey, das alles konsumierte er. Und erst das Trinkgeld, das floss, unglaublich portmonaifüllend. Einfach wunderbar ist das.

Pech gehabt, Joaquin: Adios, Alyson.

Der Joaquin also. An sich, nach außen zumindest, ein netter Kerl, ein organisiert wirkender, freundlicher, immer den richtigen Ton findender, Zeitgenosse, schlicht und einfach obendrein. Und auch normal. Aber in der Woche nach der Sache mit den Paltakernen, da wurde es einer gewissen Frau mit Kind zu viel.

„Oh Dios mio Walter... ah Hugo, sorry. Heute bin ich total traurig, aber das hast du wohl eh schon von weitem gesehen. Heute muss ich trinken, viel trinken. Denn ich will vergessen. Vergessen, wo und wer ich bin. Nur das brauche ich. Es ist alles verloren."

Nun, was war passiert. Wie ihr bereits gehört habt, war der Sonntag für Alyson und Joaquin ein Desaster. Die Nacht verlief ohne Schmusen, ein Nähergekommen schien zwischen den beiden ausgeschlossen. Der Montag war wieder ein Arbeitstag. Und wie Joaquin erzählte, begann er recht angenehm für ihn. Zum ersten Mal in seinem Leben verließ er zusammen mit einer Frau das Haus und fuhr mit ihr auch noch in dieselbe Arbeitsstelle. Das kam ihm richtig familiär vor. Die Tochter von Alyson wurde bei einem nahe dem Ministerium wohnenden Onkel, der sich nahezu täglich auf den jungen Besuch freute, untergebracht. Naturgemäß fiel dem Portier auf, dass die beiden Arbeitskollegen erstmals zusammen das Gebäude betraten. Und der Portier hatte nichts Besseres zu tun, als dies an seine engsten Arbeitskollegen weiterzuleiten und zu denen gehörte auch die Kantinenfrau. Und wenn mal eine Neuigkeit betreffend Abenteuer zwischen Arbeitskollegen bei der Kantinenfrau gelandet war, so wusste es bald mal das ganze Haus. So vermutete Joaquin jedenfalls den Weg der Neuigkeit bis zu seinem Abteilungsleiter, der ihm auch gratulierte. Und viel Spaß mit dem fabelhaften Fang wünschte. Er war nicht ganz unglücklich mit dem Gerücht. Klar, er hätte es schon selber im Rahmen einer erweiterten Kaffeerunde mitgeteilt, verlautbart, was auch immer. Aber so war es draußen. Und so konnte er zeigen, dass auch er noch auf dem Markt zu haben war. So war es an sich ein amüsanter Arbeitstag. Auf dem Heimweg holten sie wieder die Tochter ab, sie fuhren zusammen in Richtung Haus, aßen unterwegs noch jeweils zwei Spieße Anticucho und zur Feier des Tages auch noch Picarones. Doch Montagabend glich dem Sonntagabend. Die Tochter wollte und wollte nicht einschlafen, als ob dies eine natürliche Unmöglichkeit wäre, der Schlaf. Wiederum erst nach drei Stunden des Herumtragens, Schaukelns und Gutzuredens war das Töchterlein von Alyson bereit, Milch zu trinken und auch einzuschlafen. Auch die folgende Nacht glich den zuvor gegangen Nächten. Das Kind schlief ein paar Minuten, Alyson und Joaquin hatten ihre Zähne geputzt, auch ein Antiplaquemittel gegurgelt und betteten sich im nun gemeinsamen Bett gemütlich. Joaquin machte sich gerade an, seinen Arm um die Hüfte von Alyson zu legen und sie gleichzeitig in ihre Schulter zu beißen als scheinbar aus dem Nichts ein Flugzeug die Nachtruhe störte indem es scheinbar genau über das Viertel flog. Klarerweise wachte das Baby auf, Joaquin zog seinen Arm vom Körper Alysons zurück und schloss auch wieder seinen Mund. Alyson wiederum sprang auf und sah nach der Tochter und versuchte diese zu beruhigen. Währenddessen holte Joaquin – im Gegensatz zum Vortag – keine Paltakerne aus der Küche sondern rannte an das Fenster und brüllte wutentbrannt und von allen Sinnen verlassen dem Flugzeug und dessen Piloten nach, dass es das letzte Mal gewesen wäre, dass ein Flugzeug, welches seine Nachtruhe stört, ungeschoren davon kommt. Denn noch morgen würde er sich irgendwo am Schwarzmarkt eine Boden-Luft-Rakete besorgen und jeden Vogel, natürlichen oder künstlichen Ursprungs, der es wagt, sein Sexualleben zu stören, mit Gewalt auf den Boden zurückbringen. Und wenn so eine Rakete in Lima, gar in ganz Peru nicht verfügbar wäre, dann würde er sich am nächsten Tag seine Suche auf ganz Südamerika ausweiten, wenn nicht gar weltweit. Irgendeine Organisation würde das schon anbieten. Er zählte die mexikanischen und kolumbianischen Drogenkartelle auf, die Taliban, Tiraden aus China, korrupte russische Sicherheitskräfte namentlich auf. Das brüllte Joaquin in die Nacht hinaus und soweit er selbst sah, hörten ihm zumindest zwei Wachleute, zwei Fußballer, die vom nahegelegenen Sportplatz kamen sowie zwei Kiffer seinen Ausführungen zu. Er warf dem zufälligen Publikum noch ein Buenas Noches zu und schloss das Fenster. Und Joaquin sagte zu Hugo auch, dass Alyson ein wenig erschrocken wirkte und ihn nur fassungslos anschaute. Sie wünschte, nachdem ihre Tochter nach knapp einer halben Stunde wieder eingeschlafen war nur leise eine Gute Nacht und drehte sich von Joaquin weg. Am nächsten Morgen, im Combi zur Arbeit sprach Alyson Joaquin auf dessen aggressiven Schreien an. Er entschuldigte sich für das Vorgekommene und klarerweise habe er das mit dem Plan zur Beschaffung von Boden-Luft-Rakete nicht ernst gemeint. Das war ihm nur so herausgebrochen, in der Wut, in der Rage. Er habe natürlich auch nicht vor, die Taliban, die Drogenkartelle in Mexiko und Kolumbien, weiters die Tiraden oder das russische Militär um Hilfe beim Erwerb der Anti-Flugzeug-Missiles zu bitten. Er hätte diesbezüglich keine Kontakte und wüsste auch keinen, der ihm da weiterhelfen könne. Wie Joaquin gegenüber Hugo behauptete, war Alyson mit seiner Entschuldigung und den Ausführungen zufrieden. Joaquin sah zwar weiterhin Verwunderung in ihren Augen und in ihrem ganzen Gesichtsausdruck aber immerhin ließ sie es zu, dass er sie berühren könnte. Berühren des Rückens und nicht mehr. Kein Griff zu den sekundären Geschlechtsmerkmalen einer Frau.

Aber das war noch nicht alles, was Joaquin zu berichten hatte. Denn auf den Dienstag folgt dem Kalender nach ein Mittwoch. Und auch dieser Tag hatte es in sich.

„Am Abend gingen wir zusammen mit Jennifer, also der Tochter von Alyson, zu einem Chifa-Restaurant in der Avenida Colonial. Entschuldigung, dass ich erst jetzt den Namen des Babys erwähne und ich es bisher vergessen habe zu tun. Der Grund des Ganges zum Chinesen lag darin, dass dieser erstens billig ist und ich einen Heißhunger auf Tallarines, auf Nudeln hatte. Wenn ich heute darüber nachdenke habe ich keine Ahnung, warum dieser Gusto auf diese Nudeln in mir gegeben war. Wie auch immer. Wir suchten uns ein Gericht mit Tallarines aus, bestellten auch ein Dutzend Wan Tan zum Knabbern. Und ein Inka Cola zum Durstlöschen. Dankenswerterweise schlief Jennifer und das würde uns ein Genießen des Abendmahles erleichtern und ein Vergnügen daraus machen. Aber leider kam es ganz anders. Denn auf den Kinderwagen kam ein kleines Chinesenmädchen zu. Sie stellte sich als Li Lu vor. Sie schien süß zu sein, ein aufgewecktes Mädchen, denn es wollte unbedingt mit dem Kinderwagen und dem Baby selbst herumspielen. Sie öffnete permanent das Verdeck, schob den Wagen hin und her. Zuerst wollten wir die verständnisvollen Gäste eines Gasthauses spielen. So fragten wir sie nach ihrem Alter, worauf sie drei Jahre sagte. Drei Jahre also war dieser Balg. Und sie ließ vom Wagen nicht ab. Sie schob, ihre Stimme wurde lauter, sie öffnete das Verdeck, warf es zu, spielte an den Gurten herum. Wir sagten dem Mädchen, Li Lu, dass es uns und vor allem das Baby in Ruhe lassen und am besten verschwinden, zu ihrer Mutter gehen sollte. Die Mutter schließlich und endlich die Wirtin des Restaurants und für ihre Tochter auch verantwortlich und ebenso verantwortlich, dass Gäste in Ruhe essen können. Mittlerweile waren die Wan Tan gekommen. Eine Enttäuschung. Erstmals in meinem Leben sah ich Fettaugen auf einem Wan Tan. An sich eine Unmöglichkeit. Der Geschmack war unter jeder Kritik und kein Fleischstück war Bestandteil dieses Drecks, weil eine Mahlzeit man diese Fettansammlung für wahr nicht nennen kann. Und das Lilu-Monster spielte weiter. Machte Probleme. Und sie hatte Erfolg. Schließlich kam ein Aufschrei von Jennifer. Und das bedeutete, sie war wach. Und sie schrie, hatte Hunger, ärgerte sich auch über das frühzeitige Aufwachen. Denn es war Abend und sie wollte tief und fest schlafen. Die Tochter des Hauses freute sich über das wache Baby. So glaubte es nun, einen Spielgefährten oder anders gesehen, eine Spielpuppe gefunden zu haben, ein Puppe, die sie quälen, knutschen und rütteln konnte. Alyson nahm Jennifer in die Arme, umarmte es, doch es half nichts. Auch Milch trinken wollte sie wiederum nicht, es war zu viel Aufregung im Spiel. Ich wurde wütend, richtig wütend. Ich schrie die verdammte Tochter an, fragte sie, warum sie das getan hatte. Ich sagte direkt: ‚Schau, was du getan hast, du Balg. Das hast du wieder nötig gehabt, hast du keine Erziehung du Hija de puta, niña de mierda!' Und ich schüttete ihr zuerst die rötliche Dippsauce für die beschissenen Wan Tan und zum Drüberstreuen noch einige von mir während meines Tobsuchtsanfalls zerbröselte Wan Tan über ihr Haar. Um die Komposition zu verfeinern ließ ich auch Inka Kola folgen. Das Kind verschwand weinend. Ich sagte zu Alyson, dass ich wenigstens das erreicht hatte. Nun hatten wir, abgesehen vom Schreien der Jennifer unsere Ruhe. Doch nun legte Alyson los. Sie fragte mich, was mit mir denn los sei, ob ich von allen guten Geistern verlassen worden wäre. Ich könne doch nicht ein fremdes Kind in der Öffentlichkeit, vor den vielen Gästen und noch dazu der Mutter da maßregeln, egal was es getan hätte. Sie schrie weiters, dass sie von mir enttäuscht sei und ich viel zu oft wütend wäre, ausfällig werden würde und zu aggressiv, oft aus nichtigen Anlässen. Der heutige Vorfall wäre nur die Spitze des Misthaufens. Sie habe mit der Vermieterin meines Zimmers gesprochen und die habe ihr gesagt, dass ich schon des Öfteren Aktionen geritten hätte, die eigenartig wären. Etwa Stücke von Scheiße im Kühlschrank zu sammeln. Einmal hätte sie es verstanden, das wäre eine Probe für das Labor gewesen, meinte sie. Aber so oft und so viel Kot, das wäre dann doch unverständlich und auffällig geworden.

‚Joaquin, ich bedanke mich dafür, dass du mir Unterkunft gewährt hast in den letzten Wochen, ich bin wirklich dafür dankbar. Und du bist auch ein lieber, netter Kollege. Aber ich kann es nicht zulassen, dass du als Heißläufer eines Tages meiner Tochter was antun könntest. Da muss ich Verantwortung zeigen. Und zugegeben bist du auch für mich nicht ganz koscher. Ich verstehe dich nicht. Du bist nach außen so ruhig, so gefasst, so nett und dann zuckst du bei jedem kleinsten Anlass aus. Egal ob die Lambadamelodie, die beim Rückwärtsfahren eines Kraftfahrzeuges ausgelöst wird oder ein Flugzeug über das Haus fliegt. Das ist nicht nötig. Wir müssen alle mit diesen Lärmquellen zurande kommen, nicht nur du. Nicht jeder dreht durch. Ich zum Beispiel unterlasse diese Reaktionen. Auch wenn Jennifer aufwacht und ich sie halten und füttern muss, um sie zu beruhigen und zum Einschlafen zu bringen. Aber sie schläft dann schließlich ein. Du kennst das Wort Geduld nicht. Joaquin, es tut mir leid. Ich habe heute den Anruf bekommen, dass ich jederzeit in die Wohnung einziehen kann und werde schon morgen damit anfangen. Ich bitte dich, dass du heute Nacht unten im Wohnzimmer auf der Couch schläfst, ich möchte nicht noch einmal Gefahr laufen, mitten in eine deiner Hassattacken zu laufen.'

Zugegeben, ich war perplex. Konnte nicht darauf antworten, wusste keine geeignete Antwort. Natürlich schlief ich auf der Couch, die Familie, bei der ich wohnte, wunderte sich darüber. Ich erzählte, dass ich in den letzten Tagen zu sehr geschnarcht hatte und Mutter und Kind nicht schlafen konnten. Ich hoffe, dass sie dies glaubten. War aber auch egal, ist ja privat. Als ich so auf der Couch herumlag, mich wälzte und so, dachte ich schon über mich und mein Leben nach. Klar, ich bin ein Heißläufer. Ich habe in den letzten Wochen, Monaten immer gereizter als zuvor reagiert. Aber Hugo, ich weiß nicht, warum. Und was soll ich tun?"

„Geh zum Psychiater, zu einem Mediator, lass dich beraten", sagte Hugo geradeaus in die aufkommende Stille zwischen den beiden.

„Ja, darüber habe ich schon nachgedacht, aber noch bin ich nicht soweit. Vielleicht hilft der Alkohol, ich fange noch heute mit der Therapie an", sagte Joaquin lachend und bestellte eine Flasche Pisco, wobei er natürlich auch Hugo im Laufe der Nacht noch mehrmals einschenkte.

Hugo versuchte, Joaquin auf andere Gedanken zu bringen, das Gespräch auf eine banalere Ebene zu bringen: „Du wohnst ja in Callao, Joaquin! Hast du als Tumbesino, der erst nach Lima zugezogen ist, gewusst, dass es bis in die sechziger Jahre eine Straßenbahn in Lima gegeben hat und diese Tranvia von hier, dem Plaza San Martina, bis nach Callao, gar bis La Punta gefahren ist. Das wäre perfekt für dich gewesen, kein Taxi, kein Combisitos mehr notwendig. Und das witzige ist, dass mir Mario

Vargas Llosa darüber berichtet hat. Er hat doch in seinem Buch über die Stadt und ihre Hunde geschrieben, dass die Kadeten am Plaza San Martin auf die Tramway warten, die sie dann nach Callao zu den Nutten in den Bordellen bringt. Das war ein Service, das war ein funktionierender öffentlicher Verkehr, haha!"

„Ja, Perras, die sind gut, die machen keine Probleme", seufzte Joaquin gedankenverloren. Die Tranvias interessierten ihn nur wenig.

Sie werden sich an dieser Stelle, nachdem sie schon einiges aus dem Leben von Joaquin erfahren haben, fragen, warum ich nie in die Gespräche eingegriffen, versucht habe, ihn, den hauptsächlichen Protagonisten von seinen Aktion abzuhalten, warum ich überhaupt so genau und unauffällig den Dialogen folgen konnte.

Nun, ich muss gestehen, dass ich kein Kellner bin. Ich bin bzw. besser gesagt war eine Lampe, eine Leuchte, die das El Directorio zusammen mit Kollegen mit Licht ausfüllte. Nun bin ich nicht mehr funktionsfähig und warte in einer Rumpelkammer darauf, der Wiederverwertung oder Vernichtung zugeführt zu werden.

Sie denken: Lampen können weder hören noch reden. Sie leuchten oder sie leuchten nicht. Mehr Sinne und Zustände haben sie nicht. Das ist aber nicht die ganze Wahrheit. Ich kann hören und ich bin in der Lage, einem Schankbeamten namens Cesar das von mir gehörte mitzuteilen. Eine Anmerkung: Nicht jeder versteht Scheinwerfer oder Lampen. Cesar ist eine Ausnahme. Cesar hat das Gefühl dafür. Er ist ein Künstler. Er kann, so hat er mir gesagt, sehr gut malen. Er hat das Feingefühl dafür, mich zu verstehen. Das Feingefühl zum Malen. Zum Mixen von Cocktails. Und mit seinem Feingefühl hat er mir sogar einen Namen gegeben. Wenn wir miteinander reden spricht er mich mit Foco an. „Oye Foco", sagt er dann. Ich find dieses „oooooooooooyyyyyyyyeeeeeee Foco" voll lieb und supersüß. Das ist so menschlich und ich fühle mich als Wesen anerkannt. Ich habe ihm meine Erinnerungen oben auf dem Hochstand, diesen auf eine Eisenkonstruktion aufgesetzten zweiten Stock, die in den großen Raum des El Directorio nach zwei Jahren dessen Bestehens gesetzt wurde und praktisch als Büro, Schaltzentrale, Kontrollturm, von wo aus auch die Musik gesteuert werden kann, erzählt. Hier hatte mir Cesar die Möglichkeit gegeben, auch nach dem Umbau, wo mein Hängen im Lokal nicht mehr unbedingt notwendig war, mit ihm Kontakt zu haben. Er benützte mich einfach als Schreibtischlampe, was auch irgendwie auch das Diktieren und das Aufschreiben des Diktierten gemütlicher macht. Hier saß Cesar von Zeit zu Zeit, etwa vor Beginn des großen Trubels oder auch wenn es in der Nacht zu stressig wurde. Hierher zog er sich zurück, war quasi sein Refugium und mein Ausgedinge. Und er hat meine Erinnerungen zu Papier gebracht. Denn schreiben kann ich fürwahr nicht.

Bin kein Alleskönner. Schreiben sie mal mit nur einem Finger. Und ich bin keine schmale, kerzenartige Lampe, ich bin eine dicke, fette Lampe, die keinen Stift in der Hand halten und auf keiner Tastatur schreiben kann.

Noch eine Anmerkung: Wenn ich sage, dass ich eine Lampe, eine Leuchte bin, dann nennen sie mich bitte nicht Leuchter. Es gibt da nämlich einen Fred A. Leuchter, so hat mir Cesar erzählt, der den Holocaust, insbesondere die Existenz der Gaskammern durch Erstellung von obskuren Gutachten leugnet. Mit diesem Leuchter will ich absolut nix zu tun haben.

Wenn schon hier der Reihe nach Anmerkungen gemacht werden, möchte ich, Cesar, der direkt von einem Nachfahren eines der letzten Vizekönige von Peru – möglicherweise Joaquín de la Pezuela y Sánchez Muñoz de Velasco - ernannte Erste Schankbeamte im El Directorio, ebenso eine tätigen: Ich schreibe die Erinnerung der Leuchte, die ich selbst Foco nenne, so, wie sie – die Leuchte, Lampe oder namentlich Foco - sie mir diktiert hat. Ich lasse meine eigenen Ansichten überhaupt nicht in dieses Skript einfließen. Und falls doch, dann ohne jede Absicht. Falls mir vorgeworfen wird, dass ich mich nicht mehr um diesen Joaquin gekümmert habe, ihn nicht auf den rechten Weg gebracht habe, merke ich an, dass der Job eines vizeköniglichen Barbeamten im El Directorio anstrengend als auch verantwortungsvoll ist und ich die wenigen Pausen, die mir zwischen zwei zu mi-

xenden Cocktails bleiben, ich auf andere Art und Weise und nicht für Belehrungen von – durchaus gut – gutzahlenden Gästen nützen kann und möchte. Das könnte als geschäftsschädigendes Verhalten bezeichnet werden und dieses Verhalten könnte in meine Demission münden. Ende der Anmerkung.

Partnerschaften.

Gut, hat also auch Cesar sich mal kurz vorstellen können, vergönnt sei es ihm. Denn er hat es an diesen drei Abenden und Nächten jede Woche, die ihn mit Arbeit im El Directorio erfüllen, wirklich nicht leicht. Nicht, dass er seine Arbeit hasst. Er liebt sie eigentlich. Es ist seine Arbeit und sie erfüllt ihn mit Stolz. Und er weiß auch, dass er ein guter Barmixer ist. Ein Perfektionist auf diesem Gebiet. Aber es gibt eben Momente, die man mal salopp gesagt als ungustiös aber immerhin erheiternd einstufen kann. Und einer dieser Moment war der Besuch eines Gringo-Pärchens im El Directorio. Mike und Samantha aus Santa Fe in New Mexiko. Schon allein deshalb keine durchschnittlichen Amerikaner weil sie außerhalb der Vereinigten Staaten anzufinden waren. Auch nicht fett, nicht blöd. Mike und Samantha hatten ihre letzte Nacht in Lima nachdem sie in Cusco, Macchu Picchu, am Titicacasee und Arequipa gewesen waren. Diese Ortschaften hatten sie kurz erwähnt. Doch das Hauptthema war der Besuch im Museo Rafael Larco Herrera. Nein, gleich vorweg, es handelt sich dabei nicht um einen Gedenkraum oder Museum zu Ehren der schönsten und besten aktuellen Volleyballspielerin Perus, Raffaella Camote. Nein, hier werden im Ambiente einer ehemaligen vizeköniglichen Residenz Artefakte, Kunstgegenstände aus Gold und Silber, auch Keramiken aus viertausendfünfhundert und mehr Jahren ausgestellt. Aber über den tatsächlichen Höhepunkt des Museums, über das, was die Stätte berühmt gemacht hat, lassen wir Samantha, die gesprächigere der beiden, erzählen:

„Nun also, Mike und ich hatten gerade den Hauptteil der Ausstellung gesehen, viel Gold und Töpfe und wir hatten uns insgeheim über den hohen Eintrittspreis, der doch dreißig Soles betrug, geärgert. Doch Gottseidank gab es in einem Nebengebäude, fast leicht versteckt, einen abschließenden Teil der Ausstellung. Die Erotiksammlung, in der vor allem prachtvolle Stücke aus der Mochica-Kultur, die ungefähr Achthundert nach Christi es hier trieb, präsentiert wurden. Überraschend direkt erotische, fast würde ich sagen, pornographische Dinge sahen wir hier. Etwa eine braune Vase die aus einem Mann und einer Frau bestand, wobei sich der Mann zwischen den Beinen der Frau befand und er sich über sie hermachte. Der Gesichtsausdruck des Pärchens lässt auf beiderseitigen Spaß schließen. Aber auch die eine Skulptur, die wiederum eine Vase ist. Auch sie besteht aus einem Pärchen und auch die treiben es, dieses Mal unter einer schmucken Bettdecke. Die Flasche, die aus einer braunen Spitze bestand, die wie ein Penis, der auch ein Gesicht mit kleinen Augen hatte, aussah und auch zwei kleine stilisierte Hoden hatte, machte mich total scharf. Und eine sitzende Frauenfigur, die eine große Öffnung zwischen ihren weitauseinandergehenden Beinen hatte, ließ Mikes Penis in die Höhe fahren. Das mag klischeehaft und kitschig klingen, es war aber so. Wir konnten uns jedenfalls nicht zurückhalten und wollten, aufgegeilt durch das Gesehene, es rasch hinter uns bringen, es geschehen lassen. Keine Zeit wollten wir verlieren, denn wir hatten schon Hunger und der Tisch in einem Fischrestaurant namens Manolo in La Punta war schon für den Abend reserviert. Mike also zog mich in die Herrentoilette. Die Gewalt, die er an den Tag legte, die doch eigentlich nur aus einem ruckartigen Ziehen meines linken Armes bestand, turnte mich noch mehr an. Wir landen also in einer der beiden Kabinen für das große Geschäft im Herrenklo, er reißt mir den Rock runter und holt sein Stück heraus, er ist schon dabei, anzufangen, ich schreie fuck me fuck me fuck me, als es an der Tür klopft. Es war ein Sicherheitsmann. Er bat uns auf Englisch, das Treiben zu unterlassen, die Tür zu öffnen und den Museumsbereich schleunigst zu verlassen. Das war natürlich nicht das Beste für unsere Libido. Wir taten wie geheißen. Wir waren verärgert, wir schimpften laut und fragten in der Information, an der wir vorbeikamen, warum zum Teufel das Museum solche schmutzigen und gar hocherotischen Gegenstände ausstellt, die in jedem, der nicht frigid ist, Triebe sprießen lassen. Und dann wird erwartet, dass die Besucher cool sind. Und noch dazu wird ein immens hoher Eintrittspreis abverlangt. Ich schrie auch, dass uns das im Erotikmuseum in Paris, neben der Moulin Rouge nicht passiert wäre, dort hätten wir es durchaus machen können und glauben sie mir, sagte ich zu der Informationstante, wir haben es auch getrieben. Die Tante von der Information tat so, als ob sie kein Englisch verstehen würde. Wenigstens war der Sicherheitsmann freundlich. Nachdem wir hinter dem Gitter auf der Straßenseite waren, steckte er uns ein kleines Kärtchen zu, auf dem die Adresse eines naheliegenden Hostals aufgeschrieben. Er sagte, dass dieses sauber und auch billig wäre. Eine Stunde gerade mal zehn Soles. Wir dankten ihm, nahmen das Angebot aber dann doch nicht in Anspruch. Sex können wir diese Nacht oder back in the good old States haben."

Mit solchen Individuen müssen sich also die Barleute und auch ich als außergewöhnliche Lampe herumschlagen. Lustig, aber doch abstoßend ein manches Mal. Cesar, der auch Vermittler war, bot dem Pärchen Cocktails mit dem klingenden Namen Orgasmo an. Er meinte, er tue dies auf Kosten der Bar, um sie für das prüde Verhalten der Verantwortlichen des Museo Rafael Larco Herrera zu entschädigen. So hätten sie zumindest einen Orgasmus an diesem Tage fix. Einen vermittelnden Humor hat er, der Cesar. Auch wenn die Gringos es nicht gesagt hatten, aber die Möglichkeit eines gewissen Unmutes gegen das peruanische Museumssystem war virulent. Und dem wollte Cesar mit dieser Einladung zu Gratiscocktails vorbeugen.

Übrigens, auch Jose K beehrte das El Directorio ein weiteres Mal und auch Erika, seine Frau war mit von der Partie. Sie hatten etwas zu feiern und dieses Mal tatsächlich. Wie sagte doch Erika:

„Heute am Vormittag waren wir bei der Registrierungsbehörde und sie haben die Hochzeitspapiere anerkannt. Wir sind somit offiziell verheiratet und das nicht nur in Portugal, nein, auch hier in Peru. Huhuhu! Ich kann es noch nicht fassen. Vorgestern war mir zwar schon wieder nach Weinen, weil im RENIEC uns die Beamtin gesagt hat, dass offensichtlich im letzten Papier des Gerichtes die Passnummer meines Hausmannes falsch mitgeteilt wurde. So würden zwei verschiedene Nummern im Akt aufscheinen. Wir fuhren also zum Gericht und beanstandeten das. Dort sagten sie mir, dass ich gefälligst einen Rock oder eine Hose tragen sollte, wenn ich das nächste Mal vor Gericht erscheine, weil eine kurze Hose würde nicht den Bekleidungsvorschriften und –gepflogenheiten vor dem hohen Gericht entsprechen. Eingebildete und formalistische Arschlöcher. Eingebildete und formalistische Bastarde. Aplastardos de mierda. Außerdem sagten sie mir, dass ich morgen vorbeischauen sollte, vielleicht ließe sich was machen. Ich sah mich schon wieder am Start, dass wir wieder alles von vorne machen müssten. Aber Gottseidank sah die Welt am nächsten Tag schon besser aus. Der Richter hatte noch am gestrigen Tag ein Schreiben aufsetzen lassen aus dem hervorging, dass die richtige Passnummer meines Mannes so und so sei und auch entschuldigten sie, die Bande vom Gericht, sich für den Fehler. Ein Jahr und vier Monate nach der zivilen Hochzeit in Lissabon und knapp ein Jahr nachdem wir die Sache der Legalisierung in Angriff genommen haben ist es also geschehen, ist es vollbracht! Endgültig im Hafen der Ehe."

Und noch was zum Thema Partnerschaften: Hugo, der Volleyballfanatiker neuerdings, hatte ein Techtelmechtel mit einer Frau, ein sogar dreizehn Jahre jüngeren Frau. Es ging im Grunde nur um Geschlechtsverkehr und andere Unterhaltung, so meinte er selbst. Dieser Hugo hat auch eine Schwägerin. Die hieß Rosalinda. Und diese Schwägerin ist nicht bei der katholischen Kirche, nein, ihr Ehemann hat sie dazu überredet, doch der Iglesia Biblica Emmanuel beizutreten. Da gingen sie jede Woche zumindest einmal hin, beteten, sangen, aßen. Manchmal luden die Schwägerin und ihr Gatte die Kirchengemeinde auch in ihr Haus ein, sie hatten extra dazu etliche Sofagarnituren erstanden, um es den Gläubigen auch richtig bequem zu machen. Kommod war dieser Umstand aus deren Sicht. In der Weihnachtszeit war Hugo zu einer Art Krippenspiel, bei dem auch der Sohn der Schwägerin mitspielte, eingeladen worden. Recht unterhaltsam, wie er meinte, doch nicht vergnüglich. Und eines Tages meinte die Schwägerin wiederum, dass am kommenden Samstag nicht ihr Sohn Theater in der Kirche spielen würde, sondern sie selbst. Er solle doch kommen, zuerst gebe es ein Lonche, also ein Abendessen und anschließend eine Aufführung. Und es kostet nichts. Er werde es genießen, meinte Rosalinda.

„Und naturgemäß sagte ich zu, Joaquin. Du weißt ja, wie gerne ich gutes Essen liebe und ab und zu auch eine gepflegte Theateraufführung. Auch wenn es etwas Religiöses ist. Noch dazu kostenlos. Da kann ich nicht nein sagen, tut mir leid. Rosalinda hatte auch gemeint, dass ich auch in Begleitung kommen könne. Ich dachte zuerst an dich, Joaquin, glaub mir das, sei nicht enttäuscht. Andererseits habe ich jedoch eine Freundin, also zumindest eine Partnerin für Sexspiele und die hatte ich schon lange nicht mehr ausgeführt. Das war die kostengünstige Gelegenheit dazu. Also nichts für ungut, Joaquin. Wir beide gehen eh jede Woche einmal aus. Also, ich meine, wir treffen uns einmal die Woche. Wir gehen nicht gemeinsam aus. Nicht, dass das jetzt schwul klingt. Du holst mich nicht in meinem Haus ab und ich führe dich nicht von deinem Haus aus. Wir beide reunionieren und sehen uns nur hier im El Directorio. Keine Hausbesuche, bei so was sind wir strikt, gell? Nun, wie war also dieser als Theaterabend beworbene Samstagabend? Das Haus, in dem die Kirche untergebracht ist, kann man klarerweise nicht als Kirche im herkömmlichen Sinn bezeichnen. Kein Kirchturm, keine barocken oder sonstige Ausschweifungen. Schaut aus wie ein typisches Mehrparteienhaus hier in Lima. Nicht schmuck. Industriestil. Beim Betreten des Gebäudes erheischte ich einen kurzen Blick in den Saal, in dem schon die Weihnachtsaufführung der Kinder der Mitglieder stattgefunden hatte. Ich sah auf der Bühne ein Schlagzeugset und andere Utensilien, die durchaus auf eine Aufführung mit musikalischer Umrahmung hindeuteten. Doch ich wurde in den ersten Stock hinaufgeführt. Dort sahen meine Bekanntschaft und ich grob geschätzt vierzig Sessel, die waren jedoch nicht reihenartig sondern in einem Halbkreis aufgestellt, dieser jedoch zweireihig. Dort, wo die Öffnung war, die einen Kreis zum Halbkreis machte, stand eine Stereoanlage, ein einfaches Stehpult, ein Mikrofon. Ich sagte zu meiner Bekanntschaft, dass wir in der zweiten Reihe Platz nehmen sollten, da wären wir dem möglicherweise folgenden Geschehen, welches meiner Meinung nach sicherlich kein konventionelles Theaterstück sein konnte, nicht so ausgesetzt. Ich sah meine Schwägerin, sie war geschminkt als ob sie die Ballqueen sei. Au weh, au weh, dachte ich mir, wo war ich gelandet, was würde meine Bekanntschaft von all dem halten? Und wo würden wir unser Abendessen einnehmen, etwa mit den Tellern auf unseren Schößen, das wäre ziemlich ungemütlich geworden. Ich fragte meine Schwägerin, wann denn das Essen serviert werden würde. ‚Ja, das kommt bald', war die Antwort. Schön langsam füllte sich der Saal. Was uns auffiel war, dass die Leute pärchenweise platznahmen. Ohne Ausnahme, nirgendwo saßen zwei

Männer nebeneinander oder zwei Frauen. Eigenartig. Unerklärlich. Dann kam der, der anscheinend der Priester – oder wie sie es nannten - war, mit seiner Adjutantin. Er sprach ein paar einführende und zugleich inhaltsleere Worte zur Begrüßung und forderte den Mann, der neben der Stereoanlage aufgeregt stand, auf, doch diese in Betrieb zu nehmen und hiezu zu singen. Dieser gehorchte und sang freudig nichtendenwollende Weisen im Salsarythmus. Ja, Salsa wiederum. Auch forderte er die Kirchengemeinde zum Mitklatschen auf. Fast alle taten dies mehr oder weniger enthusiastisch. Einer schien mir ein Fundamentalist zu sein. Er bewegte seinen Körper und seine Hände ekstatisch. Unangenehm berührend. Meine Bekannte klatschte in einem nicht näher definierten Rhythmus. Hauptsache war, wir taten mit und fielen nicht weiters auf. Etwa als Muffeln. Das ging so eine Viertelstunde vor sich. Die Hände taten uns weh. Dann betrat die Adjutantin wieder den Halbkreis und fragte in die Runde, wer spielen möchte. Anschließend fragte sie in die Runde, wer ein Jahr, wer fünf Jahre und wer zehn Jahre verheiratet wäre. Natürlich zeigten die Paare auf, nichtsahnend, was folgen würde. Drei Paare waren gefunden und die wurden in den Halbkreis gebeten. Es folgte ein, so wie sie, die Kirchenväter es nannten, ein Spiel. Die Männer setzten sich auf drei bereitgestellte Stühle, die Frauen wiederum wurden aus dem Saal gebeten. Die Männer mussten Fragen beantworten, etwa wo sich die Paare das erste Mal gesehen hatten, wohin sie ihre Frauen das erste Mal ausführten, was sie gegessen hatten und solche Sachen. Dann wurden die Männer hinaus- und die Damen hineingebeten. Die gleichen Fragen. Es folgte ein weiterer Wechsel. Jetzt wurde gecheckt, ob die Antworten übereinstimmten. Die meiste Verwirrung, die vorherrschte, war von der Moderatorin des Spiels, der Adjutantin des Priesters hausgemacht. Peinlich. Sie hatte teilweise die Fragen nicht richtig formuliert bzw. die Fragen bei den Partnern anders gestellt, quasi modifiziert. Eija. Das war also das Spiel. Nun dachte ich, das Essen wäre an der Reihe. Aber es kam ein weiteres Spiel. Wieder wurden drei Paare auserkoren und nun waren meine Bekanntschaft und ich dran. Ich musste zwei überdimensionale Würfel werfen. Auf einem standen die verschiedensten Liebeserklärungen, auf dem anderen, wie sie vorgetragen werden sollten. Ich würfelte ‚du bist das Süßeste auf dieser Welt' und ‚laut und direkt in die Augen gesagt'. Ich stammelte etwas wegen meiner Nervosität und trotzdem applaudierten und jubelten alle versammelten Kirchenmitglieder wie verrückt. Anschließend wurde das Paar gewählt, welches am besten bei den beiden Spielen abgeschnitten hatte. Witzigerweise gewannen wir und als Preis bekamen wir Alfajores, die – welch Ironie – meine nun von mir ziemlich gehasste Schwägerin gebacken hatte. Die verleibten wir uns sofort ein, denn seit Mittag hatten wir in der Vorfreude auf das interessante Abendessen in der Kirche nichts mehr gegessen. Denn das Programm ging weiter. Während des Alfajoresverzehrs machte der Priester Werbung für einen zweiwöchigen Ehevorbereitungskurs. Dieser Kurs hatte den Titel ‚Die Ehe soll der Fels sein, auf dem wir unser gemeinsames Leben aufbauen". Der Priester ließ auch zwei Ehepaare ihre Erfahrungen aus den vorangegangenen Kursen erzählen, die alle durchaus positiv gestimmt waren. Ein Wahnsinn. Und Rosalinda, meine Schwägerin, sowie ihr Gatte spielten Theater. Eine kleine Szene aus dem Ehealltag. Die Frau bittet den Mann nachzusehen, ob der Sohn die Schultasche für den nächsten Tag gepackt und geduscht hat. Er, der Gatte, sagt, dass er es tun werde, doch anstatt selbst nachzusehen, ruft er seinem Sohn nur zu, dass er dies und das machen sollte und lässt sich von ihm bestätigen, dass er es bereits getan hat. Das war dann die Überleitung zum Gruppenteil des Abends. Rosalinda sagte mir noch vor der Gruppeneinteilung, dass dies kein Theaterabend sondern vielmehr ein Paareabend sei, der einmal im Monat stattfindet. Vier Gruppen wurde gebildet. Unserer gehörten unter anderem das Sängerpaar sowie ein Holländer, ein Dutchmen – nichtfliegend – samt dessen peruanischer Gattin an. Auch zwei Neulinge sowie das Fundamentalistenpaar waren inkludiert. Um die Kommunikation in der Ehe drehte sich die folgende Diskussionsstunde. Gelesen wurden Textstellen aus dem Neuen Testament, etwa aus Matthäus, Ephesus und anderen Beispielen. Dazu mussten wir Fragen beantworten, etwa ob eine wütige Reaktion ohne Sünde möglich ist oder ob der Satan in unsere Kommunikation, in die Worte, die wir sagen, Einfluss nehmen kann. Letzteres beantworteten alle mit Ja, nur meine Bekanntschaft verneinte es. Ich drückte mich vor jeder Frage, sagte nichts, mir war das auch zu blöd, es war zu laut, ich verstand kaum etwas, mir kam das hirnrissig vor. Während des Gequatsches, nach etwa drei Stunden, die der Abend schon gedauert hatte – es war zweiundzwanzig Uhr dreißig – wurde endlich das Abendessen, der Lonche, serviert. Aber kein Arroz con Pollo oder dergleichen, nein, es war ein Sandwich mit einer Scheibe Schinken und etwas für mich Undefinierbares. Den dazu gereichten Kaffee lehnte ich ab, denn ich wollte mir meinen Schlaf nicht auch noch verhauen. Der Abend – gar die Nacht - waren es sowieso, denn meine Bekannte langweilte sich und nachdem der Spuk in der Kirche vorbei war, wollte sie nicht mit mir nach Hause, sie bevorzugte eine Taxifahrt zu ihrem Haus. Und das ohne mich."

„Ha, Hugo, das kommt davon, wenn du ein Schnorrer bist. Ich hoffe für dich, dass du deine Freundin demnächst zu einem richtigen Essen einlädst. Bekanntschaften gehören gepflegt und dazu gehört auch investieren. Nichts ist im Leben umsonst", meinte Joaquin, der Möchtegern- und Barphilosoph.

Ole, ole, ole, oleee.

März in Lima. Kein Frühlingsbeginn, wie bei denen im Norden, bei den Gringos, sondern das Ende des Sommers, der Beginn des Herbstfrühlings bei uns im Süden. Hitzig waren die letzten Monate. Warm würde das restliche Jahr sein. Die Wärme ist der maßgebliche Hintergrund für einen der Standortvorteile den wir hier haben: Peru ist ein Land der Früchte. Bei so vielen Klimazonen, die wir in uns vereinen, kein Wunder. Die Fruchtindustrie ist ein wichtiger Bestandteil des ökonomischen Gesamtbildes unseres Landes. Tausende von Menschen arbeiten in diesem Zweig. Von den Pflanzern, den Erntenden, den Sortierenden, den Wäschern, den Lagerarbeitern im Dschungel oder sonst wo, von den Transporteuren, Großmarktlieferanten, Händler bis zu den Menschen, die die Früchte durch die Gassen und Straßen von Bellavista in Callao hin zu den Konsumenten transportieren. Und mit einem von denen machte Herr Joaquin Bekanntschaft. Und dieses Mal war diese Beziehung – in gewisser Weise stand Joaquin mit all seinen Feinden in einer ungewissen Beziehung – nicht von Gewalt oder Aggression geprägt. Nein, sie war freundschaftlicher Natur:

„Ei Hugo, ich hab da vor ein paar Wochen einen lustigen Kerl kennengelernt, ich hab dir von ihm noch gar nichts erzählt. Irgendwie sehe ich ihn schon als Freund an und ich denke mir, ich bringe ihn demnächst mal mit ins El Directorio. Glaub mir, auch du wirst ihn mögen. Eine witzige Figur, aber das ist genau, was man abseits vom Alltag braucht. Kuriositäten, nicht wahr Hugo? Und zwar ist das ein Typ, der bei uns durch die Straßen fährt, auch bei meinem Haus vorbei. Wie du weißt, hasse ich normalerweise diese Leute, die lautschreiend ihre Waren oder Leistungen anbieten. Dieser Kerl ist eine Ausnahme, er schreit herum mit seinem Megaphon, aber mir ist das egal, weil er einfach lustig daherkommt und auch seine Produkte fabelhaft sind, ich hatte bisher noch keinen Grund zu Beanstandungen gefunden. Es ist ganz was banales, was er verkauft: Obst. Einfach Obst. Gesundes und knackiges Obst. Aber das ist noch nicht alles, denn das Beste kommt erst: Er schaut aus wie der argentinische Nationaltrainer im Fußball, heißt wie dieser und er glaubt auch selber das er Diego Anodaram ist. Er fährt mit seinem fahrendem Schuppen, einer vier mal zwei Meter großen Verkaufsfläche mit Fetzendach, die von einem hinterrücks platzierten Motorrad gesteuert und bewegt wird, die Gassen von Bellavista ab und verkauft sein Obst. Und wie er das tut. Üblicherweise ist es ja so, so habe ich mir zumindest sagen lassen, dass sie einfach die Obstsorten, die sie anbieten, beim Namen aufsagen, besser ausschreien. Er macht das aber ganz anders. Warte, ich imitiere ihn mal:

‚Meine Herren, ich präsentiere ihnen die Aufstellung zum alles entscheidenden Match in der Fußballweltmeisterschaftsqualifikation für Südtirol Zweitausendzehn gegen Ecuador. Im Tor haben wir den wiedererstarkten Coco, ein echter Felsen unserer Mannschaft, in der Verteidigung, in der ich dieses Mal vier Spieler einsetze, platziere ich die Ballkünstler Sandia, Melon, Papaya und Platano, im Mittelfeld die Stützen nach vorn sowie nach hinten Naraña, Mandarina, Piña und Manzana sowie im Sturm die flinken, jedoch robusten und passionierten Maracuja und Granadilla. Wie sie sehen, meine Damen und Herren setze ich auch dieses Mal auf ein starkes Mittelfeld, die genügend Bälle zu unseren zwei Sturmspitzen nach vorne bringen werden. Und das alles wird durch einen starken Riegel aus vier Verteidigern verteidigt. Auf der Bank sitzen dieses Mal Kiwi, der sich noch nicht ganz von seinem Neuseelandurlaub erholt hat, sowie neue Frischlinge aus dem U21-Team, denen ich vielleicht die Chance auf einen Einsatz in diesem oder einem der kommenden Spiele geben werden, nämlich Fresa und Uva. Weiters auf der Bank sind noch unsere alten Stars, die aber jederzeit für einen Einsatz bereit sind, sie wissen ganz sicher, wen ich meine. Lucuma und Pepino, diesen Spieler vom anderen Spektrum. Ich habe schon öfters mit diesem System und dieser Aufstellung gewonnen und werde es auch weiterhin tun, das können sie mir glauben. Also, kommen sie, kaufen sie zahlreich, sie werden nicht enttäuscht sein'.

Und wie ernst er das rüberbringt, das ist der eigentliche Hammer. Und eben total lustig. Er ist ein Schlager und er macht mit seinem Sager, mit seiner Verkaufsmasche, viel Geld. Ja, ich dachte das ist eine Verkaufsmasche, ist es aber nicht. Ich habe mit ihm letztens kurz während des Verkaufsgespräches auch über ihn selbst geplaudert. Er meint, dass er tatsächlich Diego ist und er diesen Job praktisch zum Überleben braucht. Nach seinem unsäglichen Sager nach dem Match gegen Uruguay, wo er allen Kritikern rät, doch Blowjobs zu machen, ist er rausgeworfen worden vom politischen Präsidenten der Republik und muss sich nun so über Wasser halten. Aber er macht das gerne, hat er ja schon ein neues und – so glaubt er zumindest – unschlagbares Team gefunden. Er wohnt nun in Callao, witzigerweise im Viertel mit den vielen bunten Häusern, La Boca. Ist das nicht eine Ironie. Von Buenos Aires nach Callao. Na, zumindest fühlt er sich dort heimisch. Er ist ein lustiger Kerl, wie gesagt. Von mir aus auch eine tragische Figur. Und bei einem unserer nächsten Treffen werde ich ihn mitbringen, auch du wirst ihn mögen."

Da war ich dann selbst gespannt, den Kerl musste ich unbedingt kennenlernen. Und da kann ich gleich eine Geschichte eines Bekannten von Cesar, die sich im Campo de Marte unlängst zugetragen hat, anhängen. Nun, mögen sie jetzt meinen, warum weiß ich davon schon wieder. Der Hugo hat es nicht erzählt, er hätte das Geschehene zwar sehen können, war aber anderweitig beschäftigt. Er ist noch kein Ruheständler, der den ganzen Tag aus dem Fenster starrt. Also Hugo fällt als Quelle weg. Und immer ist alles gewissermaßen aus dritter oder gar aus vierter Hand. Weil es ist ja so, werden sie meinen: Irgendwo passiert was, einer erzählt es weiter, dieser geht dann ins El Directorio, erzählt es dort einem anderen und so höre ich dann schlussendlich davon. Ich bin also nie direkt dabei, bin – außer es passiert hier im El Directorio – nie ein Augenzeuge. Und sie haben Recht. Ich muss mich auf die Erzählenden verlassen können. Und ich gebe ja zu, ich vertraue den Erzählern nicht immer, denn Geschichtenerzähler erzählten schon vor Jahrhunderten, Geschichten um zu lehren, etwa Märchen oder Fabeln. Ob sie wahr sind, können wir kaum nachvollziehen, es können auch Sagen sein. Aber, so sage ich ihnen, ich kann mir nicht vorstellen, dass Joaquin seine Handlungen erfunden hat, etwa nur um aufzufallen oder ein interessantes Gesprächsthema zu finden. Sein Leben ist eben fabelhaft lustig. Das wird stimmen. Und auch die Geschichte vom Freund des Cesars, Julio sein Name, die sich im Campo de Marte im Distrikt Jesus Maria zugetragen hat, wird stimmen. Denn sie ist zwar eigenartig und doch aus dem Leben. Und ja, ich war wieder nicht dabei, denn ich bin keine Lampe, die im Park steht und in der Abenddämmerung das Finden des Ausgangs erleichtert sondern eine, die in einer Bar hängt.

Also, dieser Julio ging im Campo de Marte spazieren, er wollte sich die Füße vertreten, denn den ganzen Tag im Atelier herumzusitzen, über mögliche Bilder nachzudenken und dann mittels seiner Hände die erdachten Bilder dann auf die Leinwand zu pinseln kann nicht der ganze Tagesinhalt sein. Luft benötigt der Mensch und grün vor allem der Maler. Er machte also gerade die Runde um das riesengroße Denkmal für die Helden des Krieges von Neunzehnhunderteinundvierzig gegen Ecuador, welches übrigens zu groß ist, zu überdimensional zu grau, zu martialisch, als er eine Gruppe von Jugendlichen – so zwischen zwölf und sechzehn, genau konnte er es nicht mehr sagen - bemerkte, die eigenartig herumtanzten. Ohne Musik. Er, Julio, sinnierte, was die hier wohl praktizieren, was fernöstliches, was schamanisches, einen Heilstanz etwa. Er wollte es genauer wissen, aber nicht fragen. Künstler sind ja dann und wann etwas introvertiert. Setzte sich also auf eine etwas ramponierte – ein Balken fehlte – Bank hin und sah. Er sah. Er beobachtete. Und kombinierte. Kombinierte, dass ungefähr zwei Monate zuvor der Miguel, nein Micheal Jackson gestorben war. Die ganze Welt trauerte, es flossen Tränen, großartige Gedenkkonzerte wurden geplant, und – siehe in Wien – unter mysteriösen Umständen wieder verworfen. Julio sah die Schrittkombination, die Art, wie sie herumhüpften. Und schrie schließlich seine Introvertiertheit beiseite lassend laut zu der Gruppe rüber: „Ah, jetzt weiß ich es. Das muss der Tanz zum Lied Killer sein, nicht wahr? Killer für Taubstumme." Um das dann folgende begreiflich zu machen, muss ich noch dazusagen, dass die Geschichte an einem ungewöhnlich sonnigen und so auch heißen Wintersamstag geschah und die Tanzgruppe wohl schon eine Stunde geübt hatte. Jedenfalls scherten zwei Tänzer aus der Gruppe aus, rannten zu Julio hinüber, traten ihm zuerst koordiniert in beide Schienbeine und schrien, dass dies der Tanz zum Lied Thriller ist und sie keineswegs taubstumm wären, wie sie mit ihrer Reaktion wohl bewiesen hätten. Julio saß schließlich stumm da, schaute dem wieder gestarteten Tanz zu und stand, nachdem seine Beine nicht mehr so stark schmerzten, auf und ging weg.

Diese Episode im Leben des Julio führte dazu, dass er sich nun nicht mehr nur als Maler betätigte. Er wurde auch Bildhauer. Und sein erstes „Meisterwerk" wurde ein Gipsabdruck seiner Schienbeine. In eines kritzelte er Killer in das andere Thriller. Und das ganze nannte er Griller. Sehr lustig. Diese Plastik landete schließlich als dauernde Leihgabe auf der Theke im El Directorio.

Eines Tages brachte Joaquin diesen Obstverkäufer, von dem er schon einmal erzählt hatte, ins El Directorio mit. Diego sein Name, in Anlehnung an den argentinischen Suppen-, nein Superstar aus den Achtzigern. Glaubte dieser „Diego" doch tatsächlich, dieser zu sein. Unglaublich, nicht wahr. Aber rund um Diego Maradona sind schon so viele Legenden und Phantastereien entstanden. Und warum soll er nicht beschlossen haben, nach seiner verbalen Entgleisung, die in die Entlassung als argentinischer Teamchef mündete, einen Neustart im Ausland, in Peru, noch dazu in Lima, zu probieren. Kaum betrat dieser Diego das Directorio, war ihm schon die gesamte Aufmerksamkeit beschieden und dies ohne Scheinwerfer, die ihn hätten in Szene setzen können. Die hatte er jedoch ganz und gar nicht nötig. Naturtalent in Sachen Aufsichaufmerksammachen. Die Köpfe wendeten sich ihm zu und die Körper traten beiseite, ihm einen Weg zur Theke gebend und weisend. Eine Erscheinung. Cesar gab ihm zur Begrüßung einen Pisco Sour, den er mit einem Schluck austrank. Dann meinte Diego, dass er Bier gegenüber Drinks bevorzugen würde. Ein großes bekam er. Eine ganze Jara für sich alleine. Nun, wo er getankt hatte, konnte er mit seiner Vorstellung beginnen. Er sagte wieder seine Aufstellung auf. Sie blieb, bis auf eine Ausnahme, unverändert. Statt Granadilla war nun von Beginn an Chirimoya dabei. Eine Überraschung jedenfalls, aber – so meinte ein selbsternannter Experte in meiner Nähe, eine gute Wahl. Auch Herrn Chirimoya sollte man des Öfteren eine Chance geben, eine Chance zur Profiteroles. Nein, Profilierung. Ich kenn mich ja bei manchen Fremdwörtern nicht aus, was bei meiner Profession durchaus verständlich ist. Cesar allerdings verstand noch weniger. Er kannte sich im Fußball aus und befand, so konnte ich aus seinem Gesichtsausdruck erkennen, dass er das von Diego Gesagte als Blödsinn bezeichnete und er bat den Plattenaufleger das Volumen zu erhöhen. Auch im Publikum stieg das Missfallen. Einer der Gäste meinte, er solle doch ins Estadio gehen, dort würden so Spinner wie er ihr Zuhause finden und sich wohlfühlen und falls die dortigen Betreiber und Trinker es für notwendig erachten würden, könnten sie sein Maul mit dem preisgekrönten Arroz con Pato stopfen. Aber die Aufregung war nicht allzu groß, Diegos Bedeutung für die Besucher meiner Arbeitsstätten verflog schnell, sank alsbald gegen Null, nur Joaquin und Hugo wechselt mit dem witzigen Vogel ein paar Worte zwischendurch, ließen ihn aber links oder rechts – ich weiß es nicht mehr genau – liegen. Er verstand, dass er nicht mehr gewünscht sei in dieser Lokalität und verschwand. Er sagte, dass er wieder zurück ins Trainingslager müsste, dort, wo seine Schützlinge während der Vorbereitungszeit zur Weltmeisterschaft kaserniert wären. Joaquin, der Diego viel Glück bei dem Unterfangen wünschte, hatte indes ein Thema gefunden, bei dem es heiß herging.

Salsa Salsa Salsa.

„Also Hugo, ein Grund, dass ich dieses El Directorio so sehr liebe und gegenüber allen möglichen Alternativen in der Lokalszene von Lima oder Callao bevorzuge ist die Sache mit der Musik. Die Musik, die hier gespielt wird, liebe ich. Langsame, bedeutungsschwere Rockballaden die von fetzigen Stücken aus Argentinien oder Mexiko abgewechselt werden. Einmal Zeit, um melancholisch zu werden ein anderes Mal um all die aufgestaute Scheiße, die sich die Woche über ansammelt rauszulassen. Also nicht all die Scheiße, aber zumindest Teile davon, wer weiß, was ich sonst noch anstellen würde. Haha, bin ich nicht selbstironisch, was? Das ist die Schallkulisse, wie ich sie in meinem Leben brauche. So lebe ich, so bin ich. Ganz anders ist es zuhause in meinem Viertel. Hier stehen jedes Wochenende Fiestas auf dem Programm. Und auf diesen von mir so gehassten Fiestas gibt es nur einen Rhythmus, nur einen Musikstil, der die ganze Zeit auf und ab gespielt wird: Salsa, Salsa und nochmals Salsa. Ein paar Einschübe von alternativen Stilen gibt es, das muss ich zur Verteidigung der Fiestaveranstalter und deren DJs sagen. Doch die Lieder von der Grupo Cinco sind schon das intellektuell anstrengendste, was neben Salsa noch geboten wird. Apropos Grupo Cinco. Habe da mal von einem Gringo gehört, der ein paar Wochen bei einer Gastfamilie in meiner Umgebung hier gewohnt hat. Die sind einmal mit ihm zu einer Riesensupermarkteröffnung gegangen und die großen Stars dort waren eben Grupo Cinco. Die machen da Stimmung durch Musik und idiotische Ansagen und schließlich fordern sie die Zuschauermassen auf, doch die Hände zu heben. Die Hände zum Himmel oder so… Der Gringo macht das tatsächlich, hebt beide Hände hoch. Am Ende der Veranstaltung bemerkt er, dass sein Handy nicht mehr da ist. Weg ist es. Glaubt zuerst an einen Verlust. Ist aber sicherlich gestohlen worden. Und ich sage dir: Die Grupo Cinco organisiert das. Die Verbrecher nützen die stimmungsbedingte Nachlässigkeit der Leute beinhart aus und begehen ihren stupiden Taschendiebstahl. Und die Musikband kriegt einen Anteil daran. Ganz klare Sache für mich. Aber zurück zu den Fiestas. Ich bin bisher noch nie zu einer dieser unzähligen Fiestas eingeladen worden, nicht von den Nachbarn, nicht von der Familie, bei der ich wohne, auch nicht von den doch kaum vorhandenen Freunden. Zumindest an zwei Tagen in der Woche gibt es diese Feiern. Meistens am Freitag und am Samstag. Am Freitag für die, die am Wochenende nicht arbeiten oder nicht studieren müssen und am Samstag für jedermann und jederfrau, für alle Klassen. Am Samstag gab es klarerweise die meisten diesbezüglichen Veranstaltungen, oft auch mehrere in Hörweite. Das ist dann die schrecklichste Geräuschkulisse, die man sich vorstellen kann. Da eine Melodie, dort eine natürlich gleichklingende, aber zeitverzögerte. Ich bezeichne das ja als Salsakanon. Für diesen Begriff möchte ich irgendwo um ein Patent ansuchen, vielleicht in Nashville. Vielleicht übertreibe ich auch, aber ich möchte von mir selbst behaupten, dass ich kein natürlicher Übertreibungskünstler bin. Ich bleib bei dem, was stattgefunden hat und stattfindet. Denn es hört ja nicht auf, mit diesen Fiestitas. Ein immerzu gleichklingender Rhythmus. Das schlimmste sind jedoch die Gesänge dazu. Immer ist von Liebe die Rede, von glücklicher meistens, manchmal auch von unglücklicher Liebe. Juhuu und Geschluchzte. Sonnenfall und Regenschein. Nunca mas. Ich war nie eingeladen, habe ich das schon gesagt? Aber hören kann ich diese Partys allemal. Ob ich will, oder nicht. Wobei ich sagen muss, ich kann und will diese Töne nicht mehr hören. Diese ausgelassene Stimmung und diese unsägliche Musik, auch Bacardi-Feeling genannt. Daran konnte und wollte ich nie teilhaben, hatte nie die Stimmung dazu. Umso mehr schmerzt es, wenn man anderen Menschen, vor allem primitiven Menschen bei dieser Freizeitgestaltung zuhören muss und selbst nicht dem Gewollten nachgehen kann. Was ich will? Etwa in Ruhe ein Buch lesen, einen interessanten Film im Fernsehen sehen oder einfach nur Schlafen. Ich ließ mir das Wochen, gar Monate lang gefallen. Ich dachte mir, das gemeine Volk soll sich amüsieren, die haben sonst eh nichts zu sagen oder zu entscheiden, die sollen nur im Glauben gelassen werden, dass ihr Leben sinnvoll und angenehm ist. Dass mein Leben weder sinnvoll noch angenehm ist, das weiß ich, das gebe ich durchaus zu, dazu stehe ich sogar. Und ich weiß daher auch, welch ekelhaftes Gefühl das ist. Keine Frau, keine Alyson, keine Familie zu haben. Und in einer Stadt zu wohnen, in der man nicht geboren worden ist. Das soll nicht jeder spüren. Es ist ekelhaft, doch habe ich mich damit abgefunden. So dachte ich viele Wochenenden lang. Ließ die Leute feiern, tanzen, sich betrinken. Einmal – oder war es sogar zweimal – versuchte ich, mich in meinem Zimmer alleine mit Rum und Cola zu betrinken. Um das zu spüren, was die Partytiger spüren. Doch ich fand darin keine Befriedigung. Dazu fehlten wohl die herumtanzenden Frauenbeine. Also aus rein pseudowissenschaftlicher Sicht sind es die Frauen, die tanzenden Frauen, das, was eine Salsafiesta ausmachen. Die Musik alleine ist es nicht, auch der Rum für sich hat keinen Einfluss auf die Stimmung. Es sind – zumindest aus Sicht der Männer – die Frauen, die den Erfolg und den Stimmungspegel einer Party ausmachen. Ja, auch dazu nutzte ich die schlaflosen Nächte. Theorien aufstellen. Auch so kann die Zeit vergehen. Doch eines Nachts, es war eigentlich schon früher Morgen, war es mir zu viel. Ich weiß noch genau, es war halb Fünf in der Früh. Ich hatte die ganze Nacht keine Auge zu getan, schaute idiotische Seifenopern auf dem eigens dafür angelegten Kanal, schaute Sportarten, die mich nicht die Bohne interessierten, versuchte dann wieder zu schlafen, doch es war vergebens. Nun, bis halb Fünf war ich auf und die Salsa-Fiesta zwei Häuser weiter dauerte noch immer an.

Ausdauertänzer und –säufer also. Hätte ich einen Pyjama getragen wäre dessen Kragen geplatzt. So platzte kein Kleidungsstück, jedoch zog ich mir einen Mantel über meinen Körper, schlüpfte in leichte Schlüpfer, ging zu einem Haus der Fiesta, läutete dort, eine Tür ging auf, eine Frau lugte heraus, der konnte ich zurufen, dass es schon ziemlich in der Früh wäre und ich endlich schlafen möchte, doch sie lachte nur auf, schloss die Tür hinter sich und ward nicht mehr gesehen. Beim zweiten Haus, aus dem Salsa hervordröhnte bekam ich in etwa die gleiche Reaktion geboten. Daher marschierte ich wild entschlossen zurück in das Haus in dem ich wohnte, rief ich die Seguridad-Streife von Bellavista an, sagte denen, dass ich schon seit neun Stunden Zeuge zweier Fiesta sei und ich jetzt endlich schlafen möchte. Ich blieb an meinem Fenster stehen und schaute auf die Straße. Nun hörte ich nicht nur den Salsa, ich konnte auch hinter den Vorhängen des gegenüberliegenden Hauses schemenhaft die Leute feiern und tanzen sehen, auch Gläser zum Salud heben hören und sehen. So stand ich zwanzig Minuten am Fenster und wartete auf das Eintreffen der Institution für Sicherheit der Municipalidad von Bellavista. Zwanzig Minuten hörte ich nur Musik und klingende Gläser. In der einundzwanzigsten Minute des Wartens vernahm ich den Motor eines mit Blaulichtern ausgestatteten viertürigen Importwagens aus Korea. Ja, das war die kleine Polizei von Bellavista. Zwei Herren waren im

Wagen, einer davon, der Beifahrer, stieg aus und lauschte der Musik. Er stand ein paar Augenblicke vor dem Haus herum und ja, ich konnte beobachten, wie er leicht im Rhythmus zum Mitwippen anfing. War auch er vom Salsavirus infiziert! Doch wer war davor schon verschont. Wahrscheinlich einer von Tausend, nein Millionen in Peru. Er, der von der Municipalidad de Bellavista mit der Lizenz zum Schützen seines Heimatbezirkes ausgestattete Offizier oder Wachmann oder Polizist wippte mit. Läutete jedoch – das muss ich zu seiner Ehrenrettung hinzufügen – am Tor des Hauses, welches die Fiesta beherbergte. Tatsächlich machte einer auf, mit diesem Herrn wechselte der Uniformierte ein paar Worte, deren Inhalt und Tragweite für mich unverständlich blieben. Doch noch bevor der von der Municipalidad de Bellavista entsandte Sicherheitsfachmann ins Amtsauto stieg, war die Musik leiser gedreht und ich stellte mir schon vor, wie ich in wenigen Minuten im Land der Träume versinken würde. Ich ging aufs Klo, ließ ein bisschen Urin in die Muschel rinnen, reinigte meine Hände, schaute nochmals aus dem Fenster, sah, wie das Auto der Sicherheitskräfte um die Ecke bog, legte mich wieder ins Bett, deckte mich zu, schloss meine Augen. In dem Moment, als die Lider sich über die Augäpfel gelegt hatten, gingen die Lieder aus dem Nachbarhaus wieder los, selbe Lautstärke, die ein Schlafen absolut unmöglich machte. Mittlerweile war es fünf Uhr. Ich hatte noch immer nicht geschlafen, der

Sonntag war in jedem Fall verhaut, verdorben, für die Fisch, für nix. Doch ich hatte noch einen Trick in meinem Köcher. Wenn weder gutes Zureden noch die uniformierten und uninformierten Kräfte der Bezirksgewalt halfen so musste ich zu drastischeren Mitteln greifen. Da muss ich dir erzählen, dass ich in einer bestimmten Nacht aus den vorher erwähnten Gründen an Schlaf nicht zu denken war. Meine Nachttischlampe war eingeschalten, so konnte ich zumindest lesen. Auf einmal musste ich dringend auf das Klo, ich stolperte dabei über das Kabel meiner Leselampe, worauf nicht nur meine Lampe ausging sondern auch im Nachbarhaus, die Musikbeschallung und das Licht ein Ende hatte. Ich hatte also unabsichtlich einen Kurzen ausgelöst. So labil war also das Stromnetz in meinem Viertel. Das machte ich mir einige Male zu nutze. Jedoch hörte ich eines Tages am Frühstückstisch mit der mir Unterkunft gewährenden Familie, dass diese oft vorkommenden Stromausfälle sie an die Achtziger Jahre erinnern würden. Damals hatten die Leute vom Sendero Luminoso Anschläge auf Strommasten, Trafostationen ausgeübt, dies führten zu weiträumigen Stromausfällen, die oft Stunden dauerten, in denen es Finster war, kein Fernseher, kein Radio, kein Kühlschrank und vor allem kein Licht funktionierte. Und ohne Strom gab es auch keine Pumpen, die das Wasser in die Türme raufpumpten, um den notwendigen Druck zur Weiterleitung in die Haushalte zu erreichen. Damals, während diesen Ausfällen, saßen sie dann während der Nacht in der Dunkelheit, die nur selten vom Schein der Kerzen unterbrochen wurde. Aber das hatte keineswegs mit Romantik zu tun. Für die Familien waren das ekelhafte Situationen. Kein Wasser, kein Licht. Ungewissheit, wie lang der Stromausfall wohl andauern würde. In diesem Stunden aßen sie Thunfisch mit Limonen und Zwiebeln, der auf Salzgebäck aufgetragen wurde. Denn, wenn kein Strom, dann auch kein Brot. Der Geschmack von Thunfisch erinnert sie noch heute, jahrelang danach, an Terror. Das hatte ich nicht bedacht. Während meiner Kindheit in der Provinz Tumbes hatte ich von alledem nichts mitbekommen. Doch mir eröffnete sich eine andere Möglichkeit der Manipulation:

In den letzten Wochen hatte ich bei meinen Spaziergängen, die in erster Linie der Beruhigung dienten, herausgefunden, dass bei fast allen Häusern unserer Straße in der Hauswand straßenseitig kleine, nur leicht gesicherte, Schalter eingebaut waren. Bei näherem Hinsehen konnte ich sehen, dass diese Schalter für die Stromzufuhr in das jeweilige Haus gedacht waren. Ich musste also nur eines tun. Hinaus auf die Straße, das Schutzgitter für den Schalter knacken, was leicht vor sich ging, und den Schalter umlegen. Mit einem Schlag oder anders gesagt mit einem Knack mit einem Klick war es aus mit der Musik und in der Straße herrschte Ruhe. Ahnend, dass die

Hausbesitzer und Fiestaveranstalter den Braten rochen, verkroch ich mich in mein Zimmer und schlief, so lang es ginge. Tatsächlich wurde ich erst gegen Mittag wach, was wohl bedeutete, dass die Fiesta ohne Schlussakkord beendet wurde.

„Ich muss dir in diesem Fall absolut Recht geben, Joaquin. Was zu viel ist, ist zu viel. Was zu lange dauert, dauert zu lange. Zwar ist ausgelassenes Feiern im Leben der meisten Menschen etwas existenziell Notwendiges, das will ich nicht negieren, jedoch in Grenzen. Nach Mitternacht sollte jede Unterhaltungsmusik auf Zimmerlautstärke gesenkt und auch der Alkoholkonsum auf das unbedingt Notwendigste beschränkt werden. Auch wenn die Musik nicht laut ist, kann man dazu tanzen. Wohl verliert der Mensch bei zu viel Rumverzehr das Hörvermögen und einiges andere. Ich bin auch kein Partygeher, aber die Leute sollen ihren Spaß haben. Jedoch alles hat seine Grenzen." Schrie Hugo Joaquin ins Ohr, nachdem der DJ des El Directorio das Volumen drastisch und für kurze Zeit erhöht hatte. Ironischerweise und irgendwie wie die Faust auf das Auge passend hatte der für die Musikgestaltung eingeteilte Mitarbeiter ein Salsaliedchen aufgelegt, um die Grenzen des Soundsystems in der Bar auszuprobieren.

„Hier also auch schon, hat man in Lima und Umgebung überhaupt keinen ruhigen Flecken ohne Salsageplärr mehr!" schrie Joaquin in das Ohr von Hugo, doch schon bald war die geschmackliche Verwirrung des DJs verflogen und eine normale und annehmbar angenehme Musikwolke machte sich im Lokal breit. „Danke für dein Beipflichten, Hugo, du verstehst mich. Doch diese Okkasion war nicht die einzige. Noch etliche Male beendete ich auf diese Art und Weise die Fiestas in meiner Straße, und nie wurde ich erwischt. Kein Sicherheitsmensch ertappte mich, obwohl wohl allein in meiner Straße an die drei den ganzen Tag und die ganze Nacht herumpatrouillierten. Und da komme ich schon zu einem anderen Problemchen, falls du mich dazu noch kommen lässt.

Die Wachmänner oder anders gesagt die Watchingman, wie wir sie bezeichnen. Die sind überall und nirgendwo. Die sehen alles oder gar nichts. Wir glauben, ihnen trauen zu können, wir glauben, dass sie diejenigen sind, die uns vor Dieben und anderen kriminellen Elementen schützen. Doch die Realität sieht anders aus. Zumindest für mich. Meiner Meinung nach sind sie die Kriminellen und wenn schon nicht selbst Diebe und Räuber so sind sie die Beschützer der Diebe, Räuber und sonstigen Gesindel. So schaut es aus. Ich traue ihnen nicht über den Weg. Für mich ist ihr Patrollieren in allen Gassen und Straßen unserer Stadt eine Bedrohung. Ihre nicht regelmäßigen Pfeiforgien geben mir nicht das Gefühl von Sicherheit, nein, das kann ein Signal an das Gesindel sein, kann etwa bedeuten, dass es in dieser Straße, in diesem Haus, etwas zu holen gibt und – ein anderer Pfeifton sagt das vielleicht – und das Haus allein steht, die Besitzer es verlassen haben. Dann kann schon eine Meldung an ein Hauptquartier weiterlaufen und das leitet die notwendigen Schritte ein. Etwa einen Möbelwagen in unsere Straße zu schicken, ein Transportwagen, der beim Siedeln recht hilfreich ist. Ein so ein Hauptquartier ist nur ein paar Häuser von meinem Haus entfernt. Und klar, es ist als Zentrale für eine Sicherheitsfirma getarnt, Tag und Nacht lungern Leute vor und in diesem Haus herum, schauen blöd in die Gegend, geben gefüllte Ledertaschen weiter oder nehmen gefüllte Ledertaschen in Empfang, funken Funksprüche über den Äther, ach, diese Strahlenbelastung macht mich wahnsinnig, spürst du das nicht auch, Hugo?"

„Was genau soll ich spüren, Joaquin? Die Strahlenbelastung, die dich wahnsinnig macht oder ich soll spüren, dass du selbst wahnsinnig bist?", fragte Hugo süffisant.

„Hoho, du bist aber lustig heute, aber da du mein Freundchen bist, verzeihe ich dir zur Gänze, mein Freund, mein einzig wahrer Freund in der großen Stadt der zehn Millionen potentiellen Freunde. Du kannst mich ruhig als wahnsinnig bezeichnen, aber ich bin mir absolut sicher, dass wir die Bewohner von Lima nicht in eine Gruppe von guten, rechtschaffenden Bürgern und in eine Gruppe von Kriminellen einteilen können. Nicht in eine Gruppe von Dieben und in eine von Watchingmen.

Das ist Unsinn. Da gibt es kein Schwarz und Weiß. Es gibt Graubereiche, wenn auch ich glaube, dass zumindest die privaten Sicherheitsorganisationen und –firmen, die auf unsere Kosten durch die Straßen patrouillieren, mehrheitlich böse sind und nichts Gutes anstellen und darstellen für uns. Zugegeben, ich habe keine Beweise, ich habe kein Foto, das einen Wachmann in seiner braunen Uniform abbildet, wie er über einen Zaun steigt oder die Tür aufbricht oder etwa einen Fernseher aus dem Haus heraus trägt. Die braune Uniform, die ist ja nicht nur ästhetisch eine Beleidigung sondern darüber hinaus auch noch historisch. Waren nicht die Schlägertrupps der Nazis, die Geschäfte von Juden zuerst geplündert und dann zerstört oder andere unschuldige Personen drangsaliert haben auch in braunen Pullundern unterwegs? Zumindest in braunen Hemden, da bin ich mir sicher. Oder schwarz? Oder gar beides? Das nur nebenbei. Ich habe Verdachtsmomente, Vermutungen und die müssen in der heutigen Welt, in der wir leben, genügen. Alles versteckt, alles verdeckt, alles verdreckt und gleichzeitig bedeckt in der braunen Kloake. Du meinst, ich rede wirres Zeugs? Bitte, meine es, glaube es, gehe davon aus. Ich weiß, woran ich bin. Ich kann dir da eine Begebenheit erzählen. Und ich muss da weiter ausholen, wenn du verzeihst, lieber, hochverehrter Freund. Du weißt, dass ich in einer Straße, die sich selbst als Avenida schimpft, wohne. Um das Haus, in dem ich wohne, sind auch andere Häuser. Alle umliegenden

Häuser sind durchwegs von kranken Idioten und kranken, idiotisch veranlagten Familien und Ehepaaren bewohnt. Doch eine der vielen ist ein ganz ein besonderes Exemplar. Ein komisches Paar. Er rennt die meiste Zeit in seinem oder dem seiner Frau gehörenden Morgenmantel herum, als Fußbekleidung benützt er Schlapfen. Seine Frau wiederum schaut aus wie der von Javier Bardem in einem Film der Cohen Brothers dargestellte Mörder aus. Es ist einfach fabelhaft, sie beim Fegen des Bodens zu beobachten, sie ist so was von männlich. Wie erwähnt, ein komisches Pärchen. Dieses Haus geht mir und der Familie, in deren Haus ich wohnen darf, mannigfaltig auf die Nerven. Erster Grund: Fast jede Woche findet eine Fiesta statt. Vor zwei Wochen etwa spielten sie bis zwei Uhr in der Früh melancholische Musik. Laut, nicht leise. Eine Tochter des Hauses beschwerte sich bei den Nachbarn, eine Frau dort meinte nur, dass sie soeben von einem langen Aufenthalt in Spanien zurückgekommen wäre und nun wieder Musik aus ihrer Heimat Peru hören möchte. Sie hörten dann wenigstens auf, spielten ihre Lieder leiser. Zweitens: Der Mann von Javier Bardem, der Dude, baute schon vor Jahren einen Schranken vor seinem Haus auf. Dieser Schranken geht aber nicht über die ganze sechs Meter breite Straße sondern nur bis zur Hälfte, was bedeutet, dass die ganze Installation unsinnig ist. Den ganzen Schrankendreck noch absurder macht die Tatsache, dass zehn Meter entfernt ein anderes Gitter installiert ist – welches übrigens ein komplett hermetisch abgeriegeltes Straßenviertel schützt. Dieses Viertel hasse ich am meisten, aber zu diesen Trotteln hab ich nur dann Kontakt, wenn sie an meinem Haus vorbeibrausend schon hupen, damit das Wachmännchen das Gitter rechtzeitig aufsperrt. Wenn ich Lust dazu habe, schreie ich einen passenden Kommentar aus dem Fenster. Und ja, um die Straßenecke ist ein weiterer Schranken. Also, komplett unsinnig der Schranken des Señor Duderino. Einfach um uns zu ärgern. Drittens: Aus irgendeinem Grund vermietete er die obersten zwei der insgesamt drei Stockwerke an andere Familien, er verdreifachte durch diesen Deal die Möglichkeit, Lärm zu verursachen. Und schließlich Viertens: Ich hasse den Anblick der beiden. Und eben dieses Pärchen fuhr eines Freitags nachmittags – ich glaube das war vor zwei Monaten – auf einen Wochenendausflug nach Chaclacayo. Dies sagte er – wie ich selbst beobachtete – einem befreundeten Nachbarn aus dem hermetisch abgeriegelten Viertel. Wie ich mich erinnere, bekam dies auch der mit einem Fahrrad ausgerüstete halbprofessionelle Wachmann mit. Nun, am Samstagabend, es war schon finster, war die Straße vor dem Haus mit blaulichtbestückten Autos erleuchtet. Wie ich aus mitgehörten Gesprächen erfuhr, war der Bruder des Dude zwei Stunden zuvor zum Haus seines Bruders gekommen, um nachzusehen, ob alles ok wäre. War es nicht. Die Tür war aufgebrochen und etliche

Wertgegenstände und Elektrogeräte fehlten. Klarerweise rief der Bruder die Polizei und auch seinen Bruder samt Schwägerin an. Wutentbrannt kehrt dieser zurück. Und ich habe nun den Verdacht, dass der Wachmann, der Watchingman, die Information, dass das Haus für eine oder zwei Nächte leerstand, an eine Verbrecherorganisation weitergegeben hatte. Natürlich äußerte ich diesen Verdacht nicht öffentlich, auch nicht gegenüber dem ermittelnden Kommissar. Aber es lag für mich auf der Hand."

„Claro, Joaquin, ich würde das auch vermuten. Weil das kann kein Zufall sein. Kaum steht das Gebäude eine Nacht leer, ist es schon ausgeräumt.", stimmte Hugo dem Verdacht des Joaquin zu.

„Danke dir. Und der Dude und die Javier hatten noch zwei weitere Male Pech. Denn sie ließen ein Hochsicherheitstor installieren, zu dem man mindestens drei verschiedene Schlüssel brauchte und so massiv war, dass selbst ein Meistereinbrecher Stunden brauchen würde, um in die Festung eindringen zu können. Nun, so weit, so gut. Eines Nachts kam der Dude samt Frau und einem anderen Pärchen so um ungefähr ein Uhr besoffen nach Hause. Ich hörte ihn laut herumfluchen. Natürlich schaute ich aus dem Fenster. Er lallte laut herum, dass wegen dieser verschissenen und beschissenen Einbrecher er ein einbruchssicheres Haustor installieren ließ und er nun, auf Grund seiner Besoffenheit, die nur dadurch so extrem wurde, weil er sein Leid beklagte, nach einer halbe Stunde noch immer nicht in der Lage war, die drei Schlüssel in die jeweils passenden Schlösser einzuführen. Das noch mit Dude befreundete Ehepaar, dass mit seinem Hut und ihrem altmodischem Kleid einer Karikatur eines biederen Pärchens aus Filmen, die in den fünfziger Jahren – glaublich in Nordamerika oder Mitteleuropa spielend – ähnlich sah, lachte laut, machte sich über die Familie Javier Duderino lustig. Familie Dude, insbesondere der Dude selbst, beschwerte sich über das blöde, schadenfrohe Lächeln und schupfte den Herrn Nachbar. Worauf dieser laut seinen Groll über diese aggressive Handlung los wurde und seine Frau anwies, mit ihm gefälligst und sofort nach Hause zu gehen. Dude und Javier kümmerten sich nicht weiter darum, zu sehr waren sie mit dem Öffnen ihres Tores beschäftigt, was schließlich nach weiteren sechzehn Minuten gelang. Doch in dieser Nacht verloren sie Freunde. Denn letzte Woche rammt das ehedem befreundete Paar mit ihrem Auto den Schranken der Familie Dude-Bardem. Der Schranken war zerstört, zudem das Auto der ehemaligen Freunde angeschrammt. Doch das kümmerte sie nicht weiter."

„Eigenartige, kranke, idiotische Typen wohnen in deiner Straße. Jetzt kann ich wirklich verstehen, warum du so bist, Joaquin!"

Puh, war da jetzt Streit zwischen Hugo und Joaquin in der Luft, gar eine Rauferei? Weit gefehlt, nichts passierte.

„Wie meinst du das. Wie bin ich? Aber egal, ich halte nicht viel von deiner Meinung, aber trotzdem liebe ich dich, Hugo. Trink noch was. Denn ich möchte dir noch von einer anderen Begebenheit, bei der die Sicherheitstruppe von Bellavista versagte, erzählen. Einer meiner Nachbarn lagert auf seinem Grundstück Baumaschinen. Bevorzugt tut er das während der Nacht. Eines Nachts, es war schon dreiundzwanzig Uhr irgendwas, hörte ich ein starkes und lautes Motorengeräusch. Klarerweise wollte ich wissen, was vorging, und schaut aus dem Fenster. Ja, du kannst mich Fenstergucker nennen, tu das doch bitte, lieber Hugo, ja? Ein Truck mit einer riesengroßen Ladefläche stand vor dem Nachbarshaus und der Kran dieses Trucks hob zwei eigenartige Maschinen von dieser Ladefläche auf das Grundstück des Nachbarn. Diese Maschinen erinnerten mich an den Besuch eines Bergbaumuseums. Dinge, mit denen die Kohlchen oder die Steinchen, die beim Schürfen als Abfall anfallen, an die Oberfläche geführt werden. Hatte der Nachbar also Rohstoffe unter seinem Haus gefunden, war er auf dem besten Weg, noch reicher zu werden? Ich konnte das nicht glauben, andererseits würde es auch bedeuten, dass unter dem Haus meiner Hausherren dasselbe Vorkommen vorkommen würde. Aber in erster Linie fühlte ich mich vom Lärm gestört, rief die Sicherheitsstreife an, bat sie, doch bei diesem Haus im sechsten Block der Avenida nachzuschauen, es bestehe der Verdacht, dass Diebe unterwegs sind. Nach ein paar Minuten fuhr das Auto mit Blaulicht gemächlich heran. Die Herrschaften schauten aus ihrem Auto, stiegen nicht einmal aus, fragten nicht, fuhren wieder ab. Doch in dieser Nacht war mir das ziemlich egal, wartete doch möglicherweise das große Geld auf mich, Reichtum durch Rohstoffe, möglicherweise Gold. Die Tage vergingen, kein Hinweis auf eine Baustelle oder Fördergeräusche. Eines Nachmittags, ich war schon zuhause, war das Rätsel gelöst. Der Herr Nachbar ließ die zwei Bergbaumaschinen wieder abtransportieren. Ich fühlte mich verarscht, war sein Haus also wieder nur ein Zwischenlager gewesen. Typisch. Aber im Grunde war das egal. Ich hätte von dem Profit nichts abbekommen, war ja nur der Mieter eines Raumes in einem Haus, welches anderen gehört. Kein Gewinn, kein Verlust. Aber spannend wäre es schon gewesen, Hugo."

„Das glaube ich dir, Joaquin, mein Freund. So richtig Bergbauromantik spüren, gell. Allein das wäre schon interessant und abwechslungsreich gewesen, aber, wie so oft, du kannst nicht alles im Leben haben, das ist wiederum die Quintessenz der ganzen Geschichte, des ganzen Theaterstücks, das man Leben nennt. Hast du dich irgendwie an dem Nachbarn gerächt?"

„Klar, Hugo, sonnenklar! Ich habe das Ausmisten der häuslichen Kühlschränke zum Anlass genommen, alte und vergammelte Mayonnaise und Eier in diese Bergbauutensilien hineingeworfen. Und weil es gepasst hat, meine eigenen Exkremente auch. Die sind immer wieder vorhanden, laufend. Ei ei, hat das gestunken. Blöderweise ist die Geruchswolke auch zu unserem Haus weitergezogen, aber das war mir auch wurscht, Hauptsache, die mussten auch leiden. Also komme mir bitte nicht mit dem Sager, wer anderen eine Grube gräbt und so weiter!"

Señor Joaquin wünscht sich die Existenz eines Bundes Peruanischer Mädchen.

„Also Hugo, letzte Woche bin ich wieder einmal ausgezuckt, ich konnte einfach nicht anders. Ich hoffe nur, dass mich keiner gesehen, bemerkt, erkannt hat. Aber es gab für mich einfach keine andere Möglichkeit, glaubst du mir das bitte, bevor du wieder anfängst von Therapie und gleichartigem Unfug zu reden. Nach unserem Treffen letzten Donnerstag, bei dem wir wieder außertourlich viel getrunken hatten, machte ich am nächsten Tag blau. Ja, du hast Recht, wenn du sagst, dass ich für unsere Republik Peru arbeite und ich sie nicht insofern betrügen dürfe indem ich am Vortag zu viel trinke und am folgenden Tag nicht im Büro erscheinen kann. Aber so ist halt das Leben, man kann sich nicht immer aufopfern. Ich war also an diesem Freitag zu Hause in meinem Zimmer. Und da kam diese Geräuschwolke heran. In Momenten wie diesen bedauere ich, dass es keine Organisation namens Bund Peruanischer Mädchen gibt, BPM, oder so ähnlich. Diese Vereinigung hätte für Zucht und Ordnung und nützliche Mädchen zur Fortpflanzung und wohl auch Luststeigerung gesorgt, Stichwort Bondage, BDM. Mädchen zu willfährigen Frauen erzogen. Aber so marschierten diese sieben-, acht oder gar neunjährigen Gören wild schnatternd wie Gänschen durch die Straßen hin zu ihrem Sportplätzchen, wo sie körperlich ertüchtigt werden würden. Ich verstand ihr willdurcheinandergehendes Geschwafel ja nicht, aber diese Wolke von durch Münder erzeugten Lärms störte jedes Mal meine Freitagvormittage. Nicht, dass ich jeden Freitagvormittag zuhause war, ich arbeite ja. Und ich kann es nicht oft genug sagen oder erklären. Aber wenn ich etwa krank im Bett lag, etwa weil unsere Treffen hier im El Directorio zu lange anhielten oder ich Urlaub hatte, dann bemerkte ich diese giftigen jungen Schlangen in ihren weißen Blusen und dunkelblauen Röcken. Wenn sie wenigstens älter gewesen wären, dann hätte ich mich an ihrem Anblick ergötzen können. Und ein Pädophiler bin ich nicht, Hugo, das kannst du mir glauben. Ich bin vieles, aber kein Pädophiler. Kinder. Das Problemchen war, dass die Schule mit den älteren Schülerinnen einen eigenen Sportplatz hatte, wo sie herumsporteln, -hüpfen und – tanzen konnten. Ihre Beine etwa grätschen. Diesen Beinsport konnte ich nur kurz und zufällig beobachten. Klar, der Sportplatz war von einem Park umgeben, aber dieses Parkchen hatte nur wenige Bäume die zum Sich-verstecken einluden, zu bieten. So konnte ich nur durch den Park gehen und hin und wieder zum Sportareal hinschauen, wo die Mädchen etwa Volleyball trainierten und spielten. Schöne aber rare Augenblicke waren das. Aber zurück zu meinen Gören unterhalb meines Fensters mit ihrem unverständlichem Geschnatter. Es war schon das vierte Mal, dass sie meine mit Kopfweh erfüllten Freitagvormittage störten. Ich hatte genug gesehen und gehört. Letzte Woche stand zufällig an diesem Vormittag ein Service-Truck der Wasserfirma Sedepal, der anscheinend den Abwasserkanal säuberte, in unserer Straße direkt vor meinem Haus. Und ich nutzte diese Gunst der Stunde zur Abrechnung. Ich überredete meine Hausherrin, die Arbeiter in deren Mittagspause zu einem Essen einzuladen. Als Begründung führte ich an, dass diese drei Herrchen sehr schwer für unsere Wasserversorgung arbeiten würden und deshalb eine Belohnung zumindest in Form eines Mittagsmahls verdient hätten. Und weiters sagte ich meiner Hausherrin, dass das heute gekochte Arroz con Pollo ausgezeichnet sei und dies für die Arbeiter wie das Leben der Götter in Frankreich erscheinen müsse, wobei ich davon ausging, dass sie nicht wussten, was für Spezialitäten im Land der Franken aufgetischt werden. Meine Vermieterin und die drei Arbeiter von Sedepal folgten meinem Vorschlag. Ich erwartete sie um zwölf Uhr dreißig zur Mittagspause. Bier brachten sie selbst von ihrem Truck mit. Während des Essens überredete ich einen der Arbeiter, der ungefähr meine Körpergröße hatte, dazu, mir doch seine Arbeitskluft zu Zwecken des Posens zu überlassen. Vom Bier leicht berauscht händigte er mir seine Uniform tatsächlich aus. Doch ich wollte keine Fotos schießen. Ich entfernte mich aus der Küche, zog das Gewand ein, ging hinaus vor die Tür zum Truck und schaute mir die Armatur an. Und ich fand den Schalter, den ich brauchte. Auch brachte ich den Schlauch des Fahrzeuges in Position. Nach gezählten neun Minuten kam der Tross der schnatternden Enten vom Sportzentrum zurück. Ich startete den Truck und die Pumpmaschine. Aus dem bereits fixierten Schlauch entlud sich mit großem Druck ein Strahl von leicht stinkendem Abwasser über die Gruppe der Schülerinnen und Schüler. Die natürlich noch lauter kreischten als je zuvor. Haha, war das ein Heidenspass, Hugo. Dieses Geschrei der Kinder war wie Musik in meinen Ohren, besser als jede Symphonie oder Salsamelodie, oder von mir aus wegen dir auch besser als jede Mariachimusik. Anscheinend erkannten mich die Kinder wie auch die Begleitpersonen der Schülerinnen nicht. Und ich konnte auch schnell genug zurück in mein Haus flüchten noch bevor die drei Arbeiterchen von der Küche hinaus auf die Straße sprinten konnten. Verdutzt tapste ich bereits in meine normale Freizeitkleidung umgezogen die Stiegen hinunter und konnte Verwunderung vortäuschend dem dritten Arbeiter seinen Arbeitsanzug zurückgeben. Die Mitarbeiter von Sedepal beschuldigten mich nicht der Schuld bezüglich dieses Vorfalles mit ihrem Truck und den Schülerinnen."

„Das nenn ich dermaßen unrealistisch, unzulänglich, ja sogar unverständlich überreagiert, auf extremistische Art überreagiert", meinte Hugito.

„Ja, schon möglich. Meine Reaktion können durchaus als überzogen erscheinen. Aber so bin ich halt. Eine viel subtilere Form des Protestes hat ein anderes Typchen in meiner Nachbarschaft. Der regt sich vor allem über die Vereinigung der Grundstückseigentümer der Urbanizacion San Joaquin auf und über den von ihnen betriebenen Sportplatz, eben dieses Areal, in dem sich unter anderem die Schulkinder sportlich betätigen. Der hat zum Beispiel vor einiger Zeit einen notariellen Akt anlegen lassen, ein späteres Flugblatt, in dem er sich auf zwei Seiten über die Zuständen beschwert, die Mitglieder des Vorstandes der Vereinigung aufs Gröbste beschimpft, ihnen etwa jedwede Intelligenz abspricht. Wie gesagt ist vor allem der Sportplatz Hauptgrund seines Zornes, weil es dort immer wieder laut bis spät in die Nacht wird, es im Grunde gar kein Sportplatz mehr ist sondern vielmehr die größte Kantine Perus, in der man sich billigst betrinken kann. Witzigerweise hat mich dieser Lärm nie so sehr gestört, gegen diesen Klub habe ich bisher keine Attacke geritten, habe es auch nicht in der Zukunft vor. Verschiedene Präferenzen eben. Als Reaktion auf dieses Pamphlet publizierte die Asociacion de Propietarios y Residentes de la Urbanizacion San Joaquin ein Flugblatt und Unterschriftenliste, in der sie die Vorwürfe bestreiten und den Urheber des ursprünglichen Flugblattes als Persona no Grata bezeichnen. Und vor ein paar Tagen hat der Kerl dann als Gegenaktion die Fassade seines Hauses weiß färben lassen und auf dieser weißen Fassade in schwarzen Lettern eine Erklärung geschrieben. Manche Stellen des Textes sind mit weißer Farbe unleserlich, quasi zensuriert worden. Vom schreibenden Nachbar oder von erbosten Nachbarn, das kann ich nicht sagen:

MAFIA ORGANIZDA x RICARDO RODRIGUEZ C. VIOLETA A. SILVIA ORE PROF. DORA MAYER LUCIA ROMAN A ZEVALLOS MALE VOLA EDUARDO RAMIREZ S. PIARA INQUILINOS PRECAROS AVALADOS PROTE GIDOS CORRUPTOS H R N. M O AL. CFF.PP SPECIANI S. JOSE ENQUISTADOS 12 ANOS LUCRANDO x VENTA DE CERVESA i ALCOHOLIZANDO A JUVENTUD i NINOS EN COMPLECO SAN JOAQUIN QUIEREN PER PRETUARSE E INPONER SE CON MATONES YA CONTRATADOS SOCIOS ATENOS A ESTA URBANIZACION ALGUNOS SOCIOS VECINOS INGICNOS i SIN DECORO D' SAN JOAQUIN QUERIENDO IMPONER ESTATUTOS.

APOCRIFOS ALTAMENTE NACIVOS i LESIVOS A NUESTRA COMUNIDAD SAN JOAQUIN UNICA PROPIETARIA i SIENDO NOSOTROS DISCRIMINADOS TOTALMENTE SAN JOAQUIN SERIO TIERRA DE NADIE CON ALCOHOLICOS i DELINCUENTES QUE NOS ASALTARON ROBARON i VIOLARAN A MUJERES i NINOS BRE UNIDAS VECINOS HONESTOS PROBOS EN COMPLEJO 9.00 AM.

[Zusammenfassende und übersetzende Anmerkung: Der Herr Nachbar beschwert sich hier namentlich über einige Mitglieder des Vorstandes des Sportklubs San Joaquin. Vor allem darüber, dass sie seit zwölf Jahren den lukrativen Verkauf von Alkohol an Jugendliche und Kinder betreiben. Auch sagt er, dass die Bewohner von San Joaquin nichts mit Alkoholikern und Delinquenten, die sie angreifen, ausrauben und gewalttätig gegenüber Frauen und Kindern sind, zu tun haben wollen. Außerdem schlägt er ein Treffen der anständigen und rechtschaffenen Nachbarn im Komplex um neun Uhr vor, sagt aber nicht, an welchem Tag.]

Na das sind aber eigenartige Begebenheiten in San Joaquin. Der Herr Joaquin ist offensichtlich nicht der einzige schrullige Bewohner dieser Urbanizacion. Er, Blas Hernan, hat die Form des öffentlichen Protestes gewählt, nämlich die Verwendung seiner Hausfassade als Verlautbarungsorgan seiner Meinung. Señor Joaquin ist da direkter. Weicht zwar dem Faustkampf aus, macht jedoch seine Spielchen. Und dieses Mal ist es wieder gut ausgegangen für ihn. Nicht ertappt worden bei seinem kleinem Wasserspielchen.

Volleyball.

Von einem anderen Erlebnis, welches allerdings auch junge weibliche Dinger inkludierte, hatte wiederum Hugo zu erzählen. In der vorangegangenen Woche hatte er es nämlich für notwendig erachtet, ein Volleyballturnier im Stadion von Callao zu besuchen. Auch er war von der allgemeinen Begeisterungswelle, die Peru erfasst hatte, übermannt worden. Im zweiten Kanal lief jeden zweiten wenn nicht überhaupt jeden Tag ein oder gar mehrere Volleyballspiele. Turniere schossen wie Schwammerln auf den Terminplan. Was war der Grund? Nun, die Jugendmannschaft von Peru hatte sich für Jugendweltmeisterschaft Zweitausendzehn in Asien qualifiziert. Und die Jugend war die Hoffnung für das Land. Auch die Alten schlugen sich einigermaßen. Und der nächste Höhepunkt in der Volleyballgesellschaft war das Turnier in Callao. Und ja, Hugo ging hin. Er meinte zu Joaquin, dass ihn die ganzen Spiele, die er in den vergangenen Wochen und Monaten im Fernsehen gesehen, geil auf Volleyball gemacht hatten. Und wenn er geil sagte, so meinte er auch das Wort geil. In seinem Fall – so sagte er selbst – war das Wort geil nicht ein anderes Wort für super oder klasse, nein, er meinte genau das, was das Wort ausdrückte. Pure Lust. Zwar schaute er sich zwei Sätze des Matches der jungen peruanischen Mädchenauswahl gegen die noch jüngere peruanische Kindermädchenauswahl an, doch schon bald langweilte ihn das. Er saß etwa fünfzehn Meter von der Spielfläche entfernt auf der Tribüne fast alleine, denn nicht viele Menschen waren an diesem Nachmittag zu diesem Spiel gekommen. Wohl auch ein Zeichen des Überangebotes an Turnieren und Spielen. Doch diese relative Privatheit und Nähe zu den jungen Spielerinnen genügte Hugo absolut nicht, er konnte sie aus dieser Entfernung wohl sehen, vor allem ihre formidablen Hintern bewundern, doch den Schweiß, der durch das anstrengende Spiel entstehen musste, konnte er nicht riechen, nicht fühlen. Und er wollte eben diesen salzigen Saft, den die Schweißdrüsen bei Anstrengung zu Zwecken der Temperaturkontrolle des Körpers ausstoßen, schmecken. Das sagte er zu Joaquin. Ganz offen. Anscheinend hatte er ob der allzu offenen Geständnisse des Joaquin jegliche Scham und Verschwiegenheit verloren. Die erwachseneren Mädchen führten gegen die noch Jüngeren zwei zu null in Sätzen und es war absehbar, dass der dritte Satz der finale, der entscheidende sein sollte. Hugo stand also auf, ging in die Kantine, bestellte sich eine Dose Bier, trank diese mit einem Zug aus. Wobei ich selbst glaube, dass er bei diesem Umstand grob übertrieb, denn nie und nimmer konnte er eine Dose Bier mit einem Zug austrinken, das kann ich als Beobachter im El Directorio durchaus behaupten. Das Biertrinken tat er, wie wir uns wohl alle denken können, um Mut zu bekommen. Mut für den nächsten, entscheidenden Schritt an diesem

Spätnachmittag unter der Woche. Aus der Kantine kommend fragte er den nächsten Typen, der zum Stadion gehören dürfte, nach dem Weg zu den Kabinen, er müsste für eine Spielerin, die Raffaella Camote, eine spezielle Seife – zufällig hatte er tatsächlich eine Seife am Vormittag erstanden, eine nach Lavendel duftende Spezialnaturseife mit den wertvollsten Extrakten die man und besonders Frau sich vorstellen kann - abgeben. Und tatsächlich wies der Stadionmitarbeiter Hugo den Weg. Und nun kommt es. Zur Ehrenrettung kann man auch gleich anmerken, dass der Hugo auch in die Kabine der ganz jungen Spielerinnen hätte gehen können. Das unterließ er aber. Zumindest ein Hauch von Anständigkeit vorhanden. Er wandte sich der Kabine der Untereinundzwanzigjährigen zu. Sie war offen. Und trotz der tausenden und abertausenden von Sicherheitsmännern, Watchingmen, die sich in Lima, Callao und ganz Peru herumtreiben, war dort keiner zur Stelle. Unbehelligt fand Hugo Einlass zum Ort seiner insgeheimen Begierden. Ah, er liebte den Anblick und vor allem den Geruch, der ihn in der Kabine der Spielerinnen erwartete. Der Geruch von Parfum, den die Spielerinnen wohl von zuhause, als sie nach der mit ihren Lieben verbrachten Nacht mitgebracht hatten, die Stahlschränke, in denen ihre Straßen- oder Freizeitkleidung hing, die hölzernen glatten Bänke, auf denen sie saßen wenn sie sich ihre Schuhe anzogen und vor und nach dem Match noch über das Spiel oder auch ihre vielen Jungs, mit denen sie sich vergnügten, redeten, das machte ihn, den Hugo, glücklich, ja nahezu selig. Er ging von Bank zu Bank, schnüffelte nach Körpergerüchen, fand sie auch, verweilte an den wohlriechendsten Stellen Augenblicke, auch Sekunden, ging weiter, roch auch an den Schränken, an den Schuhen, die teilweise unter den Bänken ungeordnet herumstanden und war schon so weit, sich im Handbetrieb glücklich zu machen. Doch er hob sich das für das Finale, für die Zeit nach dem dritten Satz, der wohl schon bald zu Ende gehen sollte auf. Er suchte sich eine Stelle bei den Duschen, die nicht für die Duschenden einsehbar war, aber für ihn eine schöne Aussicht bieten sollte. Die fand er nicht. Was er fand war eine undurchsichtige Plastikplane, die nutzlos an einer Wand der Kabine angelehnt war. Ebenso fand er nebst der Duschanlage einen kleinen Holzkasten, in dem, wie er sah, Putzutensilien für die Reinemachefrauen verstaut waren. Rund um diesen Kasten breitete er die Plane aufrecht aus. Mit einem Kugelschreiber trieb er ein Loch in die Plane, machte dieses Loch dann größer um mehr Sicht zu bekommen. Und weil er sich nicht sicher war, ob das reichen würde, machte er ein paar Zentimeter unter dem ersten Loch noch ein zweites. Und hinter dieser Plane verharrte er dann ein paar Minuten. Dann hörte er ein Grollen, es war Jubel der von oberhalb, von der Spielfläche und der Tribünem, kam. Das Spiel war zu Ende und ein peruanisches Team hatte gewonnen, sein Team, auf das Hugo gesetzt hatte. Die Mädchen ließen sich feiern, denn es brauchte ein paar Minuten, bis sie sich in der Kabine einfanden. Auch die Trainerin war mitgekommen und sie gab noch einige Kommentare zum Spiel ab. Das alles hörte er, konnte es aber nicht sehen. Für diese Eventualität hatte er keine Vorkehrung getroffen. So hörte er sich diese Siegespredigt an und hoffte, dass die Mädchen sich bald mal ausziehen und zu den Duschen gehen würden. Und sie kamen. Und das, was er sah, erfreute ihn. Doch darüber wollte er hier im El Directorio kein Wort verlieren. Er sagte nur, dass die Raffaella tatsächlich eine Schönheit sei, sie ihm nackt noch mehr gefiele als angezogen. Aber das konnte sich wohl jeder denken. Jedenfalls, nicht nur der Anblick der jungen Körper vernebelte seinen Körper, auch der Dampf, der durch das heiße Wasser entstand, tat sein Übriges. Er begann zu schwitzen, er konnte wegen der Schweiß- und Dampftropfen, die am ganzen Körper und vor allem auf seiner Stirn entstanden, von wo aus sie dann in seine Augen ronnen, die Mädchen kaum mehr sehen. Aber erahnend, gar wissend, dass sich knapp ein Dutzend nackte weibliche Körper ganz in seiner Nähe befanden, trieb seine Phantasie an. So kam er zwar um Abschluss, aber im Grunde freute er sich, als nach knapp einer Stunde das Schauspiel beendet war und er unerkannt sich verdrücken konnte. Joaquin war verwundert über die Anwandlungen von Hugo, sagte dies ihm auch, aber der meinte nur, dass halt ein Jeder seine Geheimnisse, Begierden und Wünsche hätte. Seine seien eben solcher Art.

Apropos Raffaella Camote. Das gibt mir mal wieder die Gelegenheit, über den Unbekannten zu sprechen, der sich in ein Lama namens Raffaella, kurz Raffi, verliebt hat. Der kam nämlich etwa fünf oder sechs Wochen nachdem er Cesar seine Hochzeitspläne mitgeteilt hatte, wieder ins El Directorio. Schlecht aufgelegt, rote Augen habend, gereizt, abgemagert, kurz nicht gut aussehend. Und später hat er dann sogar noch geweint. Er war, wie er angekündigt hatte, ein paar Tage nach dem ersten Sehen wieder in den Klub gefahren und hatte viel Zeit rund um das Lama verbracht. Er fütterte es mit exquisitem Gras aus dem Hochland, auch etwas Zucker, mit Dingen also, die es lieben musste. Und wenn Tiere wissen, dass es ihnen lukullisch gut geht, dann fühlen sie sich auch wohl in der Hand und sei es die eines Fremden. Raffi spuckte ihn nicht an, nein, sie schleckte dem Noname zärtlich mit ihrer Zunge über sein Gesicht. Herr Anonymus war sich nun sicher, Raffaella erobert zu haben. Er war sich so sicher, dass er mit dem Präsidenten des Klubs in Verbindung trat und ihm erklärte, dass er das Lama käuflich erwerben wolle. Als Grund nannte er nicht seine Verliebtheit. Die Begründung fiel mehr bodenständiger aus. Er sei traditionsbewusst und patriotisch und so habe er sich gedacht, dass ein Lama in seinen Garten gehöre. Der Präsident des Ferienklubs war mit einem Verkauf einverstanden und verlangte eine Ablöse in Höhe von zehntausend Soles, die der Lamaverehrer auch prompt überwies. Und, so er weiter: „Auch darüber hinaus hatte ich alles organisiert. Ich wollte mit meiner neuen Freundin raus aus Lima, rein ins Land, wo es eine bessere Luft, besseres Wasser und mehr Platz für die Raffi und mich gab. Ich dachte zuerst an die Provinz Puno, Titicacasee und so. Aber dann erinnerte ich mich an die Berichte von erfrierenden Babys in dieser Region und ich schloss daraus, dass es wohl auch für Lamas zu kalt dort wäre. Ich wollte der Raffi diese extremen Wetterbedingungen nicht zumuten, so kam ich wieder von Puno ab. Tumbes oder Piura schienen mir andererseits zu nah dem Äquator, zu heiß. Dann sah ich eines Abends eine Dokumentation über Cusco im Fernsehen. Cusco, das Herz des alten Perus. Von hier aus herrschten die Inkas über ihr Reich, es lag in der Mitte, das war das Zentrum von dem aus die Boten in den Norden, in den Süden, in den Osten und in den Westen gesendet wurden. Cusco, Berge, Felder, Macchu Picchu. Und das würde auch passen. Ich wollte Raffaella in einer kleinen Zeremonie inmitten von Macchu Picchu heiraten, zeitig in der Früh, damit keine Touristen stören würden. Ja, die Provinz Cusco sollte es sein. Über das Internet checkte ich alle möglichen und für mich leistbaren Grundstücke. Bedingung für mich war genug Land und ein Haus, in dem Raffi und ich genügend Platz hatten. Für Kinder vielleicht auch, aber das war noch sehr, sehr weit in der Ferne. Die Liste von neun möglichen Immobilien und Ländereien kürzte ich auf schlussendlich auf drei, die ich in Ruhe während meiner Reise dorthin anschauen würde. Nun, die Reise. Die Reise dorthin stellte ich mir kompliziert vor, also musste ich auch das planen. Ich fragte auf den verschiedensten Märkten die Fieranten, ob sie nicht Anhänger hätten, mit denen man Lamas angenehm transportieren könnte. Und tatsächlich – welch ein Zufall – bot mir einer aus Cusco eine Mitfahrgelegenheit für Raffi und mich an. Er würde schon zwei Tage später zu seiner alljährlichen Reise heim zu seiner Familie antreten und gegen ein kleines Entgelt würde er mich auch mitnehmen. Das war perfekt. Ich wusste, dass Macchu Picchu nur per Eisenbahn erreichbar ist. Ich rief daher die Eisenbahngesellschaft an, ob ich nicht einen halben Wagon, in dem sonst Dinge wie Lebensmittel oder Gegenstände des täglichen Gebrauchs transportiert werden würden, mieten könnte. Sie sagten ja, warum nicht. Für eintausendvierhundert Soles wäre das kein Problem. Blöderweise fragte ich dann auch, ob ich auch Futter für mein Lama mitnehmen könnte. Die Eisenbahngesellschaft sagte unter der Bedingung, insgesamt eintausendsiebenhundert Soles erhalten zu wollen, zu.

Aber gestern, als ich meine liebe Raffis abholen wollte, wurde ein Albtraum, den ich wenige Tage zuvor gehabt hatte, wahr. Der stellvertretende Präsident des Ferienklubs in Chaclacayo teilte mir mit, dass das Lama Raffaella über Nacht verschwunden, wohl entführt worden war. Das Tor zum Klub und auch zum Stall, in dem Raffi bis zu dieser Nacht gelebt hatte, sei aufgebrochen gewesen. Komischerweise, so der Vizepräsident, sei außer dem Lama nichts gestohlen worden, auch die Kasse des Klubs sei nicht einmal angerührt worden. Die Polizei sei bereits vom Klub informiert worden, doch bisher hat sie noch nichts herausgefunden. Ach, Cesar, ich bin am Boden zerstört, gib mir einen Doppelten, ach was, gleich einen vierfachen. Das brauche ich heute." Und ein kaum enden wollendes Geheul erfüllte das El Directorio. Doch glücklicherweise endete dieses Geschluchze, dass das zentrale Ereignis in der Bar bis zweiundzwanzig Uhr darstellte rechtzeitig zum Beginn der Nacht der Frauen, die an diesem Abend angesagt war. Der Unbekannte hatte das El Directorio beruhigt durch zwei Vierfache wieder verlassen.

Eines Abends erzählte Cesar einem Kollegen, dass er zu Mittag in den Fernsehnachrichten einen Bericht über diesen eigenartigen Freak, der sich in ein Lama verliebt hatte und er ihm dies hier im El Directorio erzählt hatte, gesehen hatte. Dank der Nationalen Polizei sowie eines vom Unbekannten selbst engagierten Privatdetektives sei das Lama Raffi nach langer Suche wieder gefunden worden, und zwar südlich von Lima an einem Strand. Scheinbar hatte ein deutscher Einwanderer, der unweit des Strandes ein Restaurant sowie eine Pension namens El Loco führt, entführt. Der Deutsche meinte, er hätte dies getan, weil dieses Lama für ihn ein außergewöhnliches und spezielles Exemplar, gar ein Wunder der peruanischen Fauna darstelle und er es gerne als Attraktion für seine Gäste gehalten hätte. Und der Unbekannte verzichtete auf eine Anzeige doch sagte er gegenüber dem Fernsehreporter, dass der Deutsche ihm eine Entschädigung für den seelischen Kummer sowie den materiellen Schaden übergeben hat. Betrag wollte er keinen nennen. Weiters erfuhr Cesar aus dem Report, dass der Mann, der auch gegenüber dem Fernsehen keinen Namen preisgeben wollte, nun seine Pläne eines Umzuges nach Cusco und die Hochzeit in Macchu Picchu umsetzen möchte. Wie Cesar auch betonte, habe der Bericht mit einem leicht ironischen Abschlusssatz der Reporterin, in dem sie dem Paar ein glückliches Leben wünschte, geendet.

„Ich, Cesar, der von einem Nachfahren eines der letzten Vizekönige von Peru zum Hofschenk ernannte Cocktailmixer, möchte an dieser Stelle folgendes anmerken, mich speziell an die Leser dieser Zeilen wenden: Der werte Leser möchte vielleicht den Eindruck haben, dass ich ver-

rückt bin, dies wohl allein aus dem Grund, dass ich der Lampe, mit der ich Gespräche führe und die mir die Geschichte des Señor Joaquin diktiert, den Namen Foco gegeben habe. Sie, werte Leser, möchten möglicherweise meinen, dass der Name Foco nicht nett, eher beleidigend gegenüber der Lampe ist und ich sie, die Lampe, vielmehr Luz oder so hätte nennen sollen. Da möchten sie, Frau Leserin und Herr Leser, möglicherweise durchaus und verständlicherweise Recht haben. Doch ich, Cesar, der mit einem Nachfahren eines der letzten Vizekönige von Peru Kontakt habe, meine, dass Foco nicht beleidigend ist und der Konsistenz und dem Charakter der Lampe, die mir die Geschichte diktiert, entspricht, ja, sehr verehrte Damen und Herren, treffend ist. Ich finde den Namen Foco nett und ich glaube auch, dass der Lampe der Name gefällt, jedenfalls habe ich von ihr noch keine Beschwerde vernommen. Noch was: Schauen sie doch auch im El Directorio vorbei, ich würde mich darüber freuen! Sie spüren zwar nicht die Atmosphäre des Vizekönigreichs, aber wenn sie Interesse an einen Blick in die weitgeöffneten Augen des Alexander de Large aus Clockwork Orange oder etwa in die Augen von Jack Torrance, dem Schriftsteller aus Shining (Here is Johnny!), die übrigens ganz gut mit den über der Bar an der Wand befestigten Filmplakaten und Bildern mit weltweit berühmten Persönlichkeiten des öffentlichen und glamourösen Lebens und dem extra für die Fußballweltmeisterschaft in Südtirol angeschafften Großbildfernseher, der ein flimmerfreies genießen von Sport und Filmen in Highdefinition garantiert, harmonieren oder auch – wie es die berühmt und berüchtigte alternative Szene nennt – perfekt miteinander disharmonieren, schauen wollen, sind sie bei mir, respektive bei uns, denn nicht nur ich, Vizekönig Julio Cesar, Conde de Limones, arbeite hier, genau richtig. Ende der Anmerkung."

Nun gut, das hat Cesar loswerden müssen. Und er sagt die Wahrheit, ich habe absolut kein Problem mit den Beschmückungen der Wände der Bar und dem Namen Foco. Wie ich bereits weiter oben erwähnt habe, freue ich mich über jeden Namen, denn welche Lampe kann von sich behaupten, von einem menschlichen Wesen, noch dazu vom von einem Nachfahren eines der letzten Vizekönige von Peru zum Hofschenk ernannten Cesar, getauft worden zu sein. Dass Schiffchen, Bootchen, gar Autos Namen von ihren Besitzern bekommen ist ja hinlänglich bekannt. Aber bei einem Gebrauchsgegenstand – und eine Glühbirne, ein Lämpchen ist unbestreitbar eine solche Sache - ist dies in der modernen Namensgebungsgeschichte noch unvermerkt. Vermerkt sind hingegen die zahllosen Unfällchen, die durch unser phänomenales Transportsystem namens Combi verursacht werden. Vor allem wegen der Menge an diesen Minibussen sowie deren Hetzerei durch die rücksichtslosen Fahrer quer durch das Stadtgebiet. Aber lassen wir doch den von uns allen durchaus geliebten und geschätzten Joaquin mit seinen eigenen Worten erzählen:

Crazy Combi

„Oh, du mein Hugoland, Hugoland, von dir ist nicht viel bekannt, viel bekannt... Entschuldigung, lieber Hugo, aber ich habe letztens im Fernsehen eine musikalische Dokumentation über ein Alpenland gesehen, komisch, dass die das im Satellitenfernsehen gesendet haben, der Name der Sendung war Klingendes Österreich oder so. Jedenfalls haben sie da mit Blasmusik einen Marsch gespielt, die Melodie hab ich nicht aus meinen Kopf befördern können und da du mein bester Freund bist, hab ich dir zu Ehren einige wenige Zeilen gedichtet... ich hoffe, es gefällt dir... haha.! Nun, aber was ernsteres. Ich weiß ja nicht, wie es bei dir ist, Hugo, aber ich bin beim täglichen Indasbürokommen auf die Combisitos angewiesen. So sehr ich sie auch hasse, so sehr brauche ich sie auch. Denn ich kann mir weder ein eigenes Auto noch ein Taxi leisten. Ich brauche die Busse, in denen ich entweder täglich meine Knie und meinen Kopf ramponiere, weil der Abstand zwischen den Sitzen zur knapp kalkuliert oder das Dach zu nieder ist. Über die verschwitzten Körpern, oder etwa den Gestank will ich hier an dieser Stelle kein Wort verlieren, will uns den Appetit auf Alkohol nicht verderben. Nun, ich muss sparen. Und für einen Sol kann man nun mal nicht viel verlangen. Dafür kriegst du keine Ledersessel mit Nackenstütze oder Armlehne oder integrierten Becherhalter, auf gar keinen Fall ein Aschenbecher, weil das

Rauchen zu Recht verboten ist. Billig ist es, alles ist billig. Selbst die Behandlung durch den Typen, der an jeder Straßenkreuzung die Schiebetür des Toyota aufreißt und hinausschreit, welche Avenidas das Auto anfährt und welche wichtigen Firmen und Shoppingcenter es auf den Wegen passiert. Sube, sube, sube, heischt er uns an. Bei diesem Typen liefern wir auch das Fuhrgeld ab und beim Aussteigen müssen wir uns anschreien lassen, dass wir möglichst schnell aus dem Bus kommen, damit das Fahrzeug die Fahrt wiederum fortsetzen kann. Ach, wie ein Stück Fleckvieh auf dem Weg zum Schlachter fühle ich mich manchmal. Einer der wenigen Unterschiede ist, dass der Tod nicht das geplante Ende der Reise darstellt. Aber immer wieder eine Möglichkeit. Wenn man im normalen Fahrgastraum sitzt, dann bekommt man von der Gefährlichkeit der Reise kaum was mit. Du bist eingepfercht, musst immer schauen, dass deine Füße genügend Raum haben, um die Gefahr des Einschlafens der selbigen zu verhindern. Oft siehst du gar nicht aus dem Fenster, vor allem dann, wenn du keinen Platz zum Sitzen hast, du also stehst. Dann ist die Hauptaufgabe die, Balance zu halten, nicht hinzu-, auf andere Passagiere raufzufallen. Vor allem wenn du aber stehst, spürst du die oft aus dem Nichts kommenden Bremsungen des Wagens voll stark, dann fliegst du klarerweise nach vorne, aber nie auf den Boden, da genügend Airbags vorhanden sind, die alle Namen haben, da sie Menschen, deine Mitfahrenden, sind. Aber du siehst wenigstens nicht, was sich auf der Straße tut. Das tust du vor allem, wenn du auf der Beifahrerbank, an der vordersten Front sitzt. Dann siehste alles. Jedes kleinste heikle Detailchen der Fahrt. Dort bist du dem Geschehen ausgeliefert und du kannst doch nichts dagegen machen. Du bist praktisch der Kopilot, aber ein Eingreifen in den Fahrstil ist unmöglich. Du könntest in das Lenkrad reingreifen, aber das könnte zum Desasterchen, zum absoluten Desaster führen. Die einzige Möglichkeit, die du hast, ist die, dem Fahrer gut zuzureden, ihn dann und wann anzuschreien, seinen Fahrstil doch zu mäßigen. Ihm zu sagen, dass Zeitgewinn nicht alles im Leben ist und wenn er Zeit gewinnen will, er seine Freizeit gefälligst besser organisieren soll. Aber was kümmert ihn das? Gar nichts. ‚Lass mich in Frieden, no jodas', sagt er zu dir oder er reagiert ohne Worte, ignoriert dich, was quasi eine Nichtreaktion darstellen kann, auch tut. Das ist alles. Sendepause. Und du kannst, musst gar hoffen, dass der Gurt hält was er – oder der Hersteller – verspricht. Vor ein paar Tagen bin ich genau auf dieser Position gesessen, neben dem Fahrer; im hinteren Teil des Combis war kein Platz mehr frei. Bin die Avenida La Marina von San Miguel kommend in Richtung Campo de Marte gefahren. Wie ich beobachten konnte, hat der Fahrer alle paar Augenblicke einen Blick auf seine Uhr geworfen, er schien nervös zu sein, ich hatte die Ahnung, dass er Tempo machen musste, in Zeitnot war. Er hatte einen Gasfuß sozusagen. Bei den improvisierten Haltestellen hielt er schlagartig, kaum waren die Leute aus- oder gar eingestiegen, drückte er das Pedal durch und war schon wieder unterwegs. Im Laufe der ungefähr halbstündigen Fahrt ließ er – obwohl der Wagen zu einem Viertel leer war – ein paar potenzielle Passagiere am Straßenrand stehen, Tempo, Tempo, Tempo und nochmals Tempo. Gas, Bremsen, Gas, Bremsen. Gas. Gas. Ganz heikel wurde es irgendwo auf dem Abschnitt zwischen dem Inkadevotionalienmarkt und dem militärischen Krankenhaus. Er war auf der rechten Spur und plötzlich, total unvermutet, stand da ein Gefahrenhütchen auf der Straße und zwei Meter weiter schon ein abgestorbenes Combigefährtchen. Uih, war das eine Bremsung. Das gute ist, dass der Fahrer selbst darauf achtet, dass du angeschnallt bist. Und einen Tipp kann ich dir auch geben: Wenn du auf der Bank vorne sitzt, dann immer rechts bei der Tür, nie auf dem Platz der in der Mitte ist, dort hast du nie eine Genickstütze, also bei einer Vollbremsung schlägt es deinen Kopf ungeschützt zurück und du kannst nicht mehr Adieu sagen im schlimmsten Fall oder im besseren Fall kannst dir einen Chiropraktiker suchen. Wie auch dem, ich war geschockt und etwas weniger als zwanzig Minütchen Unterwegssein standen mir noch bevor. Aber alles ging gut. Ein Gutes hatte dieser Trip. Nun konnte ich endlich verstehen, warum in diesen Combis immer so eine Bummbumm-Musik – manche sagen ja Bumsmusik - ertönt, auch Reggaeton genannt. Für den Fahrer ist es wirklich das Beste, diese hämmernden, pulsfrequenzerhöhenden Rhythmen zu hören. Da fährt es sich schneller. Und Sex ist sowieso immer gut. Quiero tirar contigo! Die Lust auf Sex macht aggressiv und Sex, an den man denkt, aber nicht hat, macht noch mehr aggressiver. Der gedachte und gewollte aber nicht vollzogene Geschlechtsverkehr muss kompensiert werden. Und was mag ein Männchen lieber als Sex, Trinken, Essen und Fußball? Richtig: schnelles Autofahren. Ein schnellfahrender Combi bürgt für ein gutes Geschäft. Ach, alles ist so einfach zu erklären. Dieses Tempobolzen in der La Marina ist aber nur eines von vielen Erlebnissen, die ich so auf meinen Fahrten durch Lima bisher hatte. Die wirst du, mein Hugoland, sicherlich auch gehabt haben. Jeder, der sich nicht einen eigenen Fahrer leisten kann, hat so was erlebt, keine Frage. Und selbst wenn du dir jetzt ein eigenes Auto oder gar einen Fahrer leisten kannst, so hast du in den meisten Fällen früher in deiner Jugend, auf dem Weg zur irgendwelchen idiotischen Elitezüchtungsschulen, die Combis benützen müssen. Denn die Eltern hatten ihr ganzes Geld in dieser Schule abgeliefert, in der Schule, die ihnen das Versprechen gab, dass ihr Söhnchen oder in wenigen Fällen auch ihr Töchterchen später dann auf eine Elitezüchtungsuniversität gehen würde. Ja, Bildung kostet. Kostet furchtbar fürchterlich viel. Eh gut investiertes Geld, nicht wahr? In den meisten Fällen zumindest. Kind studiert, Kind kommt im öffentlichen

Dienst, gar in der Politik unter, verdient dann was, bekommt sogar einen Dienstwagen mit Chauffeur zur Verfügung gestellt und kann sich dann den täglichen Wahnsinn auf denen mit Combisitos vollgestopften Straßen gemütlich von einem Limousinchen aus angucken."

„Gut, Joaquin, da hast du – wie so oft oder fast immer – recht. Die Combisitos sind eine ungeheure Plage, wenn auch sie noch immer notwendig ist. Ich kann dir auch ein Beispielchen geben. Eine Freundin von mir fuhr vor ein paar Wochen die Avenida Colonial entlang in Richtung Callao, La Punta. Es war früher Abend, der gröbste Verkehr war schon vorüber. Sie saß neben dem Fahrer. Alles war soweit wie möglich ohne jegliche Außerordentlichkeit abgelaufen. Urplötzlich jedoch tauchte ein Combisitos links vom Combisito der Freundin auf. Und der Fahrer des zweiten Combis rief dem Fahrer des Combis meiner Freundin zu, ob er denn nicht ein Wettrennen machen möchte. Der Fahrer verneinte zuerst. Doch der Fahrer des gegnerischen Combisito provozierte den erstgenannten Fahrer derart, dass dieser in Rage geriet und der doch freundlichen Einladung zum Wettrennen schließlich Folge leistete. Vom Metro-Supermärktchen in der Colonial bis hin zu den diversen Friedhöfen dauerte dieses Rennen. Es kam zu wahrlich brenzligen Situationen, wie mir meine Freundin berichtete. Die Freundin schrie den Fahrer ihres Combis an, doch nicht so kindisch zu sein und den Fahrer des anderen Combis doch einfach vor sich fahren zu lassen und ihn so schnell wie möglich zu vergessen. Er verneinte dieses Offert, diesen Vorschlag und brabbelte irgendwelche unverständlichen Worte von wegen Ehre und Männlichkeit und so. Sie, meine entfernte Freundin, schwitzte extrem arg, wie sie mir später erzählte. Das T-Shirt, das sie erst vor einer Stunde angezogen hatte, war waschelnass geworden. Fabelhafter Anblick dürfte das gewesen sein. Und das Rennen hätte noch länger dauern können, wären auf Höhe der Friedhöfe keine Straßeninstandhaltungsarbeiten vor sich gegangen. Meine Freundin war glücklich, sie entledigte sich ihres Sicherheitsgurtes, riss die Tür auf, wandte sich aber doch noch dem Fahrer des Combis, der sie vor den Friedhof gebracht hatte – wo sie jedoch gar nicht hinwollte – zu, spuckte ihn an, sprang aus dem Wagen und rannte weg. Das Fahrerchen des Combisitos konnte jedoch gar nicht reagieren, denn schon war das Fahrerchen des herausfordernden Combisitos an der Fahrertür, riss diese auf und prügelte auf das Fahrerchen, der meine Freundin, die ich nicht so oft treffe wie du vielleicht meinen könntest, vor dem Friedhöfchen gebracht hatte, ein und hieß ihn Feigling. Dieser ließ es sich jedoch nicht gefallen und schlug zurück. Wie meine Freundin – mit der ich übrigens noch kein einziges Mal geschlafen habe – weiters erzählte, wurde der Kampf nach ein paar weiteren gegenseitigen Schlägen durch das Eintreffen der Transportpolizei und einer Ambulanz beendet." Ende der Erzählung von Hugo, die auf Erlebnissen dessen Freundin passieren, mit der er – bisher - außer ein paar Küsschen wohl keinen körperlichen Kontakt hatte.

„Und Hugo", so setzte Joaquin an, „dagegen muss etwas getan werden. Aber keine Sorge, du musst kein Aktivitätchen setzen, das habe ich schon getan. Lass mich erzählen. Ich fing damit an, im Centro, bei den Eisenwarengeschäftchen, Reifenkiller zu kaufen, viele Reifenkillernägel. Verdammt viele. Und dann, wenn es finster wurde, zog ich mich unauffällig an, so wie jeder angezogen ist, der nicht auffallen will, also wie ein alltäglicher Straßenpassant. Das war schon die ganze Planung. Denn die folgenden Geschehnisse passierten recht willkürlich. Ich ging verschiedene Avenidas entlang. Nicht aber auf den Avenidas Colonial, Faucet und Venezuela. Denn dort wäre die Gefahr, mich zu erkennen, viel zu groß gewesen. Eine weitere Maßnahme, die dem Unentdecktbleiben recht half, war, dass ich meine Aktionen an Stellen entlang der Avenidas setzte, wo wenig bis gar keine Menschen unterwegs waren. Aber die Combifirmen hatten überall ihre Agenten stehen. Die sehen alles. Meistens sind sie bei den Haltestellen positioniert und führen Notizen. Ein Freund hat mir gesagt, dass das eine einfache Erklärung hat. Aber die glaube ich nicht ganz. So banal kann es kaum sein. Er meint, dass sie Notizen führen, wie groß der Abstand zwischen einem Combi und dem nächsten ist. Das soll die Steuerung des Unternehmens erleichtern. Beispielsweise ist der vom Unternehmer empfohlene Abstand zwischen zwei Combis sieben Minuten. In Wirklichkeit beträgt er aber zehn Minuten. Der Mitschreiber erklärt nun dem zurückliegenden Fahrer, dass er sich sputen soll, um die drei Minuten wieder gut zu machen. Auf der anderen Seite bremst er ein Combi, welches nur vier Minuten hinter dem vorangehenden Bus liegt, ein. Der Freund sagt also, dass die Leute aus wirtschaftlichen Gründen umherstehen. Aber ich glaube, das kann nicht alles sein. Die führen was im Schilde, vielleicht kundschaften die Leute die Gegend für irgendwas Böses, was Kriminelles aus. Etwa so wie die Kohorten an Watchingmen, nur in zivil. Aber ich habe keine Ahnung. Nun, was waren meine Aktionen? Ich streute reihenweise Nägel auf die Avenidas. Vor allem in den Momenten voll rudelartig heranrückender Combis. Denn nur dann war die Chance auf Zerstörung des Combiverkehrsflusses groß. Etwa zwei Dutzend solcher Ausstreuungen vollzog ich. Zweimal konnte ich das Platzen eines oder mehrerer Reifen verursachen. Beim ersten Mal kam der Combi leicht ins Straucheln, verriss etwas, konnte aber rechtzeitig stoppen. Und..."

„Ähm Joaquin, äh, wie soll ich es sagen..., aber du weißt schon, dass da auch gröbere Dinge passieren können, nicht wahr? Ich meine, die Reifen platzen, der Fahrer schreckt sich, verreißt den Wagen stärker, der Combi kommt ins Schleudern, überschlägt sich oder fährt in einen anderen Kraftwagen hinein, es kommt zu einer Kollision, Verletzte und solche unschöne Sachen halt können passieren, nicht wahr, Joaquin, dessen bist du dir aber schon bewusst, ja?"

„Kein Sorge Hugo. Klarerweise war ich mir dieser Möglichkeiten bewusst. Und im Grunde wollte ich es ja auch so haben, ich werfe doch nicht Reifenkiller auf die Straße auf das dann nichts geschehe. Das wäre doch widersinnig, ich meine der totale Irrsinn..."

„Nun, irrsinnig ist das, was du aufführst, Joaquin, du gefährdest Menschenleben. Menschen können bei deinen idiotischen Racheaktionen nicht nur verletzt werden, sie können dabei auch sterben..."

„Ja, ist ja gut, Hugo. Einmal ist ja tatsächlich was passiert. Beim zweiten Reifenplatzer kam der Wagen schwerer ins Schleudern, er fuhr tatsächlich in einen anderen Bus hinein. Eine Karambolage also. Nicht frontal, jedoch seitlich. Es kam die Rettung, es kam die Polizei, es kam die Feuerwehr. Volles Programm sozusagen. Zwei Leute wurden von der Ambulanz mitgenommen. Am nächsten Tag hörte ich in den Morgennachrichten, dass es – witzigerweise – der Fahrer und der Fahrkartenverkäufer gewesen waren, die ins Krankenhaus mussten. Die beiden hatten sich jeweils einen Knochen – weiß nicht mehr welche – gebrochen. Sonst unbeschadet geblieben. Verzeihe mir, Hugo, wenn ich an dieser Stelle ein Wort, welches ‚Witz' beinhaltet, verwendet habe. Ich sehe, du bist auf diese Aktionen, die ich gemacht habe, nicht gut zu sprechen."

„Da hast du ganz recht, Joaquin, das waren wirklich dumme, fast kriminelle Streiche von dir. Das kannst du bitte in Zukunft unterlassen." Hugo war wirklich wütend, denn er trank seinen Cocktail recht schnell aus, redet auch sonst nichts mehr, zahlte und verabschiedete sich irgendwie formell vom Joaquin.

Die mittlerweile von diversen Nichtregierungsorganisationen (NGO's) als Plage erkannten Mototaxis – Teil 2

„Und jetzt, mein lieber Hugo, kommt's. Jetzt kommt eine nicht so lustige Geschichte. Und ich weiß nicht, wie ich es gutmachen soll, wie ich dem Ganzen entkommen kann. Ich spazierte mit Alyson, die ihr Baby dabei hatte, zur San Marcos Universität, wo wir einen der berühmtbilligen und in der Tat exzellenten Fruchtsalate essen wollten. Trotz des Zwischenfalles in meinem Zimmer, als wir noch irgendwie zusammenwaren, trafen wir uns ab und an auch privat zu rein familiären Vergnügungen. Es war sengend heiß, weder für uns noch das Baby angenehme Temperaturen herrschten vor. Wir quälten uns also zuerst die Chocano entlang, hin zur Avenida Colonial. Und an der Stelle, wo die Avenida German Amezaga in die Colonial einmündet, passierte etwas. Ein von rechts auf der German Amezaga kommendes rotgefärbtes Mototaxi wollte wenden, damit es wieder die Avenida zurückfahren konnte. Und dieses beschissene Mototaxi machte es nicht, in dem es einfach einen Halbkreis über die Colonial machte, nein, es wollte unbedingt auf dem Zebrastreifen, während die Ampel für uns Fußgänger auf grün war, machen. Dabei passierte diesem Idioten von Fahrer ein gewaltiger Fehler. Aber warte, ich muss die Situation, die Gegebenheiten am Ort noch genauer beschreiben. Keine Sorge, ich versuche es möglichst unkompliziert zu machen. In der Fahrbahnmitte der Avenida German Amezaga befindet sich im Bereich des Zebrastreifens ein leicht erhöhter Bereich, der wiederum durch einen sich auf Straßenniveau befindlichen Durchgang unterbrochen ist. Dieser Durchgang ist keine zwei Meter breit. Und in genau diesem Durchgang versuchte der idiotische Fahrer des als Plage anerkannten Mototaxis sein undurchdachtes Wendemanöver. Der wohl durch die Hitze beeinträchtigte Fahrer begeht allerdings wie bereits gesagt einen Fahrfehler. Er steuert sein Mototaxi an den Rand des Durchgangs, kommt mit dem linken Hinterreifen an diesen Rand des Durchgangs, ist mit dem linken Hinterrad schon auf dem Rand des Durchgangs, versucht aber nicht, etwa durch ein Steuern in Richtung Rückwärts, das erhöhte linke Hinterrad auf Fahrbahnniveau zu bringen sondern fährt mit viel Gas nach vorwärts. Und dieses Gas geben und Vorwärtssteuern verursacht ein Umkippen des Mototaxis. Und hier betreten Alyson, das Baby und ich wieder die Szene. Kurz und schnell gesagt, das ist passiert: Das Mototaxi fällt fast auf den Kinderwagen drauf. Nur durch ein gekonntes schnelles Rückwärtsziehen des Kinderwagens verhindert Alyson eine Karambolage oder Erdrücken des Kinderwagens durch das Mototaxi. Adios Coche, adios Baby hätte es heißen können. Alyson und ich sind perplex. Fassungslos. Zu sehr haben wir uns geschreckt. Ich kann nicht einmal den Fahrer anschreien, mit

Vorwürfen konfrontieren. Alyson ebenso wenig. Der Fahrer stellt relativ schnell sein beschissenes und die weltverpestendes Mototaxi wieder auf seine drei Reifen, bringt aber kein Wort der Entschuldigung hervor. Dann braust er lärmend und stinkend davon. Ein paar Sekunden später sehen wir nur mehr, wie die blaue Abgaswolke, die das Mototaxi hinterlassen hatte, sich mit der restlichen Luft vermischt und unsichtbar wird. Andere Verkehrsteilnehmer kümmern sich um die Situation auch nicht. Schweigend setzten wir unseren Weg zur San Marcos Universität fort. Schweigend aßen wir unseren Fruchtsalat. Erst beim Hinausgehen aus dem Café sagte ich zu Alyson, dass ich mir die Nummer des Mototaxis gemerkt hatte, auch die Firma, für die es fuhr. Da ich auch für meine Vergesslichkeit bekannt bin, hatte ich die Daten in mein Handy eingetippt. Alyson sagte zu mir, dass ich nur mit den Herren reden und nicht mehr unternehmen sollte. Da ließe sich sicherlich eine gütliche Einigung treffen. Aber ich wollte nicht nur reden, ich wollte handeln, wollte diesen Unmenschen, diesen Idioten zur Rechenschaft ziehen, ihm und auch seinen Kollegen eine Lektion erteilen, damit sie nie mehr so ein rücksichtsloses Fahrverhalten an den Tag legen würden."

Was Joaquin hier in hölzerner, fast zittriger Stimme, die erahnen ließ, dass es ihn sehr stark mitgenommen hatte, erzählte, war unbestritten eine schlimme, existenzbedrohende Begebenheit, die keiner miterleben wollte.

Der Gesichtsausdruck von Hugo schien auch bedrückt zu sein, Schweißperlen stauten sich in den Augenbrauen und ich konnte ein gewisses Flehen und Hoffen ablesen. Ein Flehen und Hoffen, dass er von Joaquin nicht eine schaurige, gefährliche, gewalttätige Fortsetzung der Erzählung hören musste, aber lassen wir Joaquin doch weitererzählen, er hatte mehr zu berichten:

„Nun gut. Was ging in mir vor? Zuallererst überschlief ich die Situation. Wollte ein voreiliges Handeln damit vermeiden. Doch mein Entschluss blieb unverändert. Ich war auf Rache aus. Am Nachmittag, nach der Arbeit ging ich zum Mototaxiunternehmen, welches unweit in der Avenida Colonial angesiedelt war. Ich log dem dortigen Wart oder was auch immer er darstellte, vor, dass ich mich persönlich für einen Gefallen beim Fahrer des Mototaxis mit der Nummer soundso bedanken wollte. Und wider das Misstrauen in unserer Zeit gab mir der Mensch im Verwaltungskammerl die notwendigen Informationen. Der Name des Fahrers, der fast meine Freundin und deren Kleinkind getötet hatte, hieß Antonio Ramon Garcia Alvarez. Führte also den Familiennamen unseres Präsidenten in seinem Namen. Das machte ihn für mich durchaus noch unsympathischer, unbeliebter. Tja, was tat ich also, was muss ich nun bereuen? Ich mache es ganz kurz und bündig. Ich lauerte diesem Antonio Ramon vor dessen Wohnhaus auf. Der Mensch im Verwaltungskammerl hatte mir ebenso das Ende des Mototaxisten Abendschicht gesteckt. Sein Arbeitstag ging um neunzehn Uhr zu Ende. Mehr oder weniger. Ich hoffte also, ihn beim Nachhausekommen zu überraschen. Warten und warten. Mir taten die Füßchen schon weh, ich setzte mich auf die Straße. Wartete dort weiter. Menschen passierten mich, es wurde langsam zu heiß für mich. Es gibt da zwar die Theorie, die höchste Auffälligkeit als am unauffälligsten beschreibt, aber diesen Denkansatz wollte ich keiner Probe unterziehen. Später könnten die Bewohner der umliegenden Häuser, die Straßenverkäufer, die umherziehenden Flaschensammler und Matratzenreparierer durchaus als Zeugen in den möglicherweise folgenden Ermittlungen auftreten. Mir wurde es zu bunt und zu finster. Dieses Arschloch kam einfach nicht nach Hause um seine verdiente Strafe abzubekommen! Ich wurde noch wütender, noch hasserfüllter. Der folgende Tag war ein Samstag. Hatte eine andere Chance und Idee. Ich wollte einfach ziellos alle Mototaxis, die mir im Laufe des Tages begegneten aufhalten und nachfragen, ob Antonio Ramon Garcia Alvarez der Fahrer sei. Aber ich verwarf den Plan, denn auch das würde die Aufmerksamkeit wiederum erhöht auf mich lenken. Ich besann mich eines Besseren: Die Nummer seines roten Fahrzeuges war mir bekannt. Dreizehn. Ich stand also in der Abenddämmerung an der Hauptstraße unseres Viertels und tat so, als ob ich auf jemanden warten würde, etwa auf den Bus, der mich zum Minka-Markt bringen würde. Das war eine gute Tarnung, eine durchaus gute und fabelhafte, wie ich meinte. Etliche mit Fahrgastzellen (Anmerkung vom Vizekönig Cesar: H*aha, das klingt wie Gazelle, Fahrgazelle, haha*) bestückte Motorräder fuhren die Straße in die eine und auch in die andere Richtung. Auf und ab. Rauf und runter. Jenes mit der mir bekannten Nummer blieb jedoch aus. Die blauen oder gar andersgefärbten Mototaxen beachtete ich nicht weiter, das von mir gesuchte war rot. Ein Mann sieht rot. Das bin ich. Ich wollte schon aufgeben, dachte schon, dass ich umsonst herumgestanden wäre und die ungefähr einen Meter lange Eisenstange, die ich in einer Ferreteria irgendwo an der Route zwischen meiner Arbeitsstätte und meinem Zimmer besorgt hatte, umsonst mitgeschleppt und in einer karierten Umhängetasche versteckt hatte. Doch das Glück war auf meiner Seite. Auf meiner und nicht auf jener des Señor Antonio Ramon Garcia Alvarez. Zu meinem Glück wusste dieser noch nicht von seinem kommenden Unglück. Sein Mototaxi tuckerte an mir vorbei. Ich riss meinen Arm nach oben. Das Gefährt stoppte. Der Fahrer öffnete mir die Tür und offerierte mir einen Sitzplatz. Ich akzeptierte, sah ihn und ich wusste, dass er es war. Er war der Mensch, der beinahe eine Frau samt ihrem Kind in Lebensgefahr gebracht hatte. Ich lotste ihn zu einem vor etlichen Jahren abgebrannten Haus. Ich wusste, dass die Ruine höchstens als Müllablagerungsplatz und Notdurftverrichtungsstelle diente und sonst für nichts zu gebrauchen war. Antonito Ramonito sagte ich, dass ich an diesem Haus interessiert wäre und ich dort einen Makler treffen würde, der aber noch nicht da wäre. „Wie du siehst, ist es schon finster und ich fürchte mich zu sehr um alleine auf diesen Makler zu warten. Hier hast du zehn Soles, die entschädigen dich für die Wartezeit, du hast absolut keinen Verdienstentgang zu befürchten. Sobald der Grundstücksvermittler angekommen ist, kannst du dich vertschüssen." Er war damit einverstanden. Wir betraten gemeinsam die Ruine, deren Außenmauern voll von Chim Pum Callao Parolen waren. Por mas obras en Bellavista. Ha, Werbung für politische Parteien. Auch das liebte ich sehr. Ich musste eine provisorische Bretterverschlagtür aufstoßen. Ein kurzer intensiver Fußtritt bewerkstelligte das. ‚So was von widerspenstig', meinte ich lässig lächelnd. Auch der Fahrer schmunzelte. Es stank. Müll und witzigerweise auch häufchenartige Ausscheidungen. Alt, aber immerhin. Nun wurde ich direkt. Ich erinnerte den Mototaxisten an das, was vor wenigen Tagen an jener Straßenkreuzung geschehen war. Er stammelte:

„Moment mal, was ist da passiert... Eija, mein Mototaxi wäre fast auf eine Familie raufgefallen. Das kann passieren. Die Straßenverhältnisse, die Hektik in meinem Arbeitsalltag. Das ist nicht so schlimm. Nix ist passiert, jedermann ist wohlauf. Wann soll der Makler vorbeikommen. Zehn Soles sind schön und gut, aber ich habe schon einen gewaltigen kohldampfartigen Hunger."

Diese, seine beschwichtigenden und von Hunger geschwängerte Worte machten mich noch mehr wütender. Was glaubt er denn, dass er einfach so davon kommen würde? Genug der Worte. Ich blickte um mich herum. Die Mauern der Ruine waren hoch genug, damit niemand was von außen sehen konnte. War meine Privatsphäre also geschützt. Ich öffnete meine Plastiktasche, holte die Eisenstange heraus. Der Fahrer war erschrocken, verharrte aber an seiner Stelle. „Jetzt wirst du spüren, was Schmerz ist, du aplastardo de mierda", sagte ich auf die männlichste Art, die ich bieten konnte. „Wie bitte, was ist das, ein aplastardo?", fragte der stinkende Taxist verdutzt. „Das, mein lieber Freund, wirst du bald wissen!", schrie ich ihm zu. Ich wollte seine rechte Schulter treffen. Quasi einen sanften Ritterschlag verüben. Ich holte gezielt aus, doch blöderweise bewegte sich das zukünftige Opfer von mir aus gesehen nach rechts (vom Opfer aus betrachtet nach links). Das hatte zur Folge, dass ich nicht seine rechte Schulter, sondern vielmehr seinen Kopf traf. Dies weder links noch rechts sondern mittig. Puh, das war aber fatal. Uih, uih, uih. Antonio Ramonito Garcia Alvarez ging sofort zu Boden. Dort blieb er bewusstlos liegen. Ich verharrte einige Augenblicke, überdachte die sich mir bietende Situation. Die war nicht gut, sie wurde sogar noch schlimmer. Seinen Kopf näher betrachtet sah ich Blut durch sein Haar sickern. Mehr und mehr, bis sich schließlich eine Blutlacke bildete, die immer weiter anwuchs. Dies konnte ich trotz der Dunkelheit, die nur durch den Mondschein und die schwache Straßenbeleuchtung durchbrochen wurde, erkennen. Mir wurde mulmig ob der schimmernden und blutigen Fläche. Nicht, dass ich Angst vor Blut hätte. Nein, ich wurde mir mehr schnell als langsam bewusst, dass ich diesem Menschen etwas Ungutes und wohl Irreparables angetan hatte. Ich suchte seinen Puls, fand ihn jedoch nicht. Ich ging näher zu seinem Mund, seiner Nase, versuchte, seinen Atem zu spüren oder zumindest zu hören, nichts. Dann wurde ich richtiggehend romantisch. Ich legte mein rechtes Ohr an die Stelle, wo sein Herz sein musste. Nichts. Puh, der stank aber. Nach Schweiß. Schweißgeruch, aus der Achselhöhle kommend. Dieser Umstand hatte in diesem Moment nun wirklich keinen hohen Grad an Wichtigkeit. Aber ich wollte es erwähnen, Schweiß des Arbeiters, praktisch eine Ehrenbezeugung, eine Anerkennung seiner Berufstätigkeit, meinerseits. Keine Regung beim Herzen. Kein Schlag. Aber Panik in und bei mir. Ich schüttelte ihn, versuchte ihn aufzuwecken. Vergebens. T a m a l e s ! ! ! Nun war ich sicher, dass er, Antonito Ramonito, nicht mehr unter den Lebenden weilte und ich, Joaquin, an diesem Umstand die alleinige Schuld hatte. Er war ein aplastardo de verdad, ein tatsächlich Zerstampfter, ein Zerquetschter, ein Plattgedrückter. Nun, mich mit dieser

Rolle, der Rolle eines Mörders bekanntmachend, musste ich nachdenken. Sollte ich zur Polizei gehen und alles zu Schildernde schildern und alles zu Gestehende gestehen oder sollte ich ein feiger Feigling sein und die Leiche verstecken und so tun, als ob nichts geschehen wäre. Mal abgesehen davon, dass ich vielleicht in einen anderen Bezirk, weit, weit weg von Bellavista und Callao, möglichst an das andere Ende von Lima ziehen sollte. Nun, diese Überlegungen konnte ich mir für später aufbehalten. Zuerst musste ich die Leiche verschwinden lassen. Aber wie? Vergraben war unmöglich. Zu hart schien mir die Erde zu sein. Nur eine dünne Sand- oder Staubschicht bedeckte den Boden. Die konnte ich wenigstens dazu nutzen, die Blutspuren zu verdecken. Aber der Körper, wohin damit? Und das Mototaxigefährt? Ah. Zwei Mücken mit einem Schlag. Ich zog meine schwarze Strickweste aus und legte sie um den Kopf von Antonio Ramon Garcia Alvarez. Die Weste würde nicht nur den Kopf bedecken sondern auch das eventuell noch austretende Blut aufsaugen. Und dann? Klarerweise das Gefährt samt leblosen Körper verschwinden lassen, möglichst unauffindbar für seine Nachwelt. Aber wo? Lima und Callao sind groß, aber es leben auch acht oder mehr Millionen Menschen hier. Sechzehn oder mehr Millionen Augen, die ein Mototaxi und den sich darin befindlichen leblosen Körper finden könnten. Und dann zur Polizei und anschließend zu einem Fernsehsender gehen um dort als Finder ihren

Lohn zu kassieren, Geld, Gold und Berühmtheit inkludiert. Caso cerrado. Nein, soweit wollte ich es nicht kommen lassen. Es war kurz nach zwanzig Uhr. Einerseits zu früh, um mit einem Mototaxi samt toten Passagier durch die Gegend zu fahren. Aber andererseits war das fahrende Gefährt hier in der Straße stehenzulassen zu auffällig. Ein herumstehendes Mototaxi ist immer ein Gesprächsthema. Warum steht es still, warum macht der Besitzer, der Betreiber, der Fahrer, kein Geschäft damit, ist er etwa reich und macht das alles nur als Hobby? Vor allem am Abend, wo noch viel abkassiert werden kann. Und in Nachbarschaften wie diesen, in denen viele Pensionisten leben, die außer kochen und telenovelaschauen nichts zu tun haben, verlegen sie ihre Aufmerksamkeit vom häuslichen Leben gerne auf das der Straße. Sehen selbst Dinge, die keine Existenz aufweisen. Ach du meine Güte, was stand an zu tun. Eine absolut richtige Entscheidung war kaum möglich, aber eine, die an diese Latte heranreichte. Welche Route etwa sollte ich anstreben und was sollte dann mit der Leiche und dem Mototaxi geschehen, etwa im Meer versenken. Das Mototaxi im Meer versenken und die Leiche vergraben. Aber beide Sachen könnten wiederum auftauchen. Leblose Körper schwimmen gut und auch Mototaxis sind nicht besonders schwer. Klar, ich könnte den Leichnam mit Steinen beschweren. Steine am Körper befestigen oder in den Körper hineingeben. Aber gebe mal Steine in einen Körper. Schlucken kann er, der tote Mensch, sie kaum. Hineinstopfen über die Speiseröhre ist unmöglich, das geht nur bei Gänsen. Und den Bauch aufschlitzen, die Gedärme und alles Leichte hinausnehmen und den Freiraum dann mit schweren Steinen auffüllen ist etwas oder sogar sehr ungustiös. Ich hatte noch Zeit, eine Stunde, zwei Stunden, um das Verschwinden vorzubereiten."

Der Einschub eines inneren Monologes.

*Anmerkung von Cesar, dem Hofschenk: Den folgenden Teil schilderte Joaquin im – wie die literarische Fachwelt es nennt - inneren Monolog. Dies ist eine bestimmte Form des Erzählens und wird oft zur Vermittlung von Gedankenvorgängen verwendet. Er besteht unter anderem aus fragmentartigen Sätzen die einen Bewusstseinsstrom darstellen. Bewusstseinsstrom heißt auf Englisch stream of consiciousness und das klingt für mich unglaublich gut und wichtig. Man ist direkt mit dem Erzähler beim Geschehen dabei. Auf diese Weise hat also Joaquin das Verschwinden der Leiche geschildert. Als ob sich das Erlebte für Joaquin noch einmal abspielt. Es sich wiederholt, das Geschehene. Abspulen. Wiedergeben. Eine Art von Dabeisein für Hugo. El Foco gibt mir die Geschichte vom Joaquin eins zu eins nach dessen Erzählungen weiter. Das stelle man sich einmal vor: Eine Glühbirne, die die Fähigkeit des Aufzeichnens aber auch die Weitergabe von Sprache hat, gibt mir den inneren Monolog eines Mörders in exakt denselben Wörtern weiter. Und mir – Cesar vom El Directorio – ist es einfach zu blöd, dies jetzt in eine normale Erzählung umzudichten. Denn was ist der Dank? Gar nichts. Ich weiß ja nicht einmal, ob das alles, was ich zu Papier bringe, jemals veröffentlicht werden, einen Leser finden wird. Über eine Zeitverschwendung nachzudenken ist gar nicht mal so abwegig. Und selbst wenn eine Zeitverschwendung ausgeschlos-

sen werden kann und das Buch auch noch veröffentlicht wird: viel gewinnen werde ich dadurch nicht, reich werden auf keinen Fall. Das ist unvorstellbar. Also, Leser, seist du es wert oder nicht, ich sage dir jetzt im Vorhinein, dass der Innere Monolog weder von mir noch von El Foco sondern von Joaquin selbst stammt. Ich sage dies, damit keine Verwechslungen aufkommen. Gar möchte wer von der werten oder unwerten Leserschaft meinen, ich hätte mit dem Geschehen irgendetwas zu tun. Dies würde nicht den Tatsachen entsprechen. Also, hören wir von nun an wiederum die Worte von Herrn Joaquin:

„Also warten. Warten bis weniger Leute auf den Straßen unterwegs sind... Und darauf warten, dass die Leute, die trotzdem noch unterwegs sind, mich nicht mehr so leicht erkennen... Bis zur Unerkenntlichkeit warten... das ist es, was ich mache. Alleine hier warten... Bin ich überhaupt alleine... Nein, wir sind zu zweit. Die Leiche ist ja auch noch da... haja... wie witzig... die Leiche und ich... Zwei Personen... Toter, zählt er der als Person... Ein Drama in zwei Akten. Erster Akt: der Totschlag. Zweiter Akt: das Verschwindenlassen des Opfers... Ob das Theater, welches dieses Stück überhaupt auffführen möchte, Zuschauer finden würde? ... Schon möglich. Aber derzeit uninteressant für mich, diese Frage... Denn... oh, ich höre Stimmen. Stimmen von Stehengebliebenen. Stimmen von Dahingehenden stören mich kaum. Das Dahingehen deutet auf ein Desinteresse am hinter der Mauer geschehenen Dingen. Stehenbleiben hingegen kann durchaus geweckte Aufmerksamkeit bedeuten... Was reden die – glaublich – beiden überhaupt? ... Haben die etwa gesagt, dass es hier stinkt... das kann ich nicht glauben... lass mich in Frieden, Bewusstsein, ich will genauer zuhören... ‚Oh Gott, wie es hier stinkt, ist dir das noch nicht aufgefallen?' ... oh oh, ist mir da wer auf die Schliche gekommen? Das darf doch nicht wahr sein... ‚Ja, in der Tat, es mieft hier gewaltig... warum räumt denn kein Mensch den Müll hinter diesen Mauern weg oder besser gesagt, warum werfen Menschen überhaupt Müll hinter diese Mauern. Ich meine, glauben die, dass der Müll verschwunden ist, nur weil er unsichtbar ist. Müll, auch Abfall genannt, stört nicht nur das Auge sondern auch die Nase. Vor allem die Nase. Also bei der nächsten Wahl werde ich die Partei, den Alcalde wählen, der für die Müllbeseitigung steht. Selbst wenn er sonst gar nichts anbietet. Weg mit dem Müll. Das wäre mein Motto für die Wahl...'. ‚Und ich will vor allem, dass die Beseitigung des Abfalles tagsüber passiert. Weil weißt du, was mich am meisten aufregt? Ja? Nachgedacht? Am meisten regt mich auf, wenn der verstunkene Truck der Müllsammler so rund um Mitternacht kommt und mit seinem lauten Motor die Straße abfährt. Oft ist die Erschütterung durch den Lastwagen so stark, dass beim Nachbarn die Alarmanlage seines seiner Meinung nach urmodernen Wagens losgeht und die heult dann minutenlang.

Ich kann es mir aussuchen, wegen was ich aufwache. Wegen der Müllsammler oder wegen der Alarmanlage. Und das Blöde ist, dass ich in einer Sackstraße wohne und der Müllsammelwagen bei meinem Haus auch noch wenden muss. Also gleich zwei Mal die Chance auf Lärmentwicklung. Wunderbar ist das, sag ich dir! In vier Stunden kommen sie wieder, die Abfallsammler. Ich sage, die sollen das von mir aus am späten Nachmittag, am frühen Abend tun. Oder, wenn die meisten Leute bei der Arbeit sind. In Rage kann ich da geraten, in Rage!' Puh, da bin ich aber beruhigt... die schnattern über den Müllgestank... der tatsächlich extrem ist. Ist mir allerding noch nicht aufgefallen. Auch beruhigend, dass auch andere Zeitgenossen sich über die unglaublichen Zuständen aufregen und sich noch dazu darüber ärgern... Aber dies alles zur Aufregensstatistik in meinem Kopf... Meine Sinne sind anderweitig beschäftigt... Sollten es zumindest sein... Mit Leichenverschwindenlassen. An und für sich ist das keine Kernkompetenz meinerseits. Darauf ist unser Körper evolutionsmäßig ziemlich unvorbereitet... haha, schon wieder ein super Sager von mir, extrem schade, dass mir keiner zuhört... Ups, habe ich geredet... Weil, was, wenn mich wer hört. Die da vor der Mauer könnten mich ja verraten... och, och, pass auf, Joaquin, denken ja, reden nein... Ach, ich hab das nur gedacht, bin sprachlos... Ist das durch den Müll belästigte Pärchen noch hier... Hm, ich lausche, höre aber keinen Laut, sind also weitergegangen... nun, ich kann es mir nicht verdenken, so, wie es hier stinkt... Apropos stinken... Wer weiß, in ein, zwei Stunden stinkt der Mototaxist gar auch. Wenn auch noch wenig... das Gute am Wüstenklima in Lima ist in diesem Fall die Kälte, die über die Nacht hereineinbricht... oder wie heißt das? ... die Nacht bringt die Kälte? ... Egal... Und dann falls der arme Antonito Ramonito einen nicht schmackhaften Geruch absondern sollte... dann bin ich aufgeschmissen, ziemlich viel aufgeschmissen. Gar aufgeschissen... Nicht nur Mücken würden uns – die Leiche und mich, wir sind ja doch zwei, für mich ist er eine Person, das bin ich ihm, dem Toten, schon schuldig – belagern... Auch Passanten, Nachbarn, letztendlich die Polizei... denke ich mir mal... Also, nichts wie weg sollte meine Devise sein... Weg von hier... hinaus auf die Straße... riskieren... aber letztendlich hoffentlich gewinnen. Angriff ist die beste Methode sagen die Trainer von Fußballteams... aber auch Mental Coaches sagen das... oder verwechsle ich das... na, wie auch immer. Ich muss von hier weg... ich muss das Geschehene hinter mich bringen... Aber wohin soll ich, zum Fluss oder ans Meer, an den Pazifik, an den pazifischen Ozean. Pazifik klingt besser, da soll er seinen Frieden finden, der Mototaxist. Im Fluss, besser gesagt im Flussbett, weil allzu viel Wasser da jetzt nicht sein wird, treiben sich auch um diese Zeit zu viele Menschen herum. Arme vor allem, die auf hinuntergeschmissene oder angeschwemmte Essensreste hoffen und diese dort suchen. Ich glaub kaum, ob die Gefallen an einem menschlichen Körper hätten... Igitt... das wäre was. Kannibalismus am Rio Rimac... Ach, was es für Menschen gibt.... Da kann ich nur den Kopf schütteln... Nein, das will und kann ich nicht auch noch unterstützen... Tot ist er allerdings... ihn würde das wohl kaum stören... den anderen würde es helfen, gegen den Hunger zu kämpfen... ich wäre dann sogar ein Wohltäter... Hm, mal überlegen. Nein, soweit darf es nicht kommen... Tot ja, aber gegessen werden muss er nicht... er soll im Pazifik ruhen... RIP... rest in Pazifik... haja, bin ich nicht lustig... so was von lustig bin ich... Humorvoller Mörder, so könnten sie dann in den Zeitungen titeln... falls, ja falls sie mich finden... aber das werde ich zu verhindern wissen, gekonnt und gewollt... Also, auf zum Pazifik. Das ist mein Ziel... aber zu welchen Teil der Pazifikküste soll ich fahren... nach Callao, nach La Punta... dorthin, zur schmalen Halbinsel, dort, bei dem netten Fischrestaurant... ah Manolo, anschließend könnte ich bei dir essen, das wäre lecker... aber weit ist es dort schon hin, etliche Kilometer müssen das sein... und das durch Callao und noch dazu am Abend, in der Nacht... nein, das ist zu gefährlich... ich habe schon etliche Schauergeschichten über das Treiben auf den Straßen Callaos gehört. Chim Pum Callao. Ja, schon möglich... aber ich muss das nicht miterleben... Da fürchte ich zu sehr um mein Leben... Also, kein Ausflug nach La Punta... Überhaupt, am Abend fisch, der ist da nimma frisch…

Wohin stattdessen... Ach, Alyson, Alysonita... wegen dir habe ich das gemacht, wegen dir bin ich hier... ich wollte dich beschützen, ich wollte dich rächen... jetzt habe ich es gemacht... aber du bist nicht bei mir... wirst wohl nie mehr bei mir und mit mir sein... denn du hast mich stattdessen verlassen... Alyson, war dann alles ohne Sinn, sinnlos also? ... Klar, ich wollte dir imponieren, auf eine steinzeitliche Art und Weise zugegebenermaßen... aber wir Männer verändern uns nie... und ihr Frauen auch nicht... ihr steht auf Männer, die Taten setzen... nur du ausgerechnet nicht, Alyson? ... Habe ich dich enttäuscht, oder sollte ich von dir enttäuscht sein?... Kann das alles wahr sein? ... Wohin nun... mal nachdenken... ah, ich hab's... an die Costañera... die ist nicht weit von hier... eine Steilküste ist dort, oder... Nun, ich glaube schon... ich könnte das Mototaxi dort runterstürzen... samt Mototaxisten... das täte dann wie ein Unfall ausschauen... mmh, bin ich genial oder bin ich nicht genial... Ich beantworte diese Frage ganz geradeaus mit Ja, ja, ich bin genial... Ja... hoho, so was von genial, ich würde mich heiraten, wenn das möglich wäre... in liberalen Zeiten wie diesen wird das auch noch möglich werden, glaube ich... Aber, das ist derzeit kein Problem für mich... Leichenverschwindenlassen ist angesagt... Mal überlegen... wie komme ich dorthin... über die Faucett zur La Marina und dann weiter an die Küste, ganz einfach... Gut, wäre das entschieden. Bin schon ein kleines Schrittchen weiter... Klitzekleines ...

Ritze kleines... Ach Alyson... Was jetzt?... Aha, ich muss die Leiche zum Mototaxi schleppen... Verdammte schwere Kraftanstrengung... Puh, die ist aber ganz schön schwer. Für das, dass er nicht mehr unter den Lebendigen weilt ist er recht schwer. Allerhand, sage ich da. Heben kann ich ihn unmöglich... aber ziehen... au weh, hoffentlich tue ich mir nicht weh. Das wäre ungut... Zieh, Joaquin, zieh... zwei Meter geschafft... drei Meter... und schon bin ich an der Mauer... mal kurz rausschauen, ob wer grad die Straße entlanggeht oder –fährt... Ach, hab ich ein Glück, keiner da... das ist selten in der Calle Los Halcones.... so, die Tür von der Gazelle aufmachen... haha, Gazelle, ich meine ja Fahrgastzelle... bin schon urkomisch, schade, dass keiner darüber lacht... horuck... schon ist er auf meinen Schultern... und hineingehoben, spüren tut er eh nichts mehr, braucht sich nicht beklagen... der arme Schlucker... so, jetzt noch auf die Bank ihn setzen... das ging ja glatt... stolz sein kann ich... hoffentlich bleibt der Kerl auch sitzen... aber das werde ich schon noch bemerken... Sitzen oder Fallen, das kann er sich aussuchen... letztendlich ist es mein Wille, der zählt... Ha, jetzt denke ich erst dran, dass die Nummer des Mototaxis die Dreizehn eine Unglückszahl ist... wem hat sie nun mehr Unglück gebracht, ihm oder doch mir... er ist tot, ich lebe, er kann sich ausruhen, ich muss noch einiges bewältigen... Mototaxi Nummer Dreizehn... allerhand... Meine Güte, ich bin hier wahrscheinlich in der größten Krise meines Lebens und ich mache mir absurde Gedanken – scheiß Unglückszahlen wegen... ein kitschiger Mainstreamidiot bin ich... Nur weil alle sagen, dass die Dreizehn eine Zahl ist, die Unglück bringt, denke ich nun darüber nach... Dummer Idiot ich, denke endlich verselbstständigt, Joaquin, alt genug bist du... Aberglaubenscheiße, Hokuspokusmist... Nun, wie starte ich das Zeug, dieses ungeheuerliche Mototaxigefährt? ... Ah, da zünde ich die Wunderrakete... zack und schon gestartet... Ah, verdammt, ich muss meine Spuren vertuschen... die Schleifspuren der Leiche vor allem,... hm, mit der Eisenstange... da kann ich gleich das Blut, das möglicherweise auf der draufpickt, draufhaftet... absanden, aberden... schön sauber soll die sein... keine DNA anbieten... nun, ich nehme sie mit, die Stange... wer weiß, kann ich sie noch brauchen in den nächtlichen Straßen von Callao oder so... Hm, wie fahre ich jetzt? ... Ach, einfach mal die Straße entlang in die Venezuela, das ist das einfachste, so weiche ich auch dem Markt aus... Nicht nur dem Markt sondern auch den dort versammelten Mototaxistenkollegen.... Die würden sich mit aller Sicherheit über mich wundern... die wollen immer mit ihren Arbeitskollegen quatschen, vor allem dann, wenn ihnen fad ist... wenn Kundschaft wartet, dann haben sie eh keine Zeit, aber jetzt, am Abend, ich weiß nicht, lieber kein Risiko eingehen... Über was soll ich mit denen auch reden... über die Straßenverhältnisse des Viertels... da ist eh alles beim alten, immer alles gleich schlecht... Oder über die Menüs, über das Essen in den billigen Ristoranten?... Keine Ahnung... bin nicht gesprächig... überhaupt nicht... fuck Mototaxisten... Alle möglichen Risiken verhindern, es gar nicht so weit kommen lassen... so... bin auf der Venezuela... da gibt es eh einen Seitenstreifen für den Lokalverkehr, da kann ich mal bis zur Kreuzung mit der Faucett hintuckern... hoffentlich geht das gut... Au weh, was hat jetzt gescheppert... Ach du meine Güte... hat es doch tatsächlich den Antonio Ramon Garcia Alvarez von der Bank und gegen die Fahrgastzellentüre gewichst.... Na wenigstens ist die nicht aufgegangen... aber im Grunde liegt er jetzt nicht schlecht... man sieht den Kerl nicht einmal... das hat was Gutes an sich... das hätte ich mir gleich denken können... Nun, bin doch kein Experte im Verschwindenlassen von ehemals Lebendem... Lungert da unten herum... das ist fein... So, jetzt bin ich bei der Ampel... noch vierzehn Sekunden, dann wird es grün... das ist schon ein tolles Service, der Countdown bis zum Kreuzen... am besten ist es wohl, dass ich zuerst die Faucett kreuze und dann, bei der nächsten Grünphase für die Faucett ich die Venezuela überquere... ei, ist das kompliziert... aber mein Hirn läuft auf Hochtouren... ja, so mache ich das... Hätte ich diese Megakreuzung überstanden... vor der hatte ich mich schon gefürchtet... naja, gefürchtet... bin ja kein Straßenverkehrsanfänger. Ein Menschenverschwindenanfänger ja. Aber ein Straßenverkehrsanfänger nein... aber ich glaube die eigentliche Mutprobe ist dann die La Marina... die

Avenida La Marina... ein Horror... nun, nicht zu vergleichen mit der Abancay in Centro...die ist die Hölle auf Erden... Autos hier, Autos da, überall Autos, aus allen Richtungen... Gestank, Abgase... kaum was zu sehen... Ach, ich hasse Verkehr... zumindest auf der Straße... im Bett ist das was anderes... Hohoho... aber... na, ich werde sehen... Gut, nun bin ich bei dem Block in der Faucett, in dem sich Bank an Bank und Apotheke an Apotheke aneinanderreihen... ein Überangebot ist das... Dienstleistungsterror... die werden schon noch sehen... ein Filialensterben wird einsetzen... das prophezeie ich euch... ihr gutverdienenden Bastarde, die uns Braven das Geld wegnehmen oder sinnlose Medikamente aufschwatzen! ... Sonst bieten sich dort noch Geldwechsler an, Sicherheitsleute und... hoppla, wer ist denn das... ah, die Schreckschraube, die jedes Mal, wenn ich hier vorbeikomme, geschminkt ist... überschminkt... ihre Haut ist unsichtbar... ist sie schwarz, weiß oder rot?... ein Schreckgespenst in jedem Fall, vor allem jetzt, wo es finster ist... das Fürchten kommt einem da... was es nur für Zeitgenossen gibt heutzutage... was erwartet sie sich?... will sie mit dieser Visage Männer aufreißen, Onenightstands erreichen?... oder wartet sie darauf, dass ein Heini aus der Musikindustrie ein Remake des Videos zum Jacksonklassiker Thriller machen will?... Ha, da täte sie genau hinpassen... die Produzenten würden sich in diesem Fall einen Schminkplatz ersparen... sehr ökonomisch, haha! ... Ich glaub, die würde sogar gefallen an der Leiche in der Fahrgastzelle haben... nur, dass selbst er, Antonio Ramon Garcia Alvarez in seinem erkalteten Zustand besser ausschaut als diese Señorita... Ach, bin ich furchtbar kritisch... fürchterlich... gemein... gemeinsinnig bin ich... Aber ich brauche jetzt keine Bank, eine Apotheke vielleicht zwecks Beruhigungsmittel... aber ich fühl keine Nervosität in mir... bin cool, das denke ich schon... Hunger hätte ich, ja... und da böte sich der alte Volkswagen Bus an... der steht da vor der Bank de Comercio, dort, wo die Pio XII in die Faucett einmündet... ich würde schon gerne ein Enchilada verschnabulieren... ach, wie herrlich die schmecken... mit zerriebenen Hühnerfleisch, ein bisschen Würstchen aber vor allem mit dieser Paltasauce... und ich will das auch mit Aji haben... selbst wenn einige dagegen protestieren... weil der Aji die anderen Geschmäcker überbieten würde, man das Paltadings nicht mehr spüren würde... das ist mir egal, ich will Palta und Aji haben... jawohl... in einem... darauf bin ich scharf... aber wie auch immer... ich kann jetzt keine Rast machen... ich würde Zeit verlieren und wenn das Mototaxi da steht, das würde nur auffallen... Erstens, weil eh schon wissen ein stehendes Mototaxi immer auffällt... aber... Moment... das hatte ich ja schon, entschuldigung, mein Hirn und überhaupt sehe ich hier etliche Mototaxis herumfahren... El Rapido... und mein Fahrzeug ist ja von der Bellavista Mototaxi Vereinigung... uih, das würde erst Krieg geben... Grabenkämpfe... in fremden

Gewässern tue ich fischen, würden sie mir vorwerfen... nein, nichts wie weiter... weg von hier... ich kann mir jetzt keine Diskussionen leisten... gach sind die so streitlustig... Streithanseln... und sie reißen die Tür auf und sehen dann, dass der ein Nichtlebender... kein Untoter drinnen sitzt... selbst wenn ihnen der Zustand des Passagieres egal ist... die schnellen Mototaxis von El Rapido würde vor allem stören, dass ein Körper hier herumchauffiert wird, mit einem Taxi aus Bellavista und nicht mit einem von den ihrigen... einen Sol würden sie verlieren... aber das kann schon einen Krieg auslösen, wenn auch nur einen Kurzkrieg... und am Ende kommt die Polizei so oder so... au weh... das will ich mir ersparen... Enchilada mag gut sein, gar vorzüglich gut... aber so viel wert hat es auch wieder nicht... lieber unerkannt bleiben und irgendwo im Vorbeifahren einen Apfel oder eine Banana aufschnappen... ist auch gesünder... ich hab sowieso das Gefühl, ein bisschen zugelegt zu haben... als topfitter Typ kann ich kaum auftreten... aber der Stress, den ich nun habe, wird mir beim Abnehmen schon helfen... hoffentlich gibt es später keine Flucht, da würde ich dann magersüchtig werden... Ach, welche Sorgen habe ich nur... hab ich mir schon selbst aufgebürdet... teilweise zumindest... aber überwiegend sind diese behämmerten Nachbarn und geldverdienenwollenden Passanten schuld... die haben mich fertig gemacht... die haben das Chaos in mir verursacht... Klar, ich hätte auch anders reagieren können, hätte mich anders an der Nachbarschaft rächen können... etwa so wie der eine in meiner Straße... Blas Hernan irgendwie sein Name... Hernan Cortes, du Aztekenzerstörer... Wenn ich es mir recht überlege, dann war es eine verdammt gute Idee, die Fahrt nicht länger hinauszuzögern. Nicht nur des Gestankes wegen. Mototaxis hören normalerweise nach einundzwanzig Uhr zum Arbeiten auf... da ist praktisch kein Mototaxi mehr auf den Straßen vorhanden... Mototaxis futsch... Da täte ich schon übermäßig auffallen... Und überdies, wer weiß, in den Nachbarschaften sind später dann viele Straßen mit diesen idiotischen, sinnlosen Gittern versperrt. Das wären unnotwendige Hindernisse für mich. Diesen weiche ich zeitlich aus... Also was. Soll ich jetzt auf schnellstem Wege an die Küste fahren, die Faucett entlang. Aber ist das erlaubt, fällt ein Mototaxi nicht extrem auf... Soll ich nicht doch lieber auf Seitenstraßen, durch die Viertel zumindest mal zur La Marina kommen. Marina, das klingt schon nach Meer, das klingt nach Final Destination für meinen toten Mototaxisten... Sein letzter Weg beginnt nun... Möglicherweise, also ich meine... falls sie ihn finden, ihn und das Mototaxi, dann werden sie ihm wohl ein richtiges Begräbnis mit einem richtigen letzten Weg auf dieser Erde, geben... Was ihm ja durchaus zusteht, ich ihm aber nicht bieten kann, bin kein Begräbnisorganisator, beim besten Willen nicht... Keine Lust dazu, keine Zeit... Nun denn, verehrte

Öffentlichkeit... Avenida Faucett oder Seitenstraßen?... Hektik oder Gemütlichkeit... Großstadt oder Kleinstadt... Entscheidung vonnöten... ach was... rein in das Labyrinth der Kleinigkeit... da falle ich auch weniger auf... ein Mototaxi ist auf den Avenidas nur selten gerne gesehen... Los geht's, du Mototaxigefährt... wenigstens läuft dein Motor noch... Also hier ist die Calle Hidago... haha, Leberstraße... nein, die heißt ja doch Hidalgo... aber jetzt muss ich nach links abbiegen... wie heißt die Straße... ist mir das egal oder nicht... soll ich das für die Nachwelt klären... ok, Moment Tutupaca heißt die Calle... netter inkahafter Name... Tradition und Geschichte... die führt parallel zur Faucett, scheint zumindest so... das ist gut... sehr gut... wie ich das liebe wenn es in Richtung La Marina geht... hoho... brumm brumm... macht das motorradartige Taxigefährt luftverpestend... wenigstens kaum Leute unterwegs... gut ist das... hm, eine Schule... haben was an die Mauer gemalt... hm, das ist nett... Mädchen und Bub geben sich die Hand... im Hintergrund eine Taube und was sagt die Taube... keine Gewalt... no Violencia... bravo... unter Kindern nicht... manchmal ist es bei Erwachsenen halt notwendig... ergibt sich die Notwendigkeit... auch wenn es nicht gut ist... so ist es nun einmal... Hm, ein Poster hängt da auch... ein Pärchen mit einem Neugeborenen... ob ich irgendwann einmal diese Rolle werde spielen können, ein Vater sein, eine Frau habend, die die Mutter meines Kindes ist?... Da bin ich ja mal gespannt... jetzt, hier, in dieser Situation... gar unglaublich... Ach, Denken, Bedenkungen... gibt es das Wort? ... Was ist denn das? ... Distrito de San Miguel... haha, das alte Wappen des Bezirkes... ein Pavillon ein großer und was steht da... Distrito de la Cultura... hoho, welche Kultur, was gibt es hier schon Kultur, den Zoo vielleicht und dann noch etwas Konzerte im Plaza San Miguel, wenn da eine Band gratis zum Einkaufen auffordert? ... Obwohl, der Pavillon vom Halbmond... aber warum Halbmond, Muslime sehe ich hier keine... schöne Kulisse jedenfalls... hab mal ein Pärchen gesehen, dass dort ihre offiziellen Hochzeitsfotos hat schießen lassen... im August... in der ärgsten Kälte... war das ein Zittern, ob die Fotos was geworden sind? ... Keine Ahnung. Eterna Primavera. Der ewige Frühling. Das passt zu San Miguel. Möglicherweise. Ebenso keine Ahnung. Ich lebe ja nicht in San Miguel. Nein, ich lebe in Bellavista. Großer Unterschied. Lebensstandardmässig, aber nicht geographisch. Das nicht. Wurst... Und nochmal Wurst. Nein, schon gut, dass die ein neues Wappen haben... so ehrlich sind sie... zumindest... Ah, noch eine Schule... Nuestra Señora de la Asuncion... ist das nicht in Paraguay... ein Land ohne Zugang zum Meer... so wie Bolivien... oder auch dieses Land in Europa... Australia... Austria... Hm, da endet die Straße... nun links auf die Avenida oder nach rechts, wo ein Park Erholung verspricht... ah, da ist wieder eines dieser vielen Gitter, das noch dazu verschlossen ist... so was von störend sind die... Oh oh, da kommt ein Streifenwagen... Serenazgo San Miguel... ah, die vom District San Miguel... wenigstens nicht die Policia Nacional... oh, noch schlimmer, die wollen, dass ich anhalte, das ist nicht gut... überhaupt nicht gut... uih, uih no... gut, halte ich an... da, einer steigt aus... was sagt er mit seiner tiefen offiziellen Polizistenstimme? ...

„Buenas Noches! Finster ist es ja schon. Wie ich sehe haben sie ein Mototaxi, das für eine Organisation in Bellavista fährt. Wir haben hier nun aber den District San Miguel in Lima... also nicht Callao, dafür Lima. Sie wissen schon, dass sie hier nichts verloren haben, Señor?"

Ach, was soll ich jetzt antworten... verdammt noch einmal, dafür hatte ich keine Vorkehrungen getroffen, was sag ich nur, du verdammte Scheiße... Ah, mir ist was eingefallen, hoffentlich reicht das... Ähm, ich hab eh keinen Fahrgast dabei, bin gar nicht dienstlich unterwegs... ich will eine Tante besuche, meine Tante Cecilia, der geht es überhaupt nicht gut... Einundachtzig Jahre ist sie schon alt, die wird es nicht mehr lange machen. Hat viel erlebt, hat, so glaube ich, nichts versäumt. Und sie hat gemeint, dass ich sie noch einmal besuchen soll, bevor sie friedlich einschläft. Und da habe ich mir gedacht, dass ich nach der Arbeit von Bellavista herüber in ihr Viertel fahre. Sie wohnt nicht weit von hier. Trotzdem will ich da keine Zeit verlieren, wer weiß, wie lange sie es noch macht. Und eine Enttäuschung will ich bei ihr verhindern... hoffentlich nehmen dir mir das ab...

„Ah, das tut mir aber leid wegen ihrer Tante Cecilia, ich hoffe, dass sich ihre gesundheitliche Misslage ja doch noch bessert. Ich bin mir sicher, sie wird sich über den Besuch ihres Neffen freuen. Einundachtzig Jahre, das ist wirklich ein schönes Alter, da kann sie sich nicht beklagen, aber das hat sie wahrscheinlicherweise eh nicht vor. Das wäre durchaus als frevelhaft anzusehen. Aber ich kenne ihre Cecilia ja nicht. Also nichts für ungut... Oje, was habe ich jetzt wieder für einen Blödsinn von mir gegeben. Ist denn das die Möglichkeit, passiert mir das schon wieder... Möchte mich für die frevelhafte Aussage entschuldigen, die war überhaupt nicht angebracht, diese Frevelhaftigkeit. Unmöglich von mir. Entschuldigung. Nun, dann wünsche ich noch eine gute Fahrt, eine gute Nacht und gute Besserung für ihre Tante! Passen sie auf sich auf. Es kann gefährlich werden hier im Viertel, darum sind wir auch stets unterwegs."

„Nun, sie brauchen sich nicht entschuldigen. Das ist vielleicht nur so rausgerutscht. Und stimmen tut es ja, keine Frage, entspricht den Tatsachen. Versäumt hat sie rein gar nichts. Ein schönes Leben hat sie gehabt. Und nun ist es halt bald zu Ende. Und sie hat nach mir gerufen, da will ich sie nicht enttäuschen. Eine Tante von mir ist sie. Ich ihr Neffe. Vielleicht bekomme ich ja was, vielleicht will sie mir was mitteilen.

„Ja, dann wünsche ich ihnen auch in diesem Sinne alles Gute... also Buenas Noches!"

Puh, wäre das gut gegangen. Das hätte mir noch gefehlt. Falle ich hier, nur wenige Blocks vom Tatort entfernt schon auf... Ah, da fährt der Streifenwagen weg, jetzt kann ich wieder weiterfahren... raus auf die Avenida, nach links und dort dann rechts weiter… hin zum Pazifik, da muss ich hin... Uih... das ist jetzt schon eine Kreuzung mit einer großen Straße... die Los Precursores... na, das ist ja schnell gegangen... aber wie komme ich da jetzt mit meinem Mototaxi drüber?... hm, direkt, so wie die Fußgänger geht nicht... da könnte ich umfallen, eine Unfall verursachen und auffallen, gar kommt der Serenazgo-Wagen wieder vorbei... wie mache ich das wieder... immer wieder diese unerwarteten Hindernisse... aah, diese verdammten riesigen Werbeplakate... verstellen einem die Sicht... und am schlimmsten sind die mit den politischen Gfrastern... korruptes Betrügerpack... jede Partei ist korrupt oder noch schlimmer... gut, ich fahre da ein paar Meter nach rechts, dort biege ich dann links ab und fahre dann wieder in Richtung Faucett weiter, wo ich dann rechts – in Richtung Meer – weiterfahren kann... Hm, das ich doch immer wieder so schnell Lösungen für meine aberwitzigen Probleme finde, darin bin ich richtig gut... Stolz kann ich sein... also, das war die Theorie... nun die Praxis... schön aufpassen Joaquin... also am linken Fahrstreifen einordnen,... ach du meine Güte, da hätte mich jetzt fast ein Auto abgeschossen... huihuihui, das kann ins Auge gehen... das diese Idioten nicht aufpassen können... nun, ein Mototaxi ist – soweit ich zu wissen glaube – auf Avenidas nicht erlaubt, aber was kann ich machen, geschehen ist geschehen, jetzt das Wendemanöver... brumm brumm, schön Gas geben... ja nicht den Motor auf der Kreuzung absterben lassen... ach, hab ich ein Glück, kein Auto kommt von rechts... gut ist das... so, wäre ich wieder in der Faucett unterwegs... jetzt schaue ich, dass ich von der wieder wegkomme und mich auf Wegen abseits in Richtung Ozean lümmle... also hinein in das Viertel... Calle Orellana soundso, kenne weder die Straße noch den Typen, nachdem sie benannt worden ist... aber egal... Haha, die Firma Perkins... Perkins... Perkins... ja, das ist doch der Mörder in Psycho... der hat sich ja eingebildet, dass seine Mutter noch lebt... schon lange, nachdem sie tot war... und dann hat er Frauen umgebracht, warum eigentlich... hab das vergessen... aber ein Motel hat er besessen gehabt, Bates oder so... also nicht Firma Perkins... oder ist er aus dem Gefängnis entkommen... falls er dort jemals war, haben sie ihn verurteilt?... Und jetzt verdient er seinen Lebensunterhalt in San Miguel in Lima, ausgerechnet hier in der Faucett Avenida? ... Mit Autoreparatur oder Autoersatzteilen, komische Sache... ein weiter Sprung jedenfalls... Mörder in den Estados Unidos und nun Autoreparateur in Peru... Sachen gibt es hier... Zwei Mörder könnten sich hier begegnen... hätte ich dazu

Zeit... na später einmal... also, eingebogen in diese komische Mörderstraße und nach links abbiegen, links, zum Wasser hin... eiei, da ist ja ein Park... endlich kann ich auf meiner Reise einen Park entlang fahren... beruhigend ist das... selbst jetzt in der Nacht... oder vor allem jetzt in der Nacht strahlt das so eine Ruhe aus auf mich... genau das, was ich brauche... ah, da kommen Leute raus... eine Kirche... ah, die Adventistensekierer... Dia de Esperanza... ohoh, gach, halten die mich auf und wollen mich entweder bekehren oder eine Mitfahrgelegenheit... klar, ich kann ihnen beichten, was ich getan habe... vielleicht können sie mir ja helfen, mich gar decken... aber sie sagen wohl doch, ‚stelle dich den Behörden, wir werden dich dann im Gefängnis besuchen, glaube an uns'... nein, das brauche ich nicht. Dankeschön, nett gemeint... weiterbrummen... ein großer und doch netter Park ist das, eine große Palme in dessen Mitte, gleich neben dem Heiligendenkmälchen... ach, ist das entzückend... und was gibt es da links wieder... drei Volkswagen-Käfer hinter Gitter, ein Weißer, ein Blauer und dann noch ein Weißer... direkt bayrisch ist das, Käfer hinter Gittern, gleich wie bei dem Haus in dem ich wohne... ob die Brüder sind... oder ist das hier in Lima weitverbreitet, Käfer zu horten, ob die mit dem Mai was zu tun haben, oder den ganzen Marien, die da in den Parkanlagen herumstehen?... Aber jetzt geht es weiter, genug meditiert... ohoh, jetzt fängt der Motor zu stottern an, was hab ich den falsch gemacht... was ist geschehen... versuche zu starten... ächz, ächz, macht der Motor, mehr bringt er nicht hervor... Was bedeutet das, ist die Elektronik kaputt... quatsch Joaquin, Mototaxis haben keine Elektronik... glaube ich halt zumindest...nehme ich mal an... ohoh, da kommen auch noch zwei Passanten vorbei... was reden die da?... ‚Ich glaub, der hat keinen Sprit mehr, der Arme... wie der heute nach Hause kommt?'... Was reden die da? ... Also das ist es, kein Diesel mehr im Tank, trockene Angelegenheit... au weia... was mache ich jetzt, das hat mir noch gefehlt... verdammte Sch... Ach, lasse lieber das fluchen, das schickt sich nicht... ungeschickt... ja, wie ungeschickt von mir... plane eine Flucht und bedenke nicht, dass der Sprit sich verabschieden könnte... Chau Diesel, chau chau chau... und wo ist nun die nächste Tankstelle? ... Andauernd kann ich mich fragen, wo etwas ist... wo wo wo?... die meistgestellteste Frage meinerseits... wo bringe ich das Mototaxi und die Leiche hin?... wo ist die Straße, die zur Costañera führt?... wo ist mein Glück... wo-hin bringt mich mein weiteres Leben?... wo gibt es was Gescheites zu essen... trinken und essen, das täte ich nun schon wirklich gerne... aber zuerst Treibstoff, Diesel... Tankstelle... nachdem ich ja kein Auto habe schaue ich auch nicht auf Tankstellen entlang der Avenidas... warum auch... das ist keine Fehlleistung von mir... ist ja alles so spontan... vor zwei Stunden, ja vor zwei Minuten hätte ich nicht daran gedacht... wo ist die nächste

Tankstelle... das hat mich nie interessiert, nie und nimma... Snacks und so kriege ich auch in der Tienda um die Ecke, aber Diesel kaum... Au weh, jetzt kommt noch ein Auto... und ich stehe da auf der Straße mit meinem verdammten Mototaxi... Unglücksgefährt... hätte fast meine Freundin... gut, meine damalige Freundin... getötet, auch deren Tochter... und jetzt bringt es dem Fahrer und mir Unglück... Unglücksgefährt... ha, das ist es... Was für ein Auto ist das denn? ... ein Taxi... oje... ein Streifenwagen... Serenazgo San Miguel... nicht schon wieder die... oh Dios mio... es ist tatsächlich derselbe Wagen... dieselben Leute... die erinnern sich sicherlich an mich... ist ja deren Job... was mach ich nur... alles, nur nicht nervös werden... aber leichter gesagt als...

„Ah, da schau her: der Lieblingsneffe der totkranken Tante! Hast du sie schon besucht, ist eine Besserung eingetreten, hast Chicha trinken können, hast' Calentao bekommen? Reis mit Bohnen oder Arroz con Pollo, noch dazu grün?"

Ach was soll ich jetzt nur antworten... meint der Sicherheitsfritz diese Fragen ironisch, macht er sich einen Spaß mit mir. Oder ist er einfach nur freundlich... wobei ich mir beim besten Willen nicht vorstellen kann, dass ein Sicherheitsfritz ein freundlicher Zeitgenosse sein kann... das schließt sich aus... ist ja so... Polizist stramm und streng... was anderes passt nicht ins Berufsbild... unmöglich... nun, was antworte ich... Ehrlichkeit siegt... so heißt es... stimmt das aber auch... Lügen haben lange Beine... damit könnte ich schneller abhauen... aber wie soll ich abhauen? ... Per pedes etwa? ... das ist ja lächerlich... und der tote Körper verbleibt im Mototaxi bis ans Ende der Welt oder zumindest bis ihn jemand findet und ihn in einen Holzsarg gibt? ... Wäre ich doch nach Gamara gefahren. Dort hätte ich die Leiche bestens verschwinden lassen können. In diesem Textilviertel, voll von herumwirbelnden Menschenmassen, die arbeiten... Ameisen gleich... und auf Schnäppchen aus sind. Da hätte ich ihn irgendwo einnähen... oder mit Stoff ummanteln können... ja, eine Stoffrolle könnte er abgeben... Oder einfach in einem nicht mehr benutzten Nähzimmer im achten Stock eines Gebäudes verstecken können... achter, neunter Stock... oder weit hinten... Aber dort hätte ich ihn halt auch mal hinbringen müssen... umbringen... hinbringen... und merke dir, Gamara ist gefährlich, wenn es dunkel ist. La Victoria, das ist gefährlich... gefährlich... Jetzt bin ich aber in San Miguel... Also was sagen... ach was, Ehrlichkeit siegt... währt länger... schön in Ruhe alles machen... Ruhe... also, was sage ich...

„Guten Abend Herr Sheriff, ein weiteres Mal... Nun, ich bin noch nicht bei meiner Tante gewesen. Ich habe da nämlich ein Problem, ein gewaltiges Problem... Mir ist das jetzt direkt peinlich: Mir ist der Diesel ausgegangen. Ich komme weder vorwärts noch zurück. Bin gefangen an diesem Ort. Ungewollt noch dazu. Und blöderweise weiß ich nicht einmal, wo die nächste Tankstelle ist. Können sie mir helfen, Herr Inspektor?"... Puh, was habe ich da nur für einen Blödsinn von mir gegeben, klingt so poetisch, so gekünstelt... ich muss verflixt aufpassen, was ich von mir gebe... ei ei ei... was wird der bessere Watchingman wohl vorschlagen?

„Nun, Señor Sobrino, haha, da gibt es drei oder gar mehr Möglichkeiten. Du lässt dein Mototaxi hier stehen und gehst zu Fuß zu deiner Tante. Oder du schiebst dein Gefährt zum Haus der Tante. Eine andere Möglichkeit wäre die, dass du zur nächsten Tankstelle, die ist in der La Marina, läufst und dort Treibstoff besorgst. Oder du bleibst hier im Mototaxi sitzen und wir besorgen dir einen Kanister voll Diesel. Ist das ein Angebot?"

Ist es möglich, dass ich so viel Glück habe? ... Bin ich in einem Traum... warum sind die so freundlich... Nun, würden sie das wirklich machen, zur Tankstelle fahren und für mich tanken? Weil meine Tante möchte auch noch eine Spritzfahrt im Mototaxi machen. Das wäre ein Wunsch in ihrem Leben, einmal mit ihrem Neffen in seinem Gefährt durch das Viertel fahren. Auch wenn es in der Nacht und es finster ist. Das würde sie sich noch wünschen, bevor sie von dieser Welt geht"... Puh, ich trage schon wieder so dick auf... Na dann hoffen wir einmal...

„Oh, da können wir ja nicht nein sagen. Warte hier, in zehn Minuten sind wir wieder da."

Und tatsächlich fahren die ab... Habe ich mehr Glück als Verstand... ist denn das die Möglichkeit, habe ich das alles verdient... scheint so zu sein... aber mal abwarten... das Glück kann sich immer noch wenden... wer weiß, was die aushecken, vielleicht ist das eine Falle... oder sie spielen ein Spiel mit mir... bin ein Spielzeug für sie... spielen ein psychologisches Spiel... wollen mich austesten... vielleicht haben sie Lunte gerochen... oder die Leiche... stinkt mein Moto oder stinkt es nicht... ich glaub, das ist für mich unbeurteilbar... Befangenheit der Nase oder so... Bin ich Mittelpunkt einer Stinkquelle? ... führe eine Leiche spazieren und verbreite so einen bestialischen Geruch? ...was machen? ... Warten oder abhauen? ... Nun, abhauen ist schwierig, weit komm ich kaum, wenn ich das Moto mit mir schiebe... abhauen unmöglich... zu sehr bin ich mit den Polizisten schon in Kontakt, spezielle der eine kann sich sicherlich an mein Gesicht erinnern... auch, wenn es dunkel ist... einen Eindruck hab ich hinterlassen in seinem Hirn, in seinem Gedächtnis... ich bleibe da, die einzige Möglichkeit ist das... hm, sechs Minuten warte ich nun schon, bleiben noch vier oder ein paar mehr... ah, ich geh mal schauen, wie die nächste Straße heißt, dann kann ich denen wenigstens sagen, wo meine Tante wohnt... hm, keiner auf der Straße, das ist gut... ah, Hernando de Soto heißt sie, gut,...

da wohnt also meine Tante... schön für sie... gut für mich... zurück zum Leichentaxi... neun Minuten vergangen... mal schauen, was die Zukunft bringt, die nahe und die ferne... ah, da kommt wieder ein Auto... nein, das sind sie nicht... ach, wenn sich nichts tut und ich auch nix denke, dann zieht sich die Zeit schön zäh dahin... ah, ich will eine Entscheidung haben... Gefängnis oder Freiheit... weiterleben... mein Leben leben... noch ein Auto kommt... ah, das sind sie, jetzt bin ich mal gespannt, was die sagen, von sich geben...

„So, da wären wir wieder. Hier, da hast du deinen Kanister voll Diesel. Das macht fünfzehn Soles neunzig."

Das ist ja gut gegangen... Vielen Dank, vielen Dank, sie können sich nicht vorstellen, wie sehr sie meinen Tag gerettet haben, ohne sie wäre ich so was von aufgeschmissen gewesen, verloren und nicht nur ich sondern auch meine Tante, die Arme, die hätte nächtliche Ausfahrt gehabt, jetzt kann ich auch zur nächsten Antigucheria fahren, die wird sich freuen, muchas gracias, Señor, muchas gracias! Hier, nehmen sie fünfzig Soles, kleiner habe ich es leider nicht. Der Rest ist für sie, machen sie sich nach der Schicht einen schöne Nacht oder gönnen sie sich morgen in der Früh ein prächtiges Frühstück. Ach, ich würde fast sagen, dass ich sie liebe! ...

„Nun übertreiben sie mal nicht, haben sie wirklich keine kleinere Note. Ich weiß ja, wie schwer sie sich ihr Brot verdienen müssen... Ah, sie schütteln den Kopf... nun, wenn sie darauf bestehen, dann nehmen wir dankbar die kleine Aufmerksamkeit entgegen. Danke sehr dafür, hat aber keine Notwendigkeit dazu bestanden. Wir sind nicht nur für Sicherheit sondern auch für den Bezirk zuständig. Wir helfen wo wir können... Dann richten sie noch schöne Grüße an ihre Tante aus und nochmals alles Gute und baldige Besserung. Sie wird es schon noch schaffen!"

Ach, so was von freundlich diese Typen... solche Menschen hätte ich früher treffen müssen, solche Menschen müssten in meinem Viertel wohnen... hilfsbereit... zuvorkommend... einfach freundlich. Wenn ich das jemandem erzähle... der glaubt es sicher nicht... unglaublich... aber es ist geschehen... Vielen Dank, werde ich an meine Tante Cecilia ausrichten, wünsche noch eine gute Nacht und einen angenehmen Dienst! ... So, jetzt mal den Tank finden... ah, da ist er schon, ein bissal kenne ich mich ja doch noch aus in der Welt der Technik... gluck gluck gluck macht der Diesel, der Saft, der mich weiterbringt... Ah, jetzt ist er, der Herr Sheriff wieder eingestiegen... startet den Wagen... wieso fährt er nicht weiter... haben sie doch etwas gewittert?... oder warten sie, bis ich wegfahren?... nun gut, ich starte mal... hm, brumm... und schon läuft das Höllengefährt... los geht es... ich biege um die Ecke in die Sotostraße ein... ah, da sehe ich im Rückspiegel die Bullen weiterfahren... wäre ich die los, das ist gut... so, weiterfahren... ah, schon wieder ein Park... aber die sind mir im Moment egal... hab eh schon genug Zeit verloren, zwanzig Minuten bin ich da herumgestanden wenn nicht länger... weiterbrausen... ah, da sehe ich schon die La Marina, endlich... hätte ich diese Etappe mal erledigt... aber wie kreuze ich die jetzt... die beiden Fahrtrichtungen trennt Trennsteine oder wie heißt das... ah, ich mach es einfach beim Fußgängerübergang... gehe auf Nummer sicher... ah, da sehe ich schon den Engel, dort, wo die Faucett in die La Marina mündet... zeigt er sich mir als Sieges- oder doch als Racheengel... au weia... Passanten, aber wenigstens keine Polizei, keine uniformierten Sicherheitskräfte... bueno... gut... ah, die Ampel zeigt grün für mich... dann fahre ich mal los... kommt eh kein Bus oder anderes Auto daher gebraust, oder... au weh, da muss ich wieder einer Gehsteiginsel ausweichen... ah, gemacht... noch immer grün? ... gut ist das... so, hab ich die Marina auch gekreuzt... und weiter?... hm, da ist eine Passage... passt da ein Mototaxi hinein... denke schon... oder... ja... passt genau... ohoh Antonito, da stehen aber zwei Typen vor einem Hauseingang, da werde ich ja wohl noch vorbeikommen... hm hm, die trinken was... hmhm, eine Flasche haben sie... aus einer Flasche trinken sie... warte, genau das brauche ich jetzt... He Leute, könnt ihr mir einen oder zwei Schluck gewähren, ich zahle euch auch dafür, wenn es notwendig ist... was antwortet er, der eine Typ, leicht betrunken... Der erste Schluck ist frei, jeder weitere kostet einen Sol... Dann her mit der Flasche und da hast gleich einen Fünfer... wäre das gebongt... nicht nur Treibstoff für das Mototaxi habe ich nötig gehabt... auch einen für meinen Körper und meine Seele... das tut richtiggehend gut... Stört das deinen Passagier eh nicht, oder? ... oje oje, daran hab ich nicht gedacht... Nein, nein, keine Sorge, ich bin ohne Fracht unterwegs... mache eine Spazierfahrt... haha, mir gefällt San Miguel bei Nacht so sehr... nein, nein, Scherz... ich besuche eine Freundin... hab noch was Angenehmes zu tun hoho... Ah, das ist fein für dich... na, dann nimm noch einen Schluck und... viel Spaß haha... Euch auch, ihr Burschen... Gestärkt hätte ich mich also... nun weiter... durch die Passage durch... wie geht es weiter zum Pazifik... haha, hab einen Plan, einmal rechts einmal links und so weiter... das wird heiter... das hat System... da kann mir keiner folgen... nicht mal ich werde mich erinnern können, wie ich weitergekommen bin... puh, jetzt fährt das Motodings ganz schön schnell... und der Pisco in meinen Kopf erst... da tut sich was... uih uih... hm, eine Kreuzung... vorher rechts, jetzt also links... Patriotas Avenida... interessant ist das... verdammt, das um die Ecke fahren tut mir nicht gut... meinem Schädel nicht... warum bin nur so besoffen... fünf Schluck Pisco, das kann es ja nicht sein oder... ah, ich hab kaum etwas gegessen den ganzen Abend... blöde Nervosität... brumm brumm brumm... hm, da ist schon wieder eine Kreuzung... links früher... nun rechts abbiegen...

Ramazuri oder so heißt die, hab nur kurz ein Schild gesehen... ah, das schaut gut aus... das dürfte eine lange, laaange Straße sein, das gefällt mir... für längere Zeit keine Wendemanöver... eine breite Avenida... und kaum Verkehr... da kann nix passieren... meiner Meinung... Dach... ähm nach... geistig ausrasten... Denkapparat ruhen lassen... nur Druck aufs Gaspedal... und fahren... laaaaange fahren... bis es geradeaus nicht mehr weitergeht... hm, jetzt bin ich am Ende der Razurela oder wie immer diese Schlange auch heißen mag... also, normalerweise müsste ich jetzt links weiterfahren... warte... da geht jetzt eine Passage geradeaus weiter... die nehme ich... Passagen haben mir heute viel Glück schon gebracht... und so soll es auch weitergehen... also durch die enge Gasse... Masias... Mesias... so heißt die... hm, staubig ist es rund um den schmalen Grat... aber die Häuser nett... möcht ich da leben? ... Nein... da kann ich gleich in Callao verbleiben... durch wäre ich... wenn mich nicht alles täuscht und ich mich richtig an den Stadtplan erinnern kann, dann ist das die La Paz, die Avenida, die parallel zur Costañera verläuft... ich bin fast am Ziel... juhuu... vorbei ist bald die Flucht... gut, nun denn... nach... links... die Avenida queren... kaum Verkehr... Gottseidank... und dann schon weiter nach rechts... jetzt bin ich auch wieder einigermaßen nüchtern... denke ich fühle ich... Calle 20... klingt wie eine Musikgruppe aus Mexiko, Argentinien oder aus der Richtung halt... ah, ich glaub, ich hör das Meer schon rauschen... oder

Einbildung... muss jedenfalls nah sein... gefühlsmäßig halt... oder so... Da ist die Costañera... endlich... hä Hotel Wimbledon... ein Hotel mit Tennisplätzen... ein Spielplatz mit Pazifikblick... oder ein luxuriöses Hostal zum Bumsen? ... schon mehr... Spielwiese mit Blick auf Meer... das beflügelt... muss ich mir mal näher anschauen... so, da bin ich... jetzt höre ich das Rauschen laut und deutlich... Costañera... Ocean... Pazifik... das ist das Ziel... ist da viel Verkehr auf der Straße... Nein, ist keiner... hm, gut, das wäre nicht gut gewesen... ich muss die Costañera rasant überqueren und lande dann selbst mit dem Mototaxi und der Leiche da unten, sechzig, achtzig Meter weiter unten... da wäre mir unwohl geworden... ah, der wäre eh eine Sperrplanke... gut, aber auch doch wieder nicht so gut... wie komme ich jetzt hin zum Abhang... zum steilen Abgang... Abhang... ah... weiter rechts ist die Leitplanke aus, dafür ist ein Gehsteig inkludiert, ... na, mal schauen, da fahre ich hin... so kann ich die Costañera in Ruhe überqueren... ha, geschafft... beruhigend... aber wie nun... jetzt stehe ich an... ohoh, nur nicht zu lange auf der Straße verweilen, das fällt auf... ah, da kommt schon ein Auto, hoffentlich ist der mit anderen, für ihn wichtigeren Dingen beschäftigt... wumm – vorbeigefahren... wie komme ich nun also über den Gehsteig drüber... warte... ich steige aus... hebe mal das Vorderrad des Moto hinauf... uih, das ist gut gegangen... aber wie nun weiter?... der Abgrund wird ja nicht gleich beginnen... da könnte ich mich wieder ins

Mototaxi setzen und Gas geben... aber was ist, wenn ich nicht rechtzeitig bremsen kann, die Bremsen nicht funktionieren?... Dann ist es aus, vorbei... mit allem... schon wieder ein Auto... zwei potenzielle Zeugen gegen mich also schon... wenigstens ist es abgesehen von den paar Straßenlaternen nicht zu hell... gut, ich schiebe das Taxi von hinten an... so schwer sind die Geräte auch wieder nicht... ho ruck ho ruck und drüber und auf dem Steig sind wir - Antonio Ramon Garcia Alvarez, das Mototaxi und ich... jetzt brauche ich auch nicht mehr einsteigen... ich schau mal kurz zur Klippe, bevor ich das Werk vollende... ah, da ist das Rauschen schön laut... sonst ist kaum was zu hören... perfekt dramatisch klingt das... ich schaue mich um... höre ich Menschenstimmen... nein... Autos, die gerade vorbeifahren?... Nein... was will ich denn mehr... sehe ich etwas... einen lichten Punkt draußen auf dem Meer... mehr aber auch nicht... unten wird ja wohl keiner sein, außer dem Meer... so wie es klingt, müsste das Meer gleich nach dem Abhang beginnen und wenn schon nicht gleich danach dann aber doch bald mal... wer soll schon da unten sich die Zeit verdingen... in der Finsternis, jetzt, in der Nacht... das wäre dann doch zu unheimlich... würde das kaum aushalten, ich Zartbesaiteter... so, was mach ich jetzt mit dir Antonito... soll ich ihn auf den Fahrersitz setzen... soll ich das ganze Schlamassel wie einen Unfall ausschauen lassen... oder würde ich mich dabei eh nur lächerlich machen... ich meine... es gibt keine Bremsspuren und was hat hier ein Mototaxi verloren... noch dazu eines aus Bellavista... kaum naheliegend... auffällig jedenfalls... ha ha, das hätte ich fast vergessen... ich muss die Fingerabdrücke beseitigen... ich Trottel ich... hab keine Handschuhe verwendet... so was von grenzdebil ist das... bin halt kein Mörder... schon gar kein professioneller... bin auf dem Gebiet ein Dilettant ein absoluter noch dazu... aber zumindest das Notwendigste, das Oberflächlichste sollte ich verschwinden lassen... so, getan... aber der Fahrer, der Antonio Ramon... was mache ich mit ihm?... eines ist sicher... er muss aus dem Fahrgastraum, dem begrenzten, hinaus... da kann er nicht sitzen bleiben... noch ein Auto... ducke dich... also was nun... ?... schnell Joaquin schnelle... ach, raus mit ihm... puh, da muffelts ein bissal... und blutig ist es hier... uih, uih... auch das noch... hauptsächlich von der Weste aufgesaugt aber immerhin... das sieht nie und nimmer wie ein Unfall aus... so doof sind die auch wieder nicht, die Bullen... versuchen sollte ich es zumindest... wenigstens, um Zeit zu gewinnen... aber schnell soll das gehen... nein, ich mache mich dabei nur dreckig, blutig gar... ach was... runter mit ihm, Neptuno... freue dich auf ein Opfer!... die Tür kann ich wenigstens offen lassen... so, zurück zum Heck des Mototaxi, das ich jetzt zum letzten Mal angreifen werde... Adios Antonio Ramonito Garcia Alvarez, es tut mir leid... es war halt ein Versehen... ich hoffe, du wirst das irgendwann verstehen... mein Gott, was rede ich nur für einen Blödsinn daher... frevelhaft ist das... sollte besser damit aufhören... gehört sich nicht... nie und nimmer soll das gestattet sein... bitte vielmals um Verzeihung... Antonio und Neptuno... hoffe, du freust dich darüber... jetzt höre ich wieder das Rauschen... höre auch das Blut in mir rauschen... überall rauschen... so, ho ruck, setzen wir den finalen Punkt dieser Geschichte... kurz angeschoben und... kawumm... runter fliegt das verdammte Mototaxi... höre ich es unten ankommen... hah, der Motor läuft auch noch immer, aber wird kaum explodieren, oder?... ich meine, nicht genug Diesel drinnen im Tank... hat es noch immer nicht gekracht... ach, das Rauschen... bumm - krach, jetzt habe ich was gehört, nun muss es unten angekommen sein am Grund... also ich glaub, das muss es gewesen sein... sonst kann da nichts so ein Geräusch verursachen... und hier ist wieder das Rauschen... kaum hört man konzentriert auf ein Geräusch abseits des Rauschen – und sei es ein Krachen – rauscht es wieder... zum Verrückt werden... so... jetzt aber weg... zurück zur Costañera... uih, ein schnellvorbeifahrendes Auto... ich sollte mich hinducken... so tun, als ob ich was suche... ja, vorbei ist es... rüber über die Straße... ist beim Hotel Wimbledon irgendwo Licht... scheiße, das habe ich auch nicht bedacht... na glaube kaum, dass die da in die Finsternis hinausschauen... das Meer sieht man ja nicht... die Treiben es da lieber, diese perversen Schweine... sind sicherlich Spiegel auf den Zimmern und

Whirlpool und was weiß der Kuckuck noch... Arschlöcher... und ich kann mich da herumtreiben... nun, wird mich schon keiner gesehen haben...

Das war es dann eigentlich. Das folgende ist dann wie in einem Kurzfilm – einem schnell geschnittenen und rasant ablaufenden Kurzfilm – abgelaufen. Ich bin durch eine oder zwei Passagen und dann ein paar Straßen immer möglichst geradeaus zur La Marina hingelaufen. An die Straßen kann ich mich kaum mehr erinnern, ist auch nicht wichtig. Irgendwo auf dem Weg habe ich dann auch noch meine Weste weggeworfen... zu viel habe ich geschwitzt und möglicherweise war auch Blut oben. Keine Ahnung, aber zur Sicherheit, ja, da habe ich es halt getan. In der La Marina habe ich dann ein Combi genommen, bin damit bis zur Bäckerei in der Faucett gefahren und dann nach Hause spaziert. Nichts Besonderes geschah mehr auf dem Weg. Keine Seele hat mich komisch oder sonst irgendwie angeschaut. Es lief alles so wie immer ab. Ich fand keine Beachtung. Und ich ließ mir – glaube ich – auch kaum was anmerken. Zuhause fand ich zu meiner großen Freude noch ein großes Stück Käse und etwas Brot vom Frühstück. Damit konnte ich mich endlich stärken. Auch Wasser trank ich bevor ich auf mein Zimmer ging. Im Zimmer hatte ich noch Reste von Rum und Pisco, die waren dann mein endgültiger Schlummertrunk. Die Nacht verbrachte ich ohne Träume, weder süß noch alb. Auch ging ich am nächsten Tag normal arbeiten. Keiner sollte was bemerken. Und es verlief auch alles normal. Außer dem Rauschen, das einmal weniger doch meistens mehr mich begleitete. Wenn ich alleine war, keine lauten Begleitgeräusche anfielen, dann war es besonders schlimm. In der Nacht nach dem Mord konnte ich wohl nur deshalb schlafen, weil ich mich besoffen gemacht hatte. Heute, am Donnerstag war es dasselbe. Fürchterlich. Ich hoffe, dass die Pisco hier mich beruhigen und ich dieses Rauschen bald mal verschwindet."

Und jetzt ist im El Directorio der Hugo an der Reihe.

Hugo fragte ihn natürlicherweise erschüttert, was er denn nun zu tun gedenke. Wolle er sich der Polizei stellen, abhauen, untertauchen für eine gewisse Zeit oder einfach ein normales Leben weiterführen, für das Ministerium weiterhin arbeiten und so tun, als ob nichts passiert wäre und hoffen, dass keine Aufklärung des Verbrechens erfolge. Joaquin antwortete darauf, schon schuldbewusst wirkend, dass er es noch nicht wisse und darüber klarerweise nachdenken müsste. Was Hugo nicht sagte, aber sich wohl dachte, wie Cesar und ich zu erkennen vermochten, war jedoch, dass er – Hugo – sehr wohl über einen Besuch bei der Polizei nachdachte. Immerhin war ein Mord geschehen, ein nicht beabsichtigter Mord, das nicht, Joaquin war kein Mörder, aber er hatte den Tod eines Menschen - sagen wir mal so - verursacht. Diesen Gedanken ging wohl Hugo kurz nach. Als Joaquin ein weiteres Getränk für sich selbst und Hugo bestellt hatte, glaubte letzterer, dass er nun das Thema wechseln sollte und er tat dies, indem er wiederum über den Volleyballsport sprach: „Ach Joaquin, letzte Nacht hatte ich wieder einen eigenartigen Traum. Ich träumte, dieses supersexy Ausnahmetalent Raffaella ‚Raffi' Camote ganz privat im Einkaufszentrum Plaza San Miguel zu treffen. Ich kam gerade aus dem riesengroßen Pituco-Supermarkt mit einer Dose Linsen und einer Flasche Joghurt mit Erdbeergeschmack raus, sie aus einem Fashionladen, wobei ich mir wünschte, dass sie Höschen erstanden hatte. Wir stolperten praktisch ineinander. Ich entschuldigte mich, sie auch, sie erkannte mich, sie meinte, ich sei doch der aus der Kabine des Volleyballstadions in Callao. Ich wunderte mich zuerst, dass sie mich damals gesehen hatte und entschuldigte mich daraufhin für das blöde Benehmen, das ich damals an den Tag gelegt hatte und lud sie zu einem italienischen Eis ein. Ich ging klarerweise von einer absagenden Antwort aus, doch sie sagte kurz und deutlich ja! Ach was für ein herrlicher Traum, der auch weiterging. Wir schleckten unser Eis. Scheinbar turnte das Eis Raffi total an, denn plötzlich streichelte sie mir über meine Oberschenkel hin zu meinem Kleinhugo. Aber das war noch nicht alles. Auch meinte sie, dass sie gerne das Erdbeerjoghurt auf ihrem Rückenspüren wolle, wie es dort hinunter in die Arschspalte rinnen würde. Und ich es dann aufschlecken würde. Gesagt, getan. Denn die weitere Station meines Traumes war das Schlafzimmer ihres Appartements in San Borja. An die Sexszene kann ich mich nicht erinnern, doch ich wachte mit einem Samenerguss auf. Au, war das..."

Weiter konnte Hugo nicht erzählen. Denn von allen – auch von mir und Cesar unbemerkt, hatte sich der namentlich unbekannte Lamaliebhaber im El Directorio befunden. Und scheinbar hatte er die Traumerzählung von

Hugo mitbekommen, denn er stürzte wildschreiend auf ihn zu: „Was, du hast mit Raffi einen Orgasmus, einen Samenerguss gehabt, du hast also mit ihr, mit Raffi, mit meiner geliebten Raffi geschlafen, eine Affäre gehabt, du Schwein, du Lamaficker, du ekelhafter. Kaum hat mich meine geliebte Raffi verlassen, vögelt sie also mit einem völlig Unbekannten, mit Irgendjemandem herum. Da, sieh was du dafür bekommst..." Und er zückte eine Pistole aus seiner Hose heraus und schoss ohne Verzögerung und Vorwarnung direkt in den Kopf, in die Stirn von Hugo. A S U M A R E ! ! ! Kollektiv hallte dieses Asu Mare in der Halle des El Directorio. Wie einstudiert. Nur einer machte nicht mit. Der eine Bohemien, der glaubte, immer ausgefallen, gegen den Strom schwimmen zu müssen. Er blieb kalt. Ein lauter Knall war das, ein Knall der mich kurz flackern lies. Kein Regisseur oder Lichttechniker hätte dieses Flackern in einem Thriller besser erdenken können. Mark- und Glühfadenerschütternd. Eine schöne Blutsauce ergoss sich dann im Lokal. Auch ich bekam einen Blutspritzer ab, der noch lange Zeit einen Schatten von Gewalt in das El Directorio warf und die Besucher länger an das Geschehene erinnerte, als die bald dank Chlor verschwundenen Blutflecken am Boden. Zuerst glaubten viele, dass dies eine Show wäre, eine von einem Freak erdachte Mitternachtseinlage oder so, sie applaudierten sogar. Das wäre dann aber wirklich makaber gewesen. Doch dem war nicht so. Cesar behielt klaren Kopf und rief die Polizei, die nur wenigen Augenblicke später – es gibt genug Streifenpolizisten in der Innenstadt von Lima also auch am Plaza San Martin – im El Directorio ankam, den Unbekannten, der noch rufen konnte, dass er nichts bereute, das dies hätte getan werden müssen, um die Ehre seiner lieben Raffi zu schützen, festnahm und die Ambulanz verständigte. Diese kam auch alsbald, brachte Hugo zum nächstgelegenen Krankenhaus, wo dieser jedoch – wie Cesar am nächsten Tag erfuhr – seinen schweren Schussverletzungen erlag. Das alles bekam Joaquin aber nicht mit. Denn sobald die Polizei im El Directorio aufgetaucht war musste er sich zwischen zwei Optionen entscheiden. Die, bei seinem Freund zu bleiben, ihm in seinen möglicherweise letzten Stunden oder gar Minuten beizustehen oder der anderen, aus dem Lokal zu verschwinden und so einer Konfrontation mit der Polizei, die ihn sicherlich mit auf das Kommissariat zu Befragungen mitgenommen hätte, zu entgehen. Er entschied sich für die Flucht, er wollte einfach nicht riskieren, zu sehr im Blickpunkt der Polizei zu stehen. Viel zu viel war sein eigenes Leben in letzter Zeit durcheinandergekommen. Nun, das war also das unerwartete Ende von Hugo, eines das er wohl kaum verdient hatte. Außer seinen Erfahrungen mit jungen Volleyballspielerinnen und den Träumen darüber hatte er, soweit Cesar und ich es wussten, nichts Ungutes getan. Und auch das Ende vom Lamamenschen in der Welt ohne Gitterstäbe war überraschend, Lamamensch, so nannten sie nämlich den Unbekannten ob seiner Gefühl für das eine, bestimmte Lama mit weißem Fell. Der würde aufgrund eines Missverständnisses, dachte er doch, dass Hugo mit seiner Raffi geschlafen hatte und dieser deshalb den Tod verdient hatte, im Gefängnis enden. Möglicherweise würde ein guter Rechtsanwalt auf Eifersuchtsmord plädieren und so das Strafausmaß etwas heruntersetzen können.

Fette, saftige Pascosauce, äußerst unbekömmlich.

Gab es also keinen Hugo mehr, tot war er. Gewaltvoll zu Tode gekommen. Und das im El Directorio. Ungute Geschichte fürwahr. Aber dagegen konnte ich, El Foco, absolut und unmöglicherweise rein gar nichts unternehmen. Als Lampe hat man verdammt wenig Spielraum. Also, beeinflussen konnte ich die Ereignisse kaum. Absolut unmöglich weder für eine von der Decke hängende Lampe oder eine in einer Schachtel auf einem Tisch ihr Pensionistentum genießende Birne wie ich es sein könnte. Ich verbringe meinen Unruhestand als Beleuchtungskörper für eine Schreibtischlampe, die nicht oft verwendet wird, die mehr als Dekorationsobjekt im Raum steht. Sehen, beobachten, ja. Aber eine Aktion setzen, handeln, nein. Ein striktes ausschließendes nein ist mein.

Ein paar Tage nach der Schießerei in der Bar las Cesar im Peru28 im Combi auf dem Weg in die Bar einen für mich besonders sehenswerten Artikel:

„Mototaxist tot an der pazifischen Küste in San Miguel aufgefunden. Es war wohl Mord!

Bereits vor wenigen Tagen wurde in einem Teil unserer Ausgabe berichtet, dass ein Mototaxi in San Miguel, unterhalb der Costañera, direkt an der Küste des Pazifiks samt einem Mototaxisten gefunden wurde. Das Motota-

xi war zerstört, der Fahrer tot. Damals, beim Fund des Objektes, war noch von einem tragischen Unfall ausgegangen worden, doch nun stellte sich bei der Obduktion des Fahrers heraus, dass die schwere Verletzung seines Kopfes, an der er erlegen ist, nicht vom Sturz in den Abgrund hinunter stammt, sondern von einem direkten Schlag auf sein Haupt. Es war also Mord. Erst jetzt konnte die Identität des Opfers festgestellt werden: Es handelt sich um Señor Antonio Ramon Garcia Alvarez, einem achtunddreißigjährigen ledigen Mototaxisten aus Bellavista. Und – so berichtet die ermittelnde Policia Nacional – sei auch Raubmord auszuschließen, da die Geldtasche des Fahrers, gefunden wurde. Voll Monedas und auch Geldscheinen. Eine fürwahr tragische Geschichte. Die Polizei ermittelte daraufhin in den Kreisen der Mototaxistenvereinigung und im näheren Umfeld des Opfers. Jedoch taten sich hierbei keine besonderen Auffälligkeiten hervor, kein Verdächtiger konnte gefunden werden. Wie es nun heißt, ermittelt der Kommissar nun in alle möglichen Richtungen, nichts kann ausgeschlossen werden. Jedoch gibt es derzeit keine heiße Spur. Sehr verehrter Herr Leser unseres Blattes, rekapitulieren wir nun das, was wir wissen: Am dreiundzwanzigsten Juni dieses Jahres beschwerte sich die siebzehnjährige Señorita Blanca R. Acosta Lafose bei einer auf der Costañera vorbeifahrenden Streife der Polizei, dass zwei Tage zuvor in dunkler Nacht ihr schwarzer Hund, der auf den Namen Alan hörte, von einem herabfallenden Mototaxi getötet und dabei auch die provisorische Hütte aus Wellblech und Karton, die sie zusammen mit zwei Freunden bewohnte, zerstört worden war. Sie und ihre beiden Freunde wären bei dem Unfall körperlich nicht zu Schaden gekommen, jedoch sei ihre Unterkunft irreparabel zerstört. Die Besatzung des Streifenwagens hat hierauf zuerst Verstärkung angefordert und ist dann zusammen mit der Señorita hinunter zur Küste des Pazifiks gegangen besser gesagt geklettert. Dazu muss gesagt werden, dass das Gebiet unterhalb der Costañera nicht als Bauland und auch nicht als Erholungsgebiet ausgewiesen, es vielmehr eine inoffizielle Mülldeponie ist. Die Polizisten fanden zuerst die sterblichen Überreste von Alan, dem zu früh verstorbenen Hund der Frau, dann das Wrack des Mototaxis. Bei näherer Betrachtung des Fahrzeuges bemerkten sie nicht nur den Gestank, der davon ausging sondern auch, dass im Inneren des Transportbehelfnisses eine Leiche sich befand. Acosta Lafose meinte hierzu, dass sie die Leiche nicht bemerkt hätte und hier an der Küste immer ein gewisser Gestank verbreitet wäre, der Geruch einer menschlichen Leiche nicht so sehr auffallen würde, zumindest ihre Nase würde keinen Unterschied mehr bemerken. An dieser Stelle muss geschrieben werden, dass Señorita Blanca R. Acosta Lafose von ihren Eltern schon vor Monaten als abgängig gemeldet wurde. Ihre zwei Freunde und sie würden das Leben an der Küste dem in der Stadt vorziehen, hier wären sie unabhängig und sie könnten baden gehen, wann immer sie wollen. Angst vor einem möglicherweise nach einem Erdbeben auftretenden Tsunami wäre keine vorhanden. Ihren Lebensunterhalt würden sie durch das Sammeln von Strandgut und dessen Verkauf oder Wiederverwertung bestreiten. (Stolz weißt sie den Reporter auf die Esszimmergarnitur hin.) Aufgrund der netten Umgebung – Stichwort Wohnen mit Blick auf den Ozean – wäre Señora Blanca Acosta Lafose nun auch so weit, eine richtige Familie gründen zu wollen, samt Nachwuchs. (Sehr verehrte Eltern: Falls sie diese Geschichte ihren Kindern vorlesen oder sie ihren größeren Kindern zum Lesen geben wollen, lassen sie folgendene zwei Sätze aus oder machen sie die Zeilen unkenntlich, adulter Inhalt folgt nämlich. Klar, ich müsste diese Aussage der jungen Frau nicht wiedergeben, ich wollte es zuerst auch verhindern, jedoch meinte der Herr Chefredakteur, dass dies möglicherweise die Auflage des Blattes durchaus steigern könnte.) Wie meinte Señorita Blanca doch: ‚Ach, diese Geruch von Meer, Fisch, Seetang und Brackwasser turnt mich einfach total an. Wollen sie es mit mir machen?' Eine gefundene Kinderkrippe hätte ihren Beschluss nur noch verstärkt. Die minderjährige Señorita, die am Tod des Mototaxisten keine Schuld trifft, wurde mittlerweile ihren Eltern übergeben. Diese meinten, nun könne sie zurück in das Collegio La Salle und anschließend eine Karriere als was auch immer anstreben. Keine Sozialromantik also. So viel zu den

Umständen der Finderin. Wie eingangs geschrieben, war zuerst von einem Unfall ausgegangen worden doch genaues Hinsehen durch Spezialisten ergab, dass der Mototaxist Antonio Ramon Garcia Alvarez durch Fremdverschulden zu Tode gekommen war. „Es war definitiv Mord. Ich bitte die Öffentlichkeit um Mithilfe bei der Aufklärung dieses Falles. Ein Mototaxist aus Bellavista ist ermordet worden und wir haben keine Ahnung warum und wo es geschehen ist und wer es gemacht hat. Dieses grausliche und blutige Verbrechen muss gesühnt werden. Der oder die Täter dürfen nicht ungeschoren davonkommen. Helfen sie mit!", sagte der ermittelnde Kommissar zum Verfasser dieser Zeilen. Dem kann ich mich nur anschließen."

Cesar überlegte sich natürlich, ob er nicht doch zur Polizei gehen sollte. Er wusste mit ziemlicher Sicherheit, wer den Mord an dem Mototaxisten begangen hatte, El Foco hatte es gehört. Einerseits war es Bürgerpflicht, verdächtige Begebenheiten oder gleich die Verdächtigen den Behörden mitzuteilen. Doch andererseits hörte er dieses Geständnis in einer Bar und er hörte sie nicht einmal selber, denn er bekam es von einer Glühbirne erzählt. Und El Foco ist trotz allem nicht mehr als das. Nein, Cesar konnte Joaquin nicht verraten, er konnte nicht zur Polizei petzen gehen. Zu sehr fühlte sich Cesar an die Schweigepflicht gebunden, wenn auch sie rechtlich für Barkeeper nicht existierte. Aber Joaquin ist ein Stammgast des El Directorio und möglicherweise sind alles nur Aufschneidereien, er will sich wichtigmachen, der Herr Joaquin. Nein, Cesar wollte Joaquin nicht in Schwierigkeiten bringen, nicht unnotwendigerweise.

Hugo also tot und auch Joaquin beehrte unsere Bar nicht mehr. Noch ein Gast weniger. Sicher, die Reihen wurden gefüllt, fällt ein Gast aus, hat ein anderer Platz, so ist das im Barbusiness oder überhaupt in allen Lebensbereichen und ich denke mir, das Skandalöse, der Horror, der sich im El Directorio abgespielt hatte, lockte die Leute klarerweise auch an. Aber trotzdem, Hugo war ein Stammgast und Joaquin möglicherweise noch immer, doch durchaus möglich, dass er auf Urlaub war oder eine, gar mehrere Familienangelegenheiten zu erledigen hatte. Das war nicht auszuschließen meiner Meinung nach. Das Leben ging weiter, auf die eine oder auf eine andere Weise. Weder besondere Aufregungen noch einen Umsatzeinbruch gab es. Ein Monat und knapp zwei Wochen ging das so hin. Und dann ging es los. Zwei Wochen lang gab es neben der Cocktailbar auch eine Gerüchteküche im El Directorio. Denn ein anderer Stammgast, der Juan Chang, der regelmäßig im Internet internationale Medien auf Berichte über Peru absuchte, erzählte, dass er auf mehreren Webseiten und auch in manchen peruanischen Medien gelesen hatte, dass in der Provinz Pasco in den Anden ein makabres Verbrechen geschehen war. Vier Männer sollen im Verdacht stehen Menschen gegen ihren Willen getötet (also keineswegs Sterbehilfe) um anschließend deren Körperfett und Gewebe verkauft zu haben. Wie viele Menschen Opfer dieses Wirtschaftszweiges geworden waren, konnte von den Ermittlern nicht genau gesagt werden. Sie rechneten aber mit Dutzenden von Toten, etwa sechzig an der Zahl. Vier Männer seien bereits festgenommen worden, nach bis zu sechs weiteren, darunter auch zwei Italienern, würde noch gefahndet werden. Der ermittelnde Polizeichef und Leiter der peruanischen Kriminalpolizei, General Eusebio Felix Murga, gab der Gruppe von Verbrechern den Namen Pishtacos. Pishtaco ist eine Figur in der präkolumbianischen Mythologie, die Menschen auf einsamen Straßen aufgelauert haben soll und dann mit einer Machete getötet hat zu dem Zwecke, deren Fett zu essen oder auch zu trinken. So genau weiß man das nicht, die Zubereitungsmethoden sind aus dieser Zeit leider nicht überliefert. Dies vor allem, da den Quechuas eine heute lesbare Schrift nicht bekannt war, sie es vorzogen, mit Knoten Mitteilungen, Notizen und Rechnungen anzustellen. Mithin Vermutungen. Nun, auf eine ähnliche Art und Weise wie die alten Fabelwesen Pishtacos sollen auch die neuzeitlichen Kriminellen gearbeitet haben. Sie sprachen ihre zukünftigen Opfer auf Landstraßen in den Departments Pasco und Huanuco an, fragten, ob sie einer Arbeit nachgingen. Wie so oft in den ländlichen Provinzen, wurde die Frage verneinend beantwortet, auf dem Land sei die Arbeitslosenquote nämlich äußerst hoch. Daraufhin wurde den bemitleidenswerten Kreaturen ein Jobangebot gemacht und ihnen ebenso angeboten, gleich zum zukünftigen Arbeitsplatz gebracht zu werden. Anschließend wären dann die Morde geschehen, das Fett in improvisierten Labors abgesaugt und dieses dann an internationale – vor allem europäische - Kosmetikfirmen weiterverkauft worden. Belege würde es derzeit noch nicht geben, alle Vorwürfe wären im Grunde nur Vermutungen. Auch nicht belegt ist der von der Polizei genannte Preis von zehntausend Euro – das wären knapp vierzigtausend Soles – für einen Liter menschlichen Fettes. Bei einer Pressekonferenz in Lima gab ein Kommandant der Kriminalpolizei bekannt, dass die erste Festnahme in Lima in einer Busstation erfolgte. Die Festgenommenen, der neunundzwanzigjährige Elmer und ein weiterer nicht näher definierter Verdächtiger, hätten zwei Plastikflaschen, in denen ehemals gelbes Kola feilgeboten wurde, voll menschlichen Fettes bei sich gehabt, diese Behältnisse wurden auch den Reportern präsentiert. Gezeigt wurden auch Fotos von Kokafeldern und darin gefundenen menschlichen Knochen. Dies sei ein gefundenes Opfer gewesen. Kommandant Toledo erklärte, dass einige Verdächtige ihre Verbrechen detailliert beschrieben hätten, darunter die durchaus interessanten Prozesse des Tötens und des Extrahierens des wertvollen Fettes. Nachdem also das Fett entnommen war, wurde es über Mittelsmänner nach

Lima gebracht und von dort weiter an die europäischen Kosmetikkonzernriesen, aber ebenso an Pharmaunternehmen, verkauft. Auch gab der Verdächtige zu und bekannt, dass der sechsundfünfzigjährige Führer dieses Menschenschlachterringes, Hilario Cudena, sein Gewerbe mit Geweben seit über dreißig Jahren betreibe. Tja, Dinge geschehen in unserem Land. Aber was hatten diese unfassbaren gar mythisch aussehenden Handlungen mit dem ehemals das El Directorio regelmäßig frequentierenden und nun doch schon länger nicht mehr sichtbaren Joaquin zu tun? Nun, Juan Chang erklärte, dass er Joaquin kurz vor dieser unglückseligen Nacht, in der Hugo von einem Lamaliebhaber erschossen wurde, erklärt hatte, dass er demnächst in das Department Pasco fahren würde, um dort anthropologische Studien – anscheinend waren Tempel aus der Präinkazeit gefunden worden - zu betreiben. Seit dieser Ankündigung gegenüber Juan Chang, von der sonst keiner in der Bar etwas mitbekommen hatte, war Joaquin von der Erdoberfläche verschwunden. Doch Cesar und mir kam das doch eigenartig vor. Warum sollte Joaquin, der Angestellte des Arbeitsministeriums, auf einmal – praktisch aus heiterem Himmel – wiederentdeckte Tempel, die aus der Zeit vor der Inkaherrschaft stammten, nicht nur nicht besuchen sondern noch dazu auch anthropologische Studien hierüber betreiben. Ausgerechnet er, der

Heißläufer. Nun, Juan Chang, der offensichtlich einige aber kaum alle Geständnisse des Joaquin im El Directorio mitgehört hatte, meinte, dass dies gar nicht so verwerflich sei. Offensichtlich bräuchte Joaquin sehr viel Ruhe und wo würde er die finden wenn nicht weit weg von Lima in einer abgelegenen Region mit vielen Mauerresten, herumliegenden Keramikscherben, sonstigen Steinen, möglicherweise auch Skeletten. Steine und Skelette stellen nichts mehr an. Zwar erzählen sie eine Geschichte, doch sie gehen einem nicht auf die Nerven. Dies im Gegensatz zu den Bewohnern von Bellavista. Nun, ich konnte mir irgendwie Joaquin irgendwo zwischen Mauern mit einer Zahnbürste herumknieend und herumkriechend durchaus vorstellen. Das hatte was an sich. Etwas Einsiedelei zwar aber doch mit menschlichem Umgang. Klar, Archäologen sind Akademiker und Akademiker sind auch Nervensägen. Und einem Nichtstudierten würden sie vielleicht mit Überheblichkeit und Abschätzigkeit begegnen. Aber einen Versuch war es wert. Er wäre weg aus Callao und Lima. Hier in der Hauptstadt dürfte es ihm wohl zu heiß geworden sein. Und möglicherweise könnte er ja dort eine nette, hübsche, scheue Archäologiestudentin ansprechen und sie auch beeindrucken. Solche romantischen Gedanken habe ich, El Foco, auch die Birne genannt, von Zeit zu Zeit, zumindest ein manches Mal halt. Gestörter Mototaxistenmörder verliebt sich mitten im Dschungel in eine schüchterne Studentin. Nun zwölf Tage lang war Joaquin wieder das Gesprächsthema. Nach seinem plötzlichen Verschwinden war das Interesse trotz des wahrscheinlich von ihm begangenen Mordes abgeflaut. Aber nicht alle Besucher wussten über diese Vorgänge Bescheid. Und diese Menschenfettgeschichte war halt eine Hammerstory. Täglich wurde darüber gesprochen. Denn es war unheimlich schockierend. Und das in unserem Peru. Aber in den Medien wurden auch kritische Stimmen laut, die meinten, die ganze Geschichte mache keinen Sinn. Menschen töten ja. Aber zu Zwecken des Fettschöpfens? Brauchen Kosmetik- und Pharmazieunternehmen wirklich menschliches Fett? Ja, das schon. Aber in den meisten Fällen wird bei Operationen des Patienten eigenes Fett herangezogen. Und falls nicht genug davon vorhanden ist, dann jenes Fett, das anderen Patienten im Zuge des Schlankmachvorganges abgesaugt wurde. Also wäre überhaupt kein Bedarf an Fremdfett vorhanden. Das beruhigte Cesar und auch mich doch einigermaßen. Gab es also doch noch die Möglichkeit, dass Joaquin unter uns weilte, wenn auch für uns unsichtbar und uns unbeehrend.

Am zwölften Tage nach Bekanntwerden des Verbrechens gab es eine völlig unerwartete Wende in diesem Fall. Die Zeitung La Republica schrieb in einem Artikel, dass der ganze Fall eine Erfindung von General Eusebio Felix Murga sei um von Vorwürfen gegen die Polizei wegen der Ermordung von vierzig Kriminellen abzulenken. Und dies obwohl der Innenminister zuvor noch die sechzig ermordeten Menschen bestätigt hatte. Offizielle von der Polizeidivision del Alto Huallaga, die nicht näher genannt werden wollten, gaben bekannt, dass sie nichts vom Treiben von mutmaßlichen Pishtacos in der Region Monzan wüssten, dies unglaublich und somit eine Erfindung von einigen Herrschaften sei. Die Region Monzan sei eine Gegend, in der ein Jeder Jeden kennen würde, es keine Geheimnisse gebe und früher oder später sicherlich jemand etwas über makabre Begebenheiten der Polizei mitgeteilt, es zumindest Gerüchte darüber gegeben hätte. Dies sei alles nicht der Fall gewesen. Der Tod des Bauern Matos Aranda sei ein Einzelfall und noch nicht zur Gänze aufgeklärt. Der Kommissar für Frieden in der Region Alto Huallaga teilte mit, dass oft Ehemänner oder Jugendliche von zuhause verschwinden würden, um Rechtsstreitigkeiten vorzukommen oder emotionalen Problemen zu entgehen. Einige Agenten der Einheit der taktischen Drogenbekämpfung wiederum sagten, dass in Region Monzan neunzig Prozent der Landwirte mit dem Anbau von Kokablättern beschäftigt wären. Erst sechs Jahre nachdem ein Kokafeld zerstört worden ist, würde erst wieder Ertrag von einem Feld kommen. Geschichten über das Wiederkommen von mythologischen Gestalten wie der Pishtaco würden Angst und Schrecken unter den Menschen verbreiten. Das würde manchen

Zeitgenossen möglicherweise helfen, ihr Geschäft leichter zu betreiben. Mehr wollten diese Agenten der Antidrogeneinheit nicht sagen. Der Staatsanwalt des siebenundfünfzigsten Provinzdistriktes teilte mit, dass gegen die vier Festgenommen wohl Anklage wegen des Verbrechens des Mordes aus Profit an Abel Matos Aranda sowie wegen illegalen Besitzes von Waffen und Drogen erhoben werden würde, jedoch nicht wegen neunundfünfzig Morden mehr. Der Polizeioffizier Eusebio oder Eugenio – diesbezüglich gab es widersprechende Schreibweisen - Felix Murga wurde vom Direktor der peruanischen nationalen Polizei, General Miguel Hidalgo Medina, von seinem Posten als Chef der Kriminalpolizei abberufen und auf einen Provinzpolizeichefposten versetzt. Also, schlussendlich viel Lärm um Nichts. Ach Shakespeare, was wäre gewesen, wenn du Peru gekannt hättest? Nun denn. Offensichtlich war nicht nur das Fett von Joaquin nicht auf dem Weg nach Italien oder etwa schon dort, um zu Kosmetik verarbeitet zu werden, sondern Joaquin war zumindest offiziell nicht tot, möglicherweise am Leben, wenn auch vom Erdboden verschwunden, verschluckt.

Se cabo Foco.

Viele Gäste des El Directorio wundern sich, warum der Zugang zur Bar so versteckt liegt. Den Eingang an einer der vier Ecken des Plazas San Martin unterscheidet mit seinem metallischen Tor nichts von einer Eingangstür zu einem gewöhnlichen Verschlag, in dem Handelsgüter, Gerätschaften, Krempel oder sonst was untergebracht ist. Fast schien es so, als solle so die Sicherheit der Bar gewährleistet sein. Der fast zu enge und zu niedrige Ausschnitt im Metalltor, durch den man in das Directorio hinein- und nach Konsumation von Getränken und Kommunikation mit Menschen wiederum hinausschritt, ließ sich im Falle eines Überfalls schnell durch den Türsteher schließen. Auch der Name war nicht besonders sichtbar. Ja nicht zu viel Aufmerksamkeit erregen für Diebsgesindel und sonstiges Ungeziefer. Trotzdem war die Bar bekannt und beliebt, Mundpropaganda und hie und da Artikel in angesehenen Zeitungen, die die Atmosphäre, das Ambiente des Lokales priesen, schienen eine Fluktuation und ein Bleiben der Gäste zu gewährleisten. Neben Hugo, der nie mehr wieder kommen konnte, fehlte nur Joaquin, von dem selbst der Juan Chang keine Neuigkeiten wusste. Bis auf weiteres blieben Aufregungen in der Bar aus. Bis eines Tages...

„Heute, am zweiundzwanzigsten Tag des Monates September des zweitausendzehnten Jahres nach der Geburt Christi, muss ich, Cesar, der Mundschenk des vom spani-

schen König aus dem Hause Habsburg, auch bekannt unter Casa Austria – obwohl, Bourbon doch viel naheliegender wäre, gibt es denn einen Whiskey Habsburg, nein, der heißt Bourbon – ernannten Vizekönigs von Peru eine traurige Nachricht zu Papier bringen. Von nun an muss ich den Bericht über das Befinden des Herrn Joaquin aus Bellavista alleine schreiben, habe keine Hilfe mehr. Denn die Birne Foco redet nicht mehr mit mir. Nicht, weil sie krumm ist. Nein. Ihre Existenz ist erloschen. Focos Licht ist für immer ausgegangen. Was ist passiert? Nun, auf den Mundschenk des Vizekönigs – auf mich – ist gestern ein feiger, ein hinterhältiger, ein unverständlicher, ein unerklärlicher, ein desaströser, ja, ein alles in allem gar absurder Anschlagsversuch unternommen worden. Ein mir bisher unbekannter Gast des El Directorio, der entweder zuvor noch nie diese Bar betreten oder bisher es ausgezeichnet verstand, unauffällig zu bleiben, hat diesen Angriff getätigt. Wie er kurz vor seiner Tat in geschrieenen, kaum verständlichen aber durchaus drastischen Worten mir kundtat, fühlte er sich durch den Anteil an Minzeblätter in seinem Cocktail, der seiner Meinung zu hoch war sowie durch den geringen Anteil an Alkohol am Gesamtbild des Cocktails provoziert. Er zeigte keine Betrunkenheitsmerkmale auf, jedoch mir gegenüber den Stinkefinger. Nachdem er dies getan hatte, nahm er die auf der Theke des El Directorio als dauernde Leihgabe des ausführenden Künstlers stehende, aus zwei Gipsabdrücken der Schienbeine des glei-

chen Künstlers bestehende und vom selben Künstler mit dem Namen Griller bedachte Plastik in seine Hand und täuschte einen Wurf derselben an, wohl, um mich zu schrecken. Auf Grund dieses Erschreckungs-versuches bewegte ich mich hurtig von den Zapfhähnen für das Bier zu den Stufen des Hochstandes, auf denen ich ob ihrer eigenartigen Konstruktion mehr schlecht als recht hinaufstolperte. Oben auf der Plattform, die man auch als Tower des El Directorio bezeichnen kann, blieb ich stehen, denn ich wollte mich vergewissern, dass der bisher nicht aufgefallene Gast die Plastik wieder an den ihr zustehenden Platz auf der Theke gestellt hatte. Dies hatte er jedoch absolut und in keinster Weise getan. Stattdessen holte er nochmals zu einem Wurf aus und beförderte mittels dieses Wurfes die Plastik Griller in meine Richtung. Ich sah das Kunststück auf mich zukommen und flüchtete unter den Computertisch. Durch diese Flucht blieb ich unbeschadet. Jedoch landete das Kunstwerk, welches – wie bereits ein- oder gar zweimal erwähnt – wurde aus zwei Schienbeinabdrücken des Künstlers bestand, auf dem Tisch, an den ich mich manchmal vor aber natürlich noch mehr während einer langen Arbeitsnacht zurückziehe und auf dem auch die Schreibtischlampe stand, in der Foco, die Lampe, nach ihrer aktiven Phase ihre Arbeit verrichtete, ihr – wie sie es sagte – ihr Ausgedinge hatte, auf dem Tisch also, an dem mir die Lampe Foco die Geschichte des Joaquin von Bellavista mitteilte, mir quasi diktierte. Der Aufprall ließ Schreib-

tischlampe samt der Glühbirne auf den Boden runterfallen. Das hätte Foco möglicherweise ob der stabilen Konstruktion der Schreibtischerleuchtungskörpers noch überlebt. Nicht überlebt hat er allerdings, dass das Kunstwerk denselben Weg in Richtung Boden beschritt, also auf die Schreibflächenbeleuchtung so ungeschickt und unglückbringend rauf flog, sodass der von mir durchaus verehrte Foco zerstört wurde. Foco war kaputt, von uns gegangen. Dass der eine Luster, der neuerdings halb über dem Hochstand und halb über dem Gastraum im El Directorio hing, nicht zerstört wurde, tröstete mich kaum, im Gegenteil, ich fand es unfair. Unfair, weil dieses spätbarocke Monstrum meinem Foco endgültig die Show stahl. El Foco war eifersüchtig, das spürte ich nicht nur, dass hatte er mich auch mal in einer schwachen Stunde gesagt. Nun war nicht nur der Glühfaden gerissen, auch das Glas war gebrochen. Zerbrochen war der Griller ebenso. Ich war wütend. Am liebsten hätte ich meine vizekönigliche Garde zur Stelle gerufen. Aber ihre Einsatzbereitschaft war nicht gegeben. Die Wut stärkte mich jedoch derart, dass ich allen in mir vorhandenen Mut zusammennahm, auf den Angreifer zustürmte und ihn vom Lokal auf die Straße warf, dort zweimal in seine Nieren und einmal auch in seine Weichteile trat und ihn schließlich mehr humpeln als laufen ließ. Zurück im El Directorio checkte ich nochmals Foco, er war tatsächlich tot, hatte sein Lebenslicht verloren. Nun war ich traurig. Und ja, ich hätte mir denken können, dass dieser Tag nichts Gutes bringen würde. Schon während der Nacht wurde ich um drei Uhr unsanft geweckt. Exakt um drei Uhr ging von Chincha ein Erdbeben, ein Terremoto, ein Sismo, ein Temblor – ach, soviel verschiedene Wörter für eine Erderregung - mit der Stärke fünf Komma sieben auf der nach unten geschlossenen – Null - und nach oben jedoch offenen Richterskala aus. Ich glaube, es war mein erstes Erdbeben, das ich wirklich spürte, möglicherweise hatte ich die anderen sturzbetrunken verschlafen. Das von Neunzehnhundertsechsundsechzig war vor meiner Geburt. Jedenfalls war es eine komische Erfahrung. Ich glaube ja wohl, dass das Rattern nicht von einem Schubkarren sondern vom vergitterten Fenster verursacht wurde. Nun, ich widmete dem Erdbeben in der Nacht keine weitere Aufmerksamkeit, nein, ich ging nicht einmal auf das Klo. Ich wachte auf und dachte zuerst, dass vor dem Haus ein Schubkarren mit Holzrädern vorbeifahren würde, gespenstisch grauslich fast. So musste wohl ein Karren klingen, der Leichen transportierte. Etwa die Verstorbenen nach dem Erdbeben von Siebzehnhundertsechsundvierzig. In diesem Fall Foco. Sonst wankte eigentlich nichts. Ich spürte höchstens ein bisschen das Rütteln körperlich. Ein böses Omen war das. Mein Chef und auch einige Gäste luden mich auf Drinks ein. Auf Whiskey, Wodka und Pisco. Alles pur, ungemixt. Das half. Ich vergaß Foco. Nicht vergaß ich aber Joaquin und dessen Geschichte, die mir Foco erzählt hatte. Er war verschwunden und ich wollte, musste ihn finden. Für Foco und das Vizekönigreich wollte ich das tun. Noch in dieser Nacht. Ich wusste, wo er wohnte oder zumindest gewohnt hatte. Joaquin hatte die Adresse Hugo mitgeteilt, falls dieser ihm einmal einen Besuch abstatten möchte. Die Birne hatte das natürlich registriert. Nach dem Verschwinden von Joaquin hatte mir Foco den Weg zu seinem Haus angesagt. ‚Das Haus ist ganz einfach zu finden. Nimm ein Combi in die Avenida Venezuela. Kurz nach dem Eingang zur San Marcos Universität liegt die Straße Santos Choclo. In deren sechsten Block wiederum findest du ein blaugemaltes Haus. Die genaue Nummer weiß ich nicht, jedoch steht vor dem Haus ein alter Käfer hinter Gittern. Aber das Haus kannst du einfach nicht verfehlen.' An Foco und deren Worte erinnerte ich mich nun wehmütig. Ach, sie ging mir schon ab, aber jetzt schon weniger als vor den etlichen mir spendierten Beruhigungsdrinks. An dieser Stelle vielen Dank an meinen Chef und meine Gäste im El Directorio. Nach der Sperrstunde, um exakt sechs Uhr vierundzwanzig in der Früh, bestieg ich ein Combi und fuhr zur von Foco genannten Avenida. Dem Kutscher, den manche auch Fahrer nennen, nannte ich als Fahrziel die erste Straße nach dem Tor zu San Marcos. Dort setzte er mich auch ab. Aber ich sah keinen einzigen Studenten. Wie auch immer, war mir auch egal. Ich wollte nicht zur Uni, ich wollte zum Haus von Herrn Joaquin. Ich bog also in die Straße, die mir Foco genannt hatte und ging diese entlang. Ich sah einen hochgewachsenen Kaktus, ein wunderschönes Exemplar dieser Pflanze. Das war im ersten Block. Eine weiße Mauer tauchte auf. Auf ihr war in regelmäßigen Abständen ein Schild mit der Aufschrift ‚Privatgrund. Nicht betreten' angebracht. War das die Universität? Aber ist der Grund, auf dem die Uni steht privat? Ist die San Marcos nicht öffentlich? DIE Universität von Lima, von Peru? Zu meiner linken Seite, sah ich eine Straße, die den zweiten Block der Avenida Santos Choclo beendete. Und dort sah ich auch einen weißen Frauentorso stehen. Eine Frau ohne Kopf, Arme und Beine. Interessant. Faszinierend. Hauptsache Brust. Ich trat näher. Es war keine Frau, es war ein etwa zwei Meter hoher, weiß angemalener Baumstumpf. Enttäuscht ging ich weiter. Ich wandte meinen Blick wieder der weißen Mauer zu und sah nun, dass dort aus einem Schlot Rauch aufstieg. Komische Universität. Was wurde dort verbrannt: Bücher oder gar die Studenten selbst? Albträume. Aber, die Universität interessierte mich nun wenig, wollte die Casa Joaquin finden. Sah wieder einen Kaktus. Einen, der vor einem weiß-roten Haus mit vielen nach oben strebenden Ausläufern stand. Eingemauerter Kaktus. Traurig, fürwahr. Aber er wuchs, er war grün, er lebte. Das Dach des Autoabstellplatzes wurde wegen der Pflanze unterbrochen, war nicht durchgehend. Ehrenbezeugung der Natur gegenüber. Oder sie hatte stechende Argumente. Ich schritt weiter. Kam an eine Straßenkreuzung mit zwei Straßenschildern.

Die besagten unbehagenerzeugend, dass sich an dieser Stelle die Straßen Las Aguilas und Los Condores trafen. Die Santos Choclo wurde nirgend erwähnt. Auch kein sechster Block derselben. Dann hörte ich eine Stimme. Sie sagte: ‚Wende dich nach rechts, gehe in den Park, gehe bis zum Feuerwehrhaus. Bleibe kurz stehen und danke im Geiste oder auch für jedermann hörbar – es bleibt ganz dir überlassen – den Lebensrettern. Dann drehe dich nach rechts, gehe entlang des Parks zurück in die Straße, die sie Las Aguilas nennen, gehe links weiter. Nehme dann die zweite Straße rechts, gehe diese entlang bis zur nächsten Kreuzung. Dort bleibe stehen und dir wird geholfen werden.' Ich blickte mich um, sah niemanden in meiner Nähe. War die Stimme aus meinem Inneren gekommen? Unmöglich, ich war noch nie in diesem Viertel, wie sollte ich oder mein Inneres also die Straßen beim Namen nennen können. Ich blickte nach oben, ich sah eine Straßenlaterne, die eine ausgeschaltene Neonröhre in sich hatte. Ich fragte diese, ob sie zu mir gesprochen hatte, ob sie mir diesen Rat gegeben hatte. Das folgende und Augenblicke lang dauernde Schweigen wurde von einem Watchingman unterbrochen der süffisant fragte, ob ich genug getrunken hatte. Ich unterließ ein Schimpfwort und ging so weiter, wie die Stimme mir geheißen hatte. Sprach also nicht nur Foco zu mir sondern alle Beleuchtungskörper? Ich konnte es nicht fassen, denn bisher hatte nur Foco mit mir Kontakt aufgenommen, er war einzigartig für mich. Nein, das alles musste Einbildung sein. Ach Foco, jetzt erinnere ich mich daran, wie ich dich damals im Centro gekauft hatte, dort, nicht fern vom Barrio Chino, dem Chinesenviertel... Eija, ansonsten gehe ich dort nur ungern hin, mir taugt dieses Herumgewirbel kaum, zu viel Stress, zu viel Menschen, zu viel Gerüche, das hasse ich. Aber billig ist es dort halt. Und Schnorrerei hat seinen Preis, man muss Zeit und Geduld investieren. Und im Falle des Kaufes von Glühbirnen war das Geschnorre nicht für mich sondern für das El Directorio. Fast hätte ich die Schachtel, in der Foco eingebettet war, im Gedränge verloren. Die ganze Geschichte wäre anders abgelaufen. Supongo. Soll ich dort mal wieder hinschauen, einen neuen Foco finden für mich? Nein, das war eine einmalige Geschichte. Glaube ich zumindest, also supongo. Trotzdem beschritt ich den Weg zum Park, sah das Feuerwehrrüsthaus. Auf dessen Tor war ein feuerspeiender Drache abgebildet, der von einem Feuerwehrmann mit seinem Strahlrohr bekämpft wurde. Heldenhafte Abbildung. Ich dankte schweigend. Ging weiter entlang des dreieckig angelegten Parks. Ich gab ihm den Namen Tripark. Passierte auf meinem weiteren Weg auch wieder den weiblich aussehenden und weißen Baumstumpf. Kam schließlich an die Stelle, die mir die Stimme genannt hatte. Stand dort einige Minuten lang, doch keiner kam um mir zu helfen, keiner sprach zu mir. Kein Mensch, keine Lichtquelle. Doch ich war nicht verloren. Ich beschloss, weiterzugehen, ich wollte das Haus von Joaquin finden und ich wusste, dass ich es früher oder später auch finden würde.

Nun, ich, Cesar, der von einem der ehemaligen Mundschenke zum Vizekönig von Peru ernannte, kam auf meinem Weg durch das witzige Viertel auch durch einen weiteren Park. Ich nenne ihn von nun an Diagonalpark. Dies aus dem Grunde, dass er quadratisch angelegt ist und er von zwei diagonal angelegten Wegen durchzogen wird. Dort, wo sich die Diagonalen treffen ist natürlich, wie in jedem Park hier in diesem Viertel, welches Joaquin bewohnt, ein Schrein für eine Madonna, eine Maria, was auch immer, installiert. Ich fühlte mich Kolumbus gleich. Ich benannte jedoch keine neuen Inseln oder Länder, nein, ich gab Parks den mir passenden und demnach ihnen zustehenden Namen. Ich fühlte mich gut, fühlte mich stark, einem Entdecker ebenbürtig, auf der Suche nach der Casa Joaquin. Nun, ich durchwanderte diesen Park, hielt beim Schrein nicht inne, hätte aus Müdigkeit rasten können, doch ich wollte das Haus, in dem Joaquin zu weilen pflegte oder vielleicht auch noch weilt, finden. Es war kurz nach acht in der Früh, wie mir ein Blick auf meine goldene und königliche Uhr bescheinigte. Nachdem ich ungefähr zwei Drittel des Weges durch den Park bereits beschritten hatte, hörte ich ganz in der Nähe laute und noch dazu englischsprachige Musik. Ich glaube, der Titel des Liedes war ‚I will survive'. Nun, wie auch immer, ich dachte, dass das nicht normal sein kann. Kein

Mensch in Lima hört um diese Zeit auf seinem privaten Zimmer zum Aufwachen so laut ein Musikstück. Jedenfalls hatte ich es in meinem Leben als Vizemundschenk noch nicht vernommen. Ja, man hört Musik laut zum Aufwachen, wohl auf MTV, aber nicht so extrem übertrieben laut. Etwas über Zimmerlautstärke ja, aber darüber hinaus nein. Ich kam der Quelle des Lärmes näher. Wie meine Ohren erkannten und meine Augen bestätigten schallte die Musik aus einem vierstöckigen Haus aus. Ich trat näher und konnte auf einem Schild lesen, dass es sich bei diesem Gebäude nicht um ein reines Wohnhaus sondern vielmehr um eine Anstalt zur Ertüchtigung des Körpers, auch Fitnessstudio genannt, handelte. Ich wollte eintreten, jedoch das Eisengitter war verschlossen. Eine Gymnastikklasse, etwas Gewichtheben, ein bisschen Stretchen, Pilates, das wäre gar fabulös für mich und meinen Körper gewesen. Aber: die Müdigkeit. Herrschaftszeiten! Ich war müde. Versteht das wohl jeder? So marschierte ich weiter. Wollte zum Haus, welches Joaquin beherbergte, kommen. Wollte dort einen Kaffee, auf den ich wohl eingeladen werden würde, trinken, mich auf einem Sofa oder von mir aus auch auf einem Küchensessel, sei er aus Plastik und klappbar oder aus Holz, ausrasten. Einen Thron, der mir zustand, konnte ich dort nicht erwarten. Denn das wäre von meinen Untertanen zu viel verlangt: in jedem Haus in meinem Reich einen Thron für mich bereitgestellt zu haben. Außerdem war ich inkognito unterwegs, wollte nicht als Adeliger erkannt werden, war nicht auf Privilegien aus, kein Reiter derselben. Das alles waren jedoch Gedanken ohne jedwede Basis. Denn wo war dieses verdammte Haus, welches Joaquin eine Zeit lang beherbergte? Wo fand er Unterschlupf nach seinen lausbübischen oder halbkriminellen oder gar ganz und gar kriminellen Taten? Weitergehen. Weitersuchen. Und hoffentlich einmal Finden. Calle Los Zorsales. Diese Straße weiterschreitend und dann nach rechts mich wendend kam ich wiederum an die Kreuzung der Straßen Las Aguilas und Los Condores. An die Stelle, an der eine undefinierbare Stimme zu mir gesprochen hatte. Schweigen meinerseits. Und außer einem Flugzeug und drei Kraftfahrzeugen hörte und sah ich nichts. Abgesehen von der Straßenszenerie. Nun, ich musste meinem Instinkt folgen. Falls ich überhaupt über einen Instinkt verfügte. Der müsste nicht zwangsläufig Bestandteil meiner Ausstattung sein. Selbstkritik schien auch bei einem modernen Vizekönig angebracht zu sein. Nahm die Kurve nach links. Sah, nachdem ich die Kurve vollständig ausgegangen war, rechter Hand eine schmale, wohl zwei Meter breite und etwa zehn Meter lange Passage, samt ein paar Stufen. Jedoch keineswegs mit der Wiener Strudelhofstiege, deren Abbild ich in einem Buch mit fabelhaft wirklich aussehenden Kunstdrucken wahrnahm, vergleichbar, in keinster Weise. Ich überlegte. Sollte ich in die Ungewissheit voranschreiten, die Straße verlassen? Ich tat, ich wagte es. Die Passage war beschritten. Ich stand nun am Rande eines für die hiesigen Verhältnisse recht großen Platz. Ein Platz, der von vier Häusern, einer langen, weißgefärbten Mauer und ein wegführenden Straße begrenzt war. Auf der Mauer stand in fetten Lettern Chim Pum Callao geschrieben und über der Mauer krönte ein kleiner Wachturm. Uih! Gar Militär? Überquerte den Platz, befand mich sogleich in der Calle Ricardo Palma. Keine zwanzig Schritte gegangen schon wieder eine wegführende Straße, namens Miguel Zamora. Ay Dios! Schon wieder eine Entscheidung meinerseits notwendig. Es war leise geworden. Nichts war zu hören, kein Auto, kein Mototaxi, kein Mensch, kein Hund, keine Alarmanlage. So stand ich da, wartend auf eine Eingebung. Die trat dann auch in Erscheinung. Gleich zweifach. Allerdings abseits meines Kopfes, da real. Zuerst zwei Personen auf einem Vorgänger der Mototaxis. Ein mit den Füßen betriebenes Cholotaxi, also ein Mototaxi ohne Motorrad, mit Heckantrieb. Vorne auf der Bank saß ein ungefähr einhundertzwanzig oder mehr Kilo schwerer Frauenkörper im altmodischen Rock. Dahinter ein zumindest leicht geistig behindert und unförmig aussehender Typ der noch obendrein schmächtig ist. Er trieb dieses Cholotaxi schwer in die Pedale tretend an. Armer Mensch. Fuhr er seine Schwester spazieren oder gar seine Ehefrau. Jedenfalls wird er ausgenutzt. Dieser Anblick gehört verboten. Ich wollte mich alterieren, aber unterließ es schließlich. Ein

Vizekönig kann sich nicht um solch niedere Dinge kümmern. Dafür gibt es den Alcalde von Bellavista. Der kann sich für diese bedauernswerte Kreatur mit Aschenbrechbrillen einsetzen, er ist diesem Untertan näher als der Virey. Ich wiederum überlegte, ob ich nicht ein oder mehrere solcher Cholotaxis in meinen vizeköniglichen Fuhr- und Karossenpark aufnehmen sollte, etwa für Fahrten vom Palast zur Kathedrale oder in die eine oder andere Kirche, dem El Directorio möglicherweise, in der Innenstadt. Hundertmal umweltfreundlicher als diese dieselmotorbetriebenen Mototaxis. Weniger Geruchsbelästigung auch. Oder? Nun, diese Indiepedaletreter brauchen viel Kraft. Diese Kraft beziehen sie vorwiegend aus Bohnen- oder Linsenmahlzeiten. Fleischspeisen gibt es für meine Arbeiter nur am Sonntag. Unter der Woche Minestres. Und die regen wiederum die Furzbildung im Körper an. Uih, welch Gestank in den Straßen von Lima. Flatulantentum im Zentrum von Peru. Aber, ein unbedingt notwendiger Freundschaftsdienst gegenüber dem Ökosystem. In der Tat überlegenswert. Doch da hörte ich von weitem das Schnaufen einer Lokomotive. Ein Schnaufen, das immer näher kam. Moment. Lokomotive. Keine Schienen waren auf der Straße zu sehen, auch auf dem Weg hierher an diese Stelle nicht. Auch ein Zug an sich war nicht zu erblicken. Stattdessen kam ein kleines Männchen in einer eigenartigen Laufhaltung näher und näher. Sein Oberkörper etwas gebeugt. Ein wohl selbsterfundener Stil. Jedoch das atemberaubendste an der Erscheinung war die Atemtechnik. Gewollt oder ungewollt. Jede Sekunde kam ein Schnaufer daher. Mpf mpf mpf. Schön im Takt. Der musste wissen, wie ich in die Avenida Choclo kam. ‚Señor', fragte ich ihn, den Vorbeilaufenden, ‚wissen sie zufälligerweise wo ich hier den sechsten Block der Avenida Santos Choclo finden kann?'. Von nun an lief er um mich im Kreis herum und sagte: ‚Mpf, nun, eine Avenida Santos Choclo – mpf - ist mir nicht bekannt in der – mpf – Nachbarschaft, aber sehr wohl eine – mpf – Avenida Santos Chocano – mpf – und auch deren sechster Block. Mpf. Folgen Sie mir doch einfach – mpf – ich ziehe meine Runden auch auf dieser Straße – mpf. '. So hatte er gesprochen. Und lief von nun an seine Strecke entlang und ich folgte ihm behäbig gehend nach. Von der Calle Zamora bog er alsbald in die nach dem von uns allen verehrten Dichter und meinem Namensvetter benannten Calle Cesar Vallejo. Der Abstand zum schnaufenden Läufer wurde immer größer, aber ich konnte ihn sehen, konnte ihm folgen. Auf diese Weise kamen wir recht bald zu einem großen Park, dem ich ob seiner Form und Anlage den Namen Parque Central gab. Er war recht rechteckig. Nur an seinem südlichen Ende – oder war es doch das westliche, östliche oder gar nördliche Ende, so mies stand es um meine Orientierung – machte er, wie ich bald erkennen konnte, eine kleine Biegung. Viele unterschiedliche Bäume und Sträucher waren im Park, zwei Statuen von militärischen Helden, ebenso am oberen und unteren Ende zwei Pavillons ohne Dach, die trotzdem zum gemütlichen Verweilen auf hölzernen Sitzbänken einluden. Ein riesiger Wasserturm. Lustig fand ich die vielen Verbotsschilder (SI NO LIMPIAS NO ENSUSIES, was heißen soll, dass wenn du den Dreck schon nicht putzt, ihn gleich gar nicht machen sollst oder VECINO LOS PAPELES AL BASURERO, was ja wiederum sinnvoll und klar ist, dass man Papier in die Mistkübel gibt, aber was ist mit Flaschen, Dosen oder so?). Nun, an der weiter oben erwähnten südlichen, oder doch westlichen, östlichen oder gar nördlichen Breitseite des Parks machte der Läufer, der nun schon an die dreißig Meter vor mir lief, eine weitere Biegung, rannte diese Breitseite entlang, machte nochmals eine Biegung und war nun der mir gegenüberliegenden Längsseite des Parks. Und überall Häuser. Mauer an Mauer gebaut, Reihenhäuser. Durchaus ökonomisch und die Nähe zu den Nachbarn gewährleistend. Und neunzig Prozent der Häuser einstöckig. Zwischendurch halt zwei- und dreistöckig. Größere Familien, mehr Generationen wohnen dort. Oder Weitervermietungen. Die verdienen so einen Teil ihres Geldes, ohne richtig zu arbeiten. Klar, investiert haben sie mal, vor Jahren. Eintönig, die Häuser. Einmal weiß, dann blau, manchmal grün, einfarbig; gut, manche auch gemischtfärbig, multicolor. So richtig schrille, grelle Farben kann man jedoch lange suchen, die stechen nicht heraus. Gut oder schlecht für mich? Keine Ahnung. Was orange leuchtendes, wäre das gut für meine Augen? Glaube nicht, würde mich nur aufschrecken. Vielleicht könnte ich das auch gut gebrauchen. Zum vermehrten Aufwachen. Auffallen tun stattdessen die mehrstöckigen Häuser, also Gebäude mit mehr als vier Stockwerken, aber die sind meistens Hostales. Billige Bumsen, wie sie in Österreich möglicherweise sagen würden. Ich glaub, ein Gast im El Directorio hat mir das mal erzählt. Ha, war der aber lustig. Und trinkfest. Nun, egal. Während ich also noch auf der einen Längsseite entlang ging, lief der Läufer auf der anderen Seite schon wieder in die Gegenrichtung! Spinnet er, frotzelte er mich, oder was? Mit seinem Aufderanderenlängsseitelaufen gab er mir eine frontale Breitseite. Morgensport für ihn. Morgenspaziergang für mich. An sich ja gesund, aber nicht nach meiner durchgearbeiteten und durchgezechten Nacht. Und dann auch noch dieses Verbotsschild: PROHIBIDO EL CONSUMO DEL ALCOHOL Y DROGAS EN LA VIA PUBLICA. *Es ist also verboten, auf öffentlichen Straßen Alkohol und Drogen zu konsumieren. So weit sind wir also schon. Für mich als Neuachtundsechziger kann das nur ein Scherz sein. Total unverständlich. Kann man dann hier wenigstens betrunken gehen? Rauchverbot in der Öffentlichkeit kriegt von mir ein absolutes si, claro. Aber Alkohol und Drogen verboten. Von mir aus Drogen auch, die nehme ich schon lange nicht mehr. Aber Alkohol an sich. Eigentlich ja ebenso gut für das Geschäft meiner*

Bar. Quasi ist jeder Trinker, der nicht zuhause trinken will, auf uns Barbetreiber angewiesen. Denn auf der Straße geht nach dem Gesetz nix, aber auch gar nix. Aber ich als Privater fühle mich schon extrem eingeschränkt in meiner Freiheit. Wie auch dem. Ich folgte der menschlichen Dampflok auf seiner Parkrunde. Verschiedene Palmen begegneten mir. Etliche von der Municipalidad und deren tu amigo Alcalde eingekleidete Gärtner. Wasserspendende Wasserschläuche. Trinkverbot. Ach was, mein ganzer Alkoholkonsum spielt sich im El Directorio oder auf Fiestas ab. Im Grunde ist mir das Verbot egal, betrifft mich nicht. Am anderen Ende des Parks machte der Läufer, der nun schon zumindest sechzig Meter vor mir lief, eine Ehrenrunde zum Pavillon, gab mir also die Möglichkeit, den Abstand zu verkleinern. (PROHIBIDO DEJAR LOS DESECHOS ORGANICOS DE TU MASCOTA. *Ha, schöne Umschreibung: Es ist verboten, die organischen Abfälle – sprich die Scheiße, die Hundstrümmerl - deines Haustieres liegenzulassen). Er brauchte vier weitere Runden rund um den Pavillon, bis ich mit dem einsamen Läufer wieder Augenkontakt hatte. Und ich folgte ihm zum Pavillon, die Bänke dort luden mich ein. Das Nachgerenne wurde mir langsam zu viel. Da stand ja auch eine Büste. Wer war denn das? Sicher der Grau Miguel. Hat ja so Admiralsschulterblätter oder wie man zu dem normalerweise gelben Dekorationsaufdings sagt. Und grau melierter Schnurrbart. Muss Grau sein. Alles deutet auf ihn hin. Aber kein Name stand dort. Wer war das? Club de Damas de San Joaquin, das ist doch kein Name nicht. Ah witzig. Wird immer witziger, dieser Park. Also das ist das erste Denkmal, das an einen Namenlosen erinnert, obwohl ich mir sicher bin, dass er ein Held ist, warum sonst sollte er hier den Park bewundern, zum Fahnenmaste blicken. Und mein Gast aus dem Directorio ist das auch nicht. Denn erbaut, anders gesagt eingeweiht wurde die Büste Neunzehnhundertfünfundneunzig. Vor fünfzehn Jahren. Der war der Joaquin kein Admiral, auch kein Falter. Aber der sonst einsame aber heute einen Begleiter habende Läufer mahnte mich. ‚Hop, hopp, mpf, weiter, ich muss mich noch vor dem Arbeiten gehen duschen und umziehen. Ist eh nicht mehr weit!' Er verlangsamte nun sein Tempo – oh, wie großzügig seinerseits – und wir bogen rein in eine Straße und zwei kleine Blocks weiter sagte er schließlich, dass dies die Avenida Santos Chocano und deren sechste Block sei. Ich dankte dem einsamen Läufer für die Wegbeschreibung und – beschreitung sowie für die körperliche Ertüchtigung. Schnaufend sagte der ‚mpf de nada mpf' und ward um die nächste Ecke verschwunden. Ich blickte mich im sechsten Block um. Das blaugefärbte Haus mit dem Käfer hinter Gittern erkannte ich sofort. Das musste das Haus sein, von dem aus Joaquin seine Rachefeldzüge unternommen hatte. Ich läutete an. Es erschien eine ungefähr sechzigjährige Frau im Hausrock und einer*

Kochschürze. Sie fragte, ob ich Eier kaufen wollte. Das überraschte mich ziemlich, noch nie in meinem Leben war ich so begrüßt worden. Ich schaute mir die Hausfront näher an und sah ein Schild, welches besagte, dass ein Kilo Eier vier Soles kosten würden. Nun verstand ich. Ich verneinte den Wunsch nach Eiern, begehrte aber ein Gespräch über ihren Mitbewohner namens Joaquin. Ich erzählte ihr, wer ich sei, log ihr vor, dass ich ein Freund von Joaquin sei und ich schon lange nichts mehr von ihm gehört hätte, ich mir daher Sorgen machen würde. Letztere Details stimmten ja durchaus, waren nicht erlogen. Ein Freund meinerseits war Joaquin nicht gewesen, hatte mit ihm nie ein Wort privates Wort gewechselt, aber Foco hatte mir vor seinem Ableben genug informative Informationen für ein vernünftiges Gespräch mit dieser Frau gegeben. Sie bat mich, doch mit in die Küche zu kommen, es gebe noch Kaffee und auch eine Tortilla, ich sehe aus, als ob ich ein kleines aber stärkendes Frühstück vertragen könnte. Da hatte sie durchaus Recht.

‚Sie, sie Frau des Hauses, können sich nicht vorstellen, wie schwer es für mich war, ihren Frauensitz zu finden. Dabei hatte mir Joaquin gesagt, dass ich nur aus dem Combi aussteigen müsste und der ersten Straße nach der Universidad San Marcos folgen sollte und ich schon bald vor seiner Bleibe stehen würde.' Sie meinte, während sie Kaffee kochte, dass er da wohl die Avenida Colonial ge-

meint hatte. Der Zugang zum Haus wäre von dieser Avenida der einfachste. Danke sehr Joaquin! Oder zumindest danke sehr Foco, du Glühbirne, du die ruhen soll in Frieden. Während mir Señora Mechthild Higado einen Kaffee einschenkte, mir die Tortilla servierte und zusätzlich auch noch Camotescheiben frittierte, führte ich mit ihr folgendes Gespräch:

‚Nun, was können sie mir über Joaquin erzählen? War er ein ruhiger Zimmermieter, einer, der keine Probleme produzierte, oder ist er ihnen irgendwie unangenehm aufgefallen, hat er ihnen Unannehmlichkeiten bereitet oder ihr Leben gar zur Hölle gemacht? Und vor allem, wissen sie, wo er jetzt ist, was er macht? '

‚Nun, Señor Cesar, ich kann nicht viel über Joaquin erzählen. Er war ein ruhiger Gast, hat pünktlich seine Miete abgeliefert, hat auch manchmal im Haushalt mitgeholfen. In der Küche etwa hat er nach jedem Frühstück brav seine Tasse und seine Teller abgewaschen, im Gegensatz zu meinen Kindern, das kann ich ihnen sagen. Die frühstücken, die essen, patzen etliche Teller an und kaum haben sie ihr Mahl beendet, springen sie auf und rennen aus dem Haus, weil sie schon spät dran sind für die Arbeit oder das Studium. Ekelhaft. Nun, Joaquin war da ganz anders, ich bot ihm etliche Male an, er könne sein Geschirr stehen lassen, ich würde es dann schon abwaschen. Er bedankte sich für die Einladung, sagte aber, dass er es selber tun wolle da er sehe, wie viel Arbeit ich

im Haushalt hätte. Ach, ein Vorzeigeschwiegersohn. Ein öffentlich Bediensteter halt. Schade, dass meine beiden Töchter schon verheiratet sind. Und schade auch, dass meine beiden Söhne nicht schwul sind. Nicht, dass ich sage, dass meine Söhne schwul sein sollten, ich meine nur, dass dieser Kerl fein in die Familie passen würde, auch um den Preis, dass er einen meiner Söhne ehelichen würde. Aber, das trifft ja alles nicht zu, meine Söhne sind nicht schwul und der Herr Joaquin ist nicht mehr unter uns. Womit ich aber nicht sagen will, dass ich weiß, dass er tot ist, ich meine nur, dass er nicht mehr in diesem meinen Haus wohnhaft ist. Und Joaquin war auch nicht schwul so nebenbei, wenn auch er nur einige Mal in den vielen Monaten, die er hier gewohnt hat, eine Frau mitgebracht hat, Alyson war glaube ich ihr Name. Ja, es war nur die Alyson, mit der er hier Kontakt gehabt hat. Und da war es auch nicht laut. Es ging alles gesittet von statten. Nun, das Baby von dieser Alyson hat zwar manchmal geschrien, aber nicht so laut als das es meinen Schlaf allzu sehr gestört hätte. Ja, ein feiner Kerl, der Señor Joaquin. Schade, dass diese Beziehung damals in die Brüche gegangen ist.'

‚Wissen Sie eigentlich, warum, was war der Grund hiefür? Hat es oft Streit gegeben?'

‚Nun schön möglich. Manchmal ist es laut hergegangen, wegen dem Kind, weil es so oft geschrien hat, da liegen halt oft die Nerven blank. Aber wissen sie was? Ich glau-

be, der eigentliche Grund war, dass wir hier in Bellavista wohnen. Und Bellavista liegt in Callao. Und das ist nicht gut, glauben sie mir. Einer aus der Nachbarschaft – oder war es doch ein ferner Verwandter, der war mal in eine Frau aus San Isidro verliebt. Er liebte sie und auch sie liebte ihn, eh schon wissen. Doch ihre Eltern waren komplett dagegen. Sie sagten, dass er in Callao lebe und das sei eine verruchte Stadt, aus der nichts Gutes kommen könne. Und so hat sie gezwungenermaßen die Sache beenden müssen. Auch das war Schade. Die wären glücklich geworden. Aber zurück zu Bellavista. Was etwa San Isidro für Lima ist, das ist Bellavista für Callao. Einfamilienhäuser mit Gärten wo man hinschaut. Eben wie in San Isidro. Schauen sie sich doch um. Nur selten gibt es hier Mehrparteienhäuser. Und auch viel Wachpersonal haben wir hier. Wie in San Isidro. Aber es heißt hier eben Bellavista. Und das genügt den meisten Zeitgenossen, Abstand von hier und den Menschen zu halten. Zu gefährlich sagen sie. Furchtbar. Keine schöne Aussicht für Bellavista. Dabei dürfte mein Haus auch einen Marktwert von einhundert Tausend Dollar haben. Möglicherweise gar mehr. Kaum zu glauben, was. Aber wer weiß, wie teuer die Schuppen in San Isidro sind. Keine Ahnung. Nun, jedenfalls Schade, dass die Sache mit Alyson geendet hat. Joaquin war ja so ein netter Mensch, das hat ihn wohl aus der Bahn geworfen oder wie man da so sagt. '

‚Das kann ich bestätigen, ein feiner Kerl ist er allemal. Aber können sie auch Negatives von ihm berichten? Etwas, woran sie nur ungern denken. Ich habe da nämlich Sachen gehört, die vielen Menschen unangenehm sind und keine Freude bereiten. Und noch was, wissen sie mehr über diese Freundin namens Alyson, wissen sie, wo sie wohnt?'

‚Nein, von dieser Alyson weiß ich außer ihrem Namen und der Tatsache, dass sie ein Kind hat nichts... Aber Negatives bezüglich Joaquin... Nun, wenn sie so fragen, da hat es schon was gegeben. Eines Tages, er war außer Haus, bin ich im zweiten Stock des Hauses gewesen, weil ich im Zimmer eines meiner Söhne etwas gesucht hatte. Da kam ich auch am Zimmer des Joaquin vorbei und da stank es gewaltig. Ich öffnete die Tür zu seinem Zimmer und es roch furchtbar nach Exkrementen. Ich war erschreckt, doch ich dachte mir nichts Besonderes dabei, denn möglicherweise vergaß er, die Spülung zu betätigen oder so. Das passierte dann auch noch ein zweites Mal. Und was die Nachbarn so sagen, so erzählen, das nehme ich nicht ernst.'

‚Wie meinen sie das, was erzählen die Nachbarn?'

‚Nun, dass er in der Nachbarschaft für Unruhe sorgt. Etwa ein Mädchen mit Gülle und Ausscheidungen überschüttet hat. Oder er bei manchen Häusern die Stromleitung gekappt hat. Oder etwa auch, dass er Mototaxis at-

tackiert hätte. Schreckliche Geschichten halt. Auch, dass er einen von denen getötet hätte. Aber ich habe das mit meinen eigenen Augen nicht gesehen und dem Geschwätz der Nachbarn schenke ich nur wenig Glauben. Und im Grunde ist mir auch egal, ob er dies oder das verbrochen hat. Für mich war er ein netter, braver Mitbewohner, der pünktlich seine Miete gezahlt und keine Unannehmlichkeiten gemacht hat. Punkt. Wissen sie etwa mehr?'

'Nun, in manchen Stunden hat er mir im El Directorio schon erzählt, dass er wütend auf manche Zeitgenossen ist, dass sie ihm ziemlich auf die Nerven gehen und er sich wehren muss, da er sich nicht alles gefallen lassen kann, er das nicht nötig hätte. Er hat von den Mototaxisten erzählt, auch von den Brotverkäufern, den Eisverkäufern und so weiter. Das mit der Nachbarsgöre, die ihn gestört hat, auch. Ja, und die hat er mit Gülle überschüttet, kein Schmäh. Also wird an den Gerüchen, ähm Gerüchten schon etwas dran sein. Und im Grunde hat er in meiner Bar gestanden, dass er den Mototaxisten – wenn auch nicht willentlich – getötet hat. Es war ein Unfall. Schwere Körperverletzung mit Todesfolgen, wie ein Staatsanwalt und Richter sagen würden. Aber vor dem Richter ist er dafür ja nicht gestanden.'

Die Camotescheiben waren frittiert und Señora Mechthild schien erschrocken zu sein: ‚Das ist ja interessant, gar unglaublich ist das. Er soll einen Mototaxisten getö-

tet haben, das kann ich ihnen wirklich beim besten Willen nicht glauben. Aber wenn er ihnen das selbst erzählt, gestanden hat, dann wird es schon stimmen, nicht wahr? Aber andererseits arbeiten sie in einer Bar. Und Joaquin war in dieser Bar. Und in einer Bar wird getrunken. Einmal mehr, einmal weniger. Vielleicht war er betrunken, als er ihnen das vom toten Mototaxisten erzählt hat, ist durchaus möglich. Er wollte einfach angeben, vor ihnen prahlen, was für ein starker Mann er denn sei. Nicht, dass ich ihn hier verteidigen will oder muss, ich bin keine Avocado, also Rechtsanwältin, ergo dessen ist er auch kein Klient von mir. Wo kein Rechtsanwalt, da kein Klient, heißt doch ein Spruch, nicht wahr? ' Trotzdem schob sie mir die Camotescheiben direkt aus der Pfanne auf meinen Teller. Da könnte sie ja durchaus Recht haben, die Señora. Soweit mir Foco es berichtet hat, war Joaquin in der Nacht, in der es erzählt hat, sowie praktisch in jeder Woche tatsächlich betrunken. Was – wie sie selbst behauptent – naheliegend ist. Schlecht aufgelegt war der gute Joaquin, gar traurig. Aber beim Trinken ist man schnell einmal gut aufgelegt, aber andererseits auch schnell betrübt. Ein schmaler Grat, den man da entlang geht. Übrigens köstlich, das Frittierte.

‚Tiefe Wasser sind still, wie man so sagt, man weiß nie, wie der innere Mensch aussieht, auch so sagt man. ' Meinte Frau Mechthild, die ich als Korephäin des Zitats bezeichnen würde. In guten Momenten zumindest.

Nun Señora Mechthild, wie war das mit dem Abschied von Señor Joaquin. Verschwand er von einem Tag auf den anderen oder hat er sein Weggehen schon im Vorhinein angekündigt?

‚Nun, eines Tages – ich glaube, das war so vor zwei Monaten – erzählte er, dass er am Wochenende aus meinem Haus ausziehen würde, da er zurück in seine Heimatprovinz Tumbes müsste. Vom Ministerium, in dem er arbeitete, wäre er beurlaubt worden, so sagte er. Ich fragte ihn, ob er denn nicht zurück nach Lima kommen würde, er könne so lang die Sachen, die er für die Reise nach Tumbes nicht brauchen würde, bei mir in der Garage lagern. Aber das wollte er nicht. Und viel Gepäck hatte er nicht, gerade mal zwei Koffer füllten sein Hab und Gut. Traurig war der Abschied, so einen Mitbewohner hatte ich noch nie gehabt. Sie brauchen nicht zufällig eine Unterkunft, sie sehen mir recht vernünftig aus? Nun, mehr kann ich ihnen nicht sagen, tut mir wirklich leid. '

‚Ah nein, ich wohne noch bei meinen Eltern, sozusagen im Hotel Mama, da geht es mir recht gut, aber danke für das Lob und Vertrauen. Und danke auch für die Hilfe, die sie mir gegeben haben, ich glaube, sie haben mir wirklich viel weitergeholfen. Und ebenso vielen Dank auch für den Kaffee und das köstliche Frühstück, so ein gutes habe ich schon lange nicht mehr gegessen. ' Und das war nicht einmal gelogen, stand ich an normalen Tagen erst

gegen zwölf Uhr auf, war mein erstes Mahl am Tag das Mittagessen. Viel Neues hatte ich von der Señora Mechthild allerdings nicht erfahren. Allerdings wusste ich nun, dass er sich möglicherweise in Tumbes befand. Ich verabschiedete mich von der hilfsbereiten Frau und ging nach rechts los. Was, wie ich später herausfand, ein Fehler sein sollte. Wäre ich links gegangen, einfach die Straße, in der ich mich befand, wäre ich alsbald in der Avenida Colonial gewesen. Von dort hätte ich ein Combi ins Centro nehmen können. Aber, denkste. Nach zehn Minuten herumirren fand ich wenigstens den Abschnitt mit den Stufen wieder. Von hier aus war es überraschenderweise für mich ein leichtes, bis zum Fitnessstudio zu kommen. Es war mittlerweile elf Uhr, ich war seit mehr als zwanzig Stunden wach, hatte zehn Stunden harte Arbeit, während der ich stand und Cocktails mixte, hinter mir, war schlicht erschöpft und so müde, dass ich hätte umfallen können. Barmixer hin, Vizekönig her, das geziemte sich aber kaum. Also, wieder der Gymnastikschuppen. Noch immer laute Musik. Ich fragte mich zuerst, ob diese Lärmbelästigung nicht auch Joaquin störte und ob er auch dagegen etwas unternommen hatte. Und wenn nicht er so dann doch die Nachbarn. Also wenn ich dort wohnen würde, ich würde früher oder später auszucken. Wahnsinnig werden. Ausrasten. Lärmschutzwände stiften. Oder gleich Brandstiften. Vor allem nach meinen langen Nächten in der Bar. Würde ich tagesüber keinen Schlaf finden, ich hätte durchaus das Potential, zu einem

Psychopathen zu mutieren. Ich war müde, aber auch neugierig. So läutete ich beim Tor an. Ein Mann in Shorts und Ruderleiberl kam heraus, dementsprechend muskulös und gebräunt. Ich fragte ihn geradeaus, ob dieser Fitnesstempel jemals das Ziel einer Attacke gewesen wäre. ‚Nein', antwortete der Torwächter, Trainer oder Besitzer. Oder alles in einem. Weiters lud er mich ein, doch zur Kraftbank zu gehen, ich würde etwas Training vertragen. Ich hörte nur Bank, dachte daran, mich hinlegen zu können. Ich lag also auf der Folterbank, wartete, dass der Zeugwart mir eine Stange mit Gewichten in die Arme drückte. Doch er kam und kam nicht. Aus den Boxen dröhnte ein Song von Springsteen, ich glaube es war ‚War'. Dann schlief ich wohl ein. Träumte von dieser Alyson, die mit ihrer Tochter und Joaquin in einem Bett lag. Absurde Geschichte. Träumte auch, dass sie mir vielleicht weiterhelfen könnte, ich sie suchen sollte. Keine Antwort im Traum. Und ich wachte wieder auf. Britney hatte mich aufgeweckt. ‚Hit me baby one more time'. Ja, Baby, hit me one more time, aber richtig fest und stark, träumte ich halbschlafend. Ich blickte herum, sah keine Frau. Nur den Trainer, der mir eine Rechnung über zehn Soles für zwei Stunden Training gab. Die Kolumbianerin Shakira sang über Hüften, die nicht lügen. Nein, das tun sie nicht. Vor allem nicht in einem Fitnessstudio. Aber hatte ich geschlafen oder trainiert? Das fragte ich ihn, den Fitnessguru. Er sagte ehrlich, dass ich geschlafen hatte, meinte aber, dass ich ein Gerät benutzt, es sozusagen blockiert hatte und ich daher auch eine Benützungsgebühr zu entrichten hätte. ‚Egal ob du Vizekönig bist oder nicht, zahlen muss jeder!', meinte er. Woher wusste er von meinen ein manches Mal fallweise auftretenden Wünschen und Vorstellungen eines Daseins als Vizekönig? ‚Du hast im Schlaf dutzende Mal ‚soy el virey, soy el virey' gesagt, ein paar Mal auch, dass du Barmixer wärest. Das alles ist mir egal, du kannst sein was du willst, aber ich will die zehn Soles sehen. ' Also zwei Stunden Fitnessstudio für zehn Soles. Ich zahlte für zwei Stunden Schlaf diesen Betrag. Naja, ein Hostal wäre besser gewesen. Ein Zwei- oder gar Dreisternhostal kostet dasselbe für die ganze Nacht, ist bequemer, erholsamer und da hätte ich unter gewissen – von mir durchaus erwünschten – Umständen wohl auch Sex konsumieren können. Eine geile aber vor allem devote Cholo-Braut, die es nötig hat, mit einem königlichen Vizemundschenk zu schlafen, über mir. Und der Spiegel hoch oben an der Decke sieht alles, dem entgeht nichts. Ach ja. So ist das. Saftige Tagträume eines Mannes mit einer Mission. Nein, diese Alyson sollte ich nicht suchen. Was hätte sie mir schon sagen können, am Ende verliebt sie sich noch in mich, sie, diese alleinstehende Mutter. Das kann mir gestohlen bleiben. Knapp nach dreizehn Uhr. ‚I am stronger than yesterday' trällerte die Chica aus dem Norden. Schon wieder dieses verdorbene Früchtchen. Ich stand wieder auf der Straße. Ein Vizekönig ohne Leibgarde alleine auf der Straße. Vor

Jahrhunderten wäre das undenkbar gewesen. Warum stelle ich mir manchmal ein Dasein als Vizekönig und nicht etwa als Inka vor? Diese Frage könnten sie aufmerksamer Leser durchaus mit Berechtigung fragen. Ein Inka zu sein ist viel patriotischer als ein Vizekönig. Der Inka ist was durch und durch peruanisches, der Inka hat ein Riesenreich aufgebaut, es heißt, es war das größte Imperium in der südlichen Hemisphäre. Beispielsweise der Inka Pachacutec wird auch der größte Mann, den die indigene Rasse von Amerika hervorgebracht hat, genannt. Er, der erste, der sich Imperator nannte, seinem Volk Gesetzte diktierte, über achtzig Jahre alt wurde, der ist doch ein Vorbild, ein richtiger Mann. Oder wenn ich martialischer wäre könnte ich mich auch Inka Tupac Yupanqui nennen. Der hat auch den Titel Alexander der Neuen Welt bekommen. Alles schön und gut. Aber im heutigen Peru wird das alles verballhornt. Heute gibt es ein Cola, das den Namen Inka in sich trägt. Und findige Geschäftsleute fügen einfach einen neuen Anfangsbuchstaben zum Wort Inka dazu um imperialer zu klingen. Tut man ein M hinzu, hat man den ersten und größten Selbstvermarktermarkt Perus. Bei einem T bekommt man die größte Lottogesellschaft. Und für das aberwitzige, absurde Getue bin ich nicht zu haben. Das gleiche gilt für Bolivar, der, der Südamerika in die Freiheit, vor allem in die Unabhängigkeit von den Spaniern geführt hat. Der ist erstens mehr ein Held in

Venezuela als in Peru, zweitens hat ein anderes ganzes Land sich seinen Namen gegeben und drittens gibt es hier eine Seife für Schmutzwäsche, die auch Bolivar heißt. Ekelhaft. Verballhornung von Helden und Vorbildern. Also blieb nur der Titel Vizekönig über. Der hat das Wort König in sich. Ist also was Royales, was Erhabenes. Gut, die Vizekönige wurden uns vom spanischen König aufgesetzt. Waren durchwegs Spanier, glaublich einmal einer ein Franzose, jedoch nie und nimmer ein Peruaner. Halberte Royals waren das, manchmal grausame aber meistens doch auch kunstsinnige und edle Leute. Und sie regierten über ein viel größeres Reich als das, was die Inka zustande gebracht haben. Anfangs, vor der Teilung reichte das Vizekönigreich Peru von Nicaragua im Norden bis ans Kap Hoorn im Süden. Unbeherrschbar groß. Aber eines müssen sie schon zugeben: es ist doch eine schöne Sache, sich ein Leben als Vizekönig von Peru einzubilden! Die Perichola und ich. Geben sie es gefälligst zu! Sie beneiden mich um mein operettenhaftes Leben, nicht wahr? Aber das war schon wieder ein kurzer Blick auf meine innere Befindlichkeit. Genug davon.

Nun, wo war ich stehengeblieben. Ach ja. Beim Diagonal-Park. In dessen Mitte, bei der Heiligenandacht. Pinkeln musste ich auch, wäre ich doch in diesem idiotischen Fitnessstudio auf die Toilette gegangen. Und da bin ich schon wieder bei einem Problem. Das, der öffent-

lichen Parks. So viele auch vorhanden sein mögen, alleine hier in dieser Nachbarschaft habe ich bisher vier gezählt, so sehr sind sie nutzlos, wenn man an das Pichimachen, an das Pinkeln denkt. Es gibt eine ungenügende Anzahl an Bäumen oder Sträuchern, hinter denen sich ein Säufer oder ein Vieltrinker verstecken könnte. Da ist es in Europa oder Nordamerika beispielsweise viel, viel besser. Ich hab da unlängst zwei Dokumentationen über den Hyde Park in London und den Central Park in New York gesehen. Da gibt es genügend Baum- und Strauchgruppen, die einen perfekten Sichtschutz für Pinkler bieten würden. Und hier? Keine Möglichkeit zu sehen. Ein Baum reicht kaum. Nicht einmal die Heiligenaltare und Standbilder sind empfehlenswert. Nicht nur aus moralischen Gründen. Auch, weil selbst wenn du von einer Seite her geschützt bist, sie – die Passanten, die Interessierten, die Spanner oder Nachbarn - dich von drei anderen sehen können. So musste ich mir das Wasserlassen verkneifen. Und glauben sie mir, dies ist bei den Sprinkleranlagen, die im Park verteilt sind, damit grün bleibt was grün ist, verdammt schwer. Und was mir neben den persönlichen schon aus ökologischen Gründen nicht gefällt sind diese undichten Wasserschläuche. Hier spritzt das Wasser nur so was von heraus. Und ich mit meinem Harndrang. Das passt fabelhaft zusammen. Eine Verschwörung. Ein ganz ein anderes, aber mir nicht unbekanntes Problem ergab sich: Nur im entfernten wusste ich, wie ich zur nächsten Avenida kommen würde. Zu vage war meine Vorstellung vom gerechten und richtigen Weg. So stand ich wieder herum und wartete auf eine Eingebung, ich flehte sogar Maria, die Heilige, an, sie möge mir einen Wink schicken, geben, wie auch immer. Und Tatsache, ob sie es glauben oder nicht: Eine Frau kam daher, die mit ihrem Fahrrad aus heiterem Himmel mehrere Runden rund um den Park drehte. Die musste ich sehen, sie musste den Ausweg aus diesem aberwitzigen Labyrinth wissen. Einer beliebigen halben Diagonale entlanglaufend kam ich zum Rand des Parks und konnte alsbald die nächste Runde der Radlerin stoppen.

Perdon, könnten sie mir bitte helfen? Ich möchte zur nächsten Avenida kommen Ich muss zurück ins Centro von Lima.

‚Nun, natürlich kann ich ihnen den Weg weisen, keine Sorge. Aber zuerst möchte ich sie etwas fragen: Wie alt schätzen sie mich?'

Ähm, wie bitte, dachte ich mir, was ist denn jetzt schon wieder los. Flirtet die Frau gar mit mir, ist das eine Anmache? So was Schräges habe ich schon lange nicht mehr gehört. Wie alt ist die denn? Aus der Ferne hat sie wie eine schlanke, gut gebaute Vierzigerin ausgeschaut. Aber jetzt, wo sie vor mir steht, bin ich unsicher. Sie ist tatsächlich schlank, sogar viel zu schlank, sie scheint gut gepflegt zu sein, aber ihr Gesicht hat doch etliche Falten.

So würde ich sagen, dass sie mindestens fünfundsechzig ist, aber da ich im Gastgewerbe arbeite und immerzu höflich bin, antworte ich ihr: ‚Fünfundfünfzig, nicht wahr?'

‚Ach, sie Schmeichler, jetzt fühle ich mich aber geschmeichelt. Sie sind ja ein ganz ein Frivoler, haha. Ob sie es glauben oder nicht, ich bin über siebzig Jahr alt, exakt vierundsiebzig. Da kann man wieder sehen, wie gesund der tägliche Sport ist. Seit Jahrzehnten fahre ich täglich zwei Stunden oder gar mehr in diesem Viertel herum. Einmal hier, einmal da, aber jeden Tag bin ich unterwegs. Ich gehörte schon zum Straßenbild.'

Das ist ja interessant, dachte ich mir. Wenn die dauernd unterwegs ist, dann hat sie vielleicht den Joaquin mal gesehen. ‚Haben sie mal etwas von diesen eigenartigen Begebenheiten, die sich da im Viertel zugetragen haben, gehört? Ich meine, dass Mototaxisten attackiert worden sind, Leute mit Exkrementen überhäuft, Brotverkäufer, Eisverkäufer geschädigt worden sind? Und vielleicht auch, wer das getan haben könnte?'

‚Da hat es einen Señor Joaquin gegeben, der wohnt da in der Urb. San Joaquin, ich glaube in der Santos Choclo oder so. Da fahre ich auch oft herum. Einmal habe ich gesehen, dass da wer einen Brotverkäufer angeschrien hat und schließlich in einem Moment, in dem er sich unbeobachtet fühlte, ein Paket in den Vitrinenwagen rein-

geschoben hat. Aber er wurde beobachtet und zwar von mir. Er schlich sich davon. Ich war es auch, der den Brotverkäufer fluchen hörte als er herausfand, dass ein Päckchen Scheiße in seinem Brotwagen alles verpestete und ungenießbar machte. Blöderweise habe ich aber vergessen, den Kerl zu verfolgen. Hab mir dann später am Abend gedacht, dass da wohl ein Spaßvogel am Werk war oder einer, der eine offene Rechnung mit dem Verkäufer des Brotes hatte. Aber später dann, im Laufe der Zeit, hab ich mehrere solche Geschichten gehört, auch den Namen von dem gewissen Señor und andere Einzelheiten.'

‚Unglaublich, was es nur für Leute unter uns gibt...'

‚Nun, jetzt wohnt er nicht mehr bei uns und ich kann ihnen eines sagen: Seitdem dieser Joaquin aus unserem Viertel weggezogen ist, ist es wieder ruhiger geworden und so eigenartige Dinge, wie zu seinen Anwesenheitszeiten, geschehen nimma mehr.'

‚Und haben sie eine Ahnung, wo er sich jetzt aufhält?'

‚Keine Ahnung, tut mir leid. Interessiert mich auch nicht die Frejole. Hauptsache weg ist er.'

‚Hm, schade, aber danke sehr. Können sie mir jetzt noch sagen, wie ich zur Avenida komme?'

‚Sie gehen durch den Park, verlassen ihn auf der linken Seite, gehen dann links, dann rechts, dann links und so-

dann immer gerade aus, da müssten sie dann schließlich – wenn für sie alles gut geht – in der Avenida Venezuela ankommen.'

Was tatsächlich den Tatsachen entsprach. Ich nahm ein Combi und fuhr zum Haus meiner Eltern, die mit dem Mittagessen auf mich gewartet hatten. Danke vielmals dafür.

Noch eine Anmerkung von mir, dem Cesar: Nachdem die Glühbirne Foco schon vor einiger Zeit von uns gegangen ist, bin ich, Cesar der Vizekönig, der hauptsächliche Erzähler dieser Geschichte. Ergo dessen kann ich mir das kursive Schreiben ersparen und schreibe von nun an in absolut normalen Lettern:

Wochen, gar Monate vergingen. Joaquin schaute nicht mehr im El Directorio vorbei, auch keiner, der etwas von ihm gehört hatte. Die Bar selbst feierte wieder ein weiteres Jahr ihres Bestehens, war eine nette Feier mit vielen schrägen Gästen und als Geschenk gaben wir uns ein neues Logo, designed von einem Profi seines Faches. Und das kostenlos, weil es für einen Designwettbewerb gedacht war. Feine Sache. Auch der Barbereich war jetzt größer als je zuvor. Mitsamt den drei protzigen Kühlschränken, die uns eine Bierfirma zur Verfügung gestellt hatte, war sie jetzt an die hundert Glasflaschen lang oder breit. Also immens. Mein Reich. Unser Reich. Stolzsein darauf. Eine signifikante Neuerung gab es ebenso, wir hatten nun auch am Tag betrieb, wir offerierten Sandwiches und auch Salchipapa (jedoch nur mit Frankfurtern und nicht mit sieben verschiedenen Würsteln). Mittagsmenüs erschienen uns – zumindest am Anfang – für viel zu aufwendig. Leute geben sich auch mit Sandwiches zufrieden, zumindest die hippen, die trendigen Leute, die Trendsetter. Die mit Schal um den Hals oder gar mit Halstuch. Jedenfalls: so konnte die schöne Location auch tagsüber genutzt werden und nicht nur während drei Nächte in der Woche. So hatte der Umbau, den wir wenige Monate zuvor getan hatten einen weiteren, seinen wahren Sinn bekommen und ich Cesar, der vizekönigliche Mundschenk, hatte auch die Möglichkeit, mehr in der Nacht und weniger am Tag zu schlafen. Das war bestens für meine Gesundheit. Der Umstand, statt Cocktails zu mixen nun Teller mit Rindfleisch und Püree zu servieren beziehungsweise halbvolle Teller Lomo Saltado, auf denen Reste von Zwiebel und Tomaten verblieben waren, abzuservieren, machte mir kein Problem. Bin ein Allrounder, habe weder vor Limonen noch vor Nahrung Angst. Berührungsängste sind mir unbekannt. Mein Dienst begann in den ersten Wochen um zwölf Uhr, die ersten Gäste jedoch kamen erst so um dreizehn Uhr. Also vorerst mehr oder weniger eine Stunde voll süßem Nichtstun. Was sollte ich machen, der Chef hatte mich so eingeteilt, aber da auch er ein ökonomisches Verständnis hatte, änderte er den Arbeitsplan bald einmal. Jedenfalls, in einer dieser Warteschleifen vor dem großen Mittagsrun las ich in einer Ein-Sol-Zeitung einen interessanten Artikel:

„Limeño, der in Arequipa an Höhenkrankheit verstorben ist, war ein Mordverdächtiger"

Wie gestern bekannt wurde, ist der in Chivay in der Provinz Arequipa an der Höhenkrankheit verstorbene Limeño Joaquin F. des Mordes verdächtig gewesen. Erinnern wir uns. Joaquin F. wurde vor drei Tagen tot in einem Hotelzimmer aufgefunden worden. Wie bei der von der örtlichen Vertreter der Staatsanwaltschaft angeordneten Autopsie festgestellt werden konnte, litt er bis zu seinem Tode an der Höhenkrankheit. Chivay liegt auf mehr als dreitausendsechshundert Meter Höhe und die Nächte können sehr, sehr kalt sein. Er wurde von der Putzfrau am späten Vormittag tot in seinem kärglichen Zimmer, welches über kein Warmwasser verfügte, aufgefunden, jede Hilfe kam zu spät. Die Polizei teilte mit, dass Joaquin F nur mit einem Rucksack reiste, in dem sich seltsamerweise nicht mehr als eine Garnitur Unterwäsche befand. Er war für den Winter und dessen Kälte, die ihn in Chivay erwarteten, wohl nicht allzu sehr vorbereitet. Er, der ursprünglich aus Tumbes kam und eine elendslange Zeit in Lima gewohnt hatte, zählt laut Angaben der Nationalpolizei zum Verdächtigenkreis im Mord an einem Mototaxisten in Bellavista vor ein paar Monaten. Damals im Juni dieses Jahres wurde an der Costa

Verde in San Miguel ein zertrümmertes Mototaxi samt Fahrer, dessen Kopf eingeschlagen war, gefunden. Zuerst war von einem Unfall ausgegangen worden, doch später verdichteten sich die Hinweise, dass die Kopfverletzung von einem Schlag mit einem festen Gegenstand und nicht vom Sturz über die Klippen stammte. Bei den damals durchgeführten Untersuchungen wurden nebst anderem auch die Fingerabdrücke des Joaquin F. entdeckt. Er wurde damals zu diesem Umstand befragt, gab jedoch an, diesen Mototaxisten nur von zwei Ausfahrten zu kennen, sonst aber keine Bekanntschaft mit ihm gemacht zu haben. Beweise oder Augenzeugen konnten keine gefunden werden. Bei der Untersuchung seiner Habseligkeiten in Chivay wurde jedoch in seiner Geldtasche auch ein Brief an die Familie Garcia Alvarez in Bellavista gefunden, in der er sich für den durch einen Unfall verursachten Tod des Mototaxisten entschuldigt. Wörtlich heißt es: „Das, was ich getan habe, ist eigentlich und durchwegs unentschuldbar. Und dies sicherlich nicht nur meiner Meinung nach. Doch ich will die Familie von Antonio Ramon Garcia Alvarez um Vergebung bitten. Ich wollte ihn nicht umbringen, ich wollte ihn nur erschrecken. Das Ganze sollte nicht mehr als ein Lausbubenstreich sein. Dies alles schreibe ich auch, weil ich das Rauschen aus meinem Kopf nicht rausbekomme. Das Rauschen des Ozeanes. Dasselbe Rauschen der Wellen, des Wassers, welches ich gehörte hatte, als ich das Mototaxi die Klippe hinunterfahren und hinunterfallen habe lassen. Darum bin ich auch hierher, mitten in die Anden gefahren, möglichst weit weg vom Meer. Und ja, ich fühle mich besser. Nun, wo ich diese Zeilen schreibe, vergeht das Rauschen, es ist kaum mehr vernehmbar, kaum mehr spürbar. Ich fühle mich wohl. Friedlich. Diesen Frieden wünsche ich auch Antonio Roman und seiner Familie." Wie eine nicht offizielle aber nie versiegende Quelle an Informationen aus dem Kreis der Nationalpolizei weiter mitteilt, befand sich Joaquin F offenbar auf der Flucht, obwohl gegen ihn nichts Weiteres vorlag. Anscheinend hatte er die Nerven verloren und geglaubt, unmittelbar vor der Verhaftung zu stehen. Warum er, der Flachländler jedoch nicht nach Tumbes, in sein Heimatdepartment geflüchtet war, stattdessen aber sich in den Süden in das Department Arequipa begeben hatte, konnte noch nicht eruiert werden, wird wohl auch nie eruiert werden können. In seiner Hinterlassenschaft befand sich jedoch auch eine Quittung über eine für den nächsten Tag gebuchte Tour zum Colca Canyon. Die informierte jedoch nicht offizielle Quelle aus dem Kreis der Nationalpolizei meint nun, dass Joaquin F wohl an Selbstmord dachte und sich aus viertausend Meter Höhe hinunter in den Canyon stürzen wollte, gleich einem Kondor. Er, der die Höhe und Kälte in dieser Region nicht gewohnt war, verstarb jedoch vor der Vollendung seines möglichen Planes an der Höhenkrankheit Sorroche. Durchaus makaber für einen Peruaner. Aber in diesem Fall die gerechte Strafe für den Mord an einer Stütze unserer Gesellschaft. Die göttliche Gerechtigkeit hat schlussendlich gesiegt."

Tsts, unglaublich, Stütze der Gesellschaft. Das ist wahrlich zu viel der Ehre für diese Geldausdentaschenzieher. Meinen die Zeitungsfritzen also auch schon, dass diese Taxisten auf ihren ausgebauten Motorrädern zur Essenz unser Gesellschaft und unserer Kultur gehören. Verdienen mit ihren kurzen Ausfahrten jedes Mal einen Sol, wenn sie raffiniert sind und unbedarfte Opfer finden auch einen Sole fünfzig Cent. Ein Taxifahrer muss oft für acht Soles von Bellavista ins Centro, etwa in die verstunkene Avenida Abancay fahren, steht auf dem Weg dorthin in einem Stau oder gar in zwei und braucht schließlich möglicherweise vierzig Minuten für die Strecke. Und stressiger sind die Taxifahrten allemal. Verdammt überbezahlte Mototaxisten. Und die sollen ein peruanisches Kulturgut sein. Das ich nicht lache. Und dann auch noch das mit der göttlichen Gerechtigkeit. Dieser übertriebene Katholizismus. Letztens habe ich etwa auch auf einem Mototaxi den Spruch „Jesu es mi vida" gelesen. Abgeschmacktes Pack. Das alles hat hier in Peru dank der Spanier im sechzehnten Jahrhundert angefangen und heute beherrschen sie noch unsere Gedanken. Deren Prozessionen – vor allem im Oktober – blockieren jedes Jahr das Centro. Auch das von den Zeitungsschmierern. Die geben zur Auflagensteigerung gerne geschmacklose Dinge wieder. Titten sind nicht immer alles, reißerische Artikel oder zumindest Überschriften auf der Titelseite müssen auch sein. Aber – wie auch immer – so ist das Leben. Nun ist es offiziell: Zwei Stammgäste des El Directorio waren in den letzten Monaten gestorben. Welch ein Verlust. Aber es folgten neue Besucher.

Oktober.

Neue Gäste. Etwa eine Ballerina namens Soledad vom Ballett Municipal de Lima. Unglaublich schlank und graziös, so wie wohl jede oder jeder im Ballett tätige. Langes dunkles Haar das bis zu den Schultern runterhing, zumindest, wenn sie privat unterwegs war. Dienstlich war es meistens verzopft gebunden. Ein interessantes Gesicht, das auch dann etwas ausstrahlte, wenn sie erschöpft war nach einer zweistündigen Aufführung und sie sich hier in der Bar entspannen wollte. Und wenn sie lachte, dann öffneten sich ihre Lippen gewaltig elegant und ihre Augen funkelten wunderbarst. Sie gefiel mir. Sie war nicht als Hauptakteurin tätig, trat mehr in Gruppenformationen im Hintergrund auf. Aber wie sie meinte stand ihr durchaus eine Solokarriere bevor. Nun wollte ich sie in Aktion sehen. So schnorrte ich sie höflichst um eine Karte an. Die sie mir besorgte. Es stand La Hija del Faraon auf dem Programm, das um achtzehn Uhr dreißig im Teatro Seguro begann. War ziemlich voll das Theater, überraschend. Ich hatte mir vorgestellt, dass da nur Freaks, Eingeweihte und Verwandte von Tänzern hingehen. Nein, ein breites Publikumsspektrum bot sich. Aufführung war verdammt schön, ich war begeistert. Diese ägyptische Bühnenbilder waren angenehm und auch die Kostüme der Tänzerinnen. Klar, Soledad spielte keine Hauptrolle, trat etwa am Schluss als Fischerin auf. Aber unglaublich graziös auch sie. Ich sah keinen Unterschied zwischen den Tänzerinnen die im Mittelpunkt standen und ihr. Wie ich in den Pausengesprächen mithören konnte, war die Aufführung dutzende wenn nicht hunderte Mal besser als die vorherige Produktion Coppelia. Die schien altbacken zu sein und es soll etliche Unfälle gegeben haben. Das Teatro Seguro, das ich noch nie von innen gesehen hatte, gefiel mir auch. Besonders der Luster, der in der Mitte des Zuschauerraums hing. So was von leuchtend. Der war etliche Male größer als der bei uns im El Directorio, aber er hätte in unserem Barraum auch überhaupt keinen Platz. Am Schluss applaudierte ich laut und langanhaltend, vor allem dann, als Soledad auf die Bühne kam. Ich spazierte dann zum Jiron de la Union, blieb vor der La Merced Kirche kürzer als sonst stehen, bewunderte die Fassade trotzdem, schaute aber nicht in den Kirchenraum hinein, erst gegen Ende des Jahres, wenn dann die Weihnachtskrippe aufgestellt ist, würde ich sie, die Kirche, mit einem Besuch des Inneren beehren. Die Kirchen in Peru. Bauwerke haben sie bauen können, die Katholiken, die bereichern unsere Stadt, unser Land schon. Das muss man ihnen, den Katholiken, lassen. Aber die Begleitumstände, die Inquisition, die Kreuzzüge oder etwa manche, gar viele Priester und Erzieher in Internaten und Schulen, die schreckliche Dinge mit ihren Zöglingen anstellen, die zerstören das möglicherweise angenehme Gesamtbild des Katholizismus schon extremst. Da kommt Ekel, gar überbordender Ekel in mir auf. Das denkend eilte ich vorbei an den vielen Schuh-, Pollo- und Fastfoodläden hin zum Plaza San Martin. Menschenmassen waren unterwegs, kauften ein, boten Zeug zum Kiffen an, verkauften Heiligenbildchen um an etwas Geld zu kommen oder gingen zu den diversen Discos, möglicherweise auch in meine Bar. Der Jiron de la Union, früher, zu kolonialen aber auch noch in der frühen und mittleren Republikszeit oder möglicherweise auch noch kurz vor meiner Jugend noch eine Flaniermeile, aber heute eine billige Einkaufsstraße, die jedoch trotz allem ihren Charme sich erhalten hat. Da war ich nun wieder am Plaza San Martin. Zur rechten Seite das Hotel Bolivar. Hier hatte Susanna Villaran, die Kandidatin der FS, der Fuerza Social, vor sechs Tagen in einer Suite des Luxusschuppens das Ergebnis der Regional- und Bürgermeisterwahlen abgewartet. Nun, Menschenmassen standen vor dem Hotel. Nur, das sah ich im Fernseher. Blöderweise hatte mein Chef die Bar an diesem Sonntag nicht aufgemacht. Wäre nett gewesen, wenn die Leute zu einer Afterwahlparty in unser Lokalchen gekommen wären, nach drei langen Tagen ohne Alkohol – Tiempo seco – wäre das Geschäft perfekt gewesen. Aber an diesem Tag stand das Ergebnis noch gar nicht fest. Zwar führte Susanna gegen La Boca Grande – so nannte ich die Kandidatin der konservativen PPC Maria Lourdes Flores – mit ungefähr ein bis zwei Prozent Vorsprung, doch die Gefahr der Wahlmanipulation von Seiten der Konservativen war akut und auf der Hand liegend. Der Vorsprung von Susanna Villaran wurde immer geringer. Ich glaub, es steht bis heute noch nicht fest, wer die nächste Alcaldesa wird, ich hoffe doch die Villaran. Jedenfalls, das alles wurde überdeckt durch eine Bekanntgabe einer Nachricht am Donnerstagmorgen: Mario Vargas Llosa, unser Schriftsteller, ist Literaturnobelpreisträger des Jahres Zweitausendzehn. Endlich. Verdient hat er es ja. Literarisch ist er einfach einer der Besten Südamerikas wenn nicht überhaupt der Welt. Politisch bin ich mit ihm weniger einverstanden, er, der Neoliberalist, passt irgendwie nicht in unser Land, in dem er Neunzehnhundertneunzig Präsident werden wollte, dann aber gegen den Verbrecher Fujimori verlor. Ach, wenigstens der saß im Gefängnis. Und wenn wir schon von möglichen oder tatsächlichen Präsidenten reden, kann ich noch was erzählen. Angeblich, so wird zumindest gemunkelt, soll der Alan Garcia in einem Krankenhaus einen freiwilligen Mitarbeiter zweifach abgewatscht haben, nur weil er, Richard Galvez Leon, ihn, den Präsidenten, korrupt genannt hatte. Nach den Watschen, soll der siebenundzwanzigjährige Freiwillige die meiner Meinung nach angebrachte Beschimpfung des Präsidenten fortgesetzt haben und er, der Beschimpfer, sei daraufhin von den acht Sicherheitsmitarbeitern des Präsidentchens fixiert worden. Es soll zwar Fotos von Handykameras geben, aber die wurden noch nicht veröffentlicht, wohl aber gelöscht. Also Gerücht oder Tatsache? Zutrauen kann man es Garcia, es wäre das dritte Mal, dass er gewalttätig aufgefallen wäre. Einmal soll er sogar einen leicht mental angeschlagenen Armen getreten haben, nur weil der es gewagt hatte, sich in den Weg des erlauchten Präsidenten zu stellen. Würde nun irgendwer nach El Fronton kommen? Richard oder Alan? Egal.

Der Oktober in Lima. Der Monat der Milagros, der Wunder. Oder anders gesehen, das Monat, in dem Dinge geschehen, über die man sich wundern kann. Zumindest ich wundere mich. Da wird der Señor de los Milagros durch die Straßen des Zentrums getragen. Tausende Menschen folgen ihm, erhoffen sich noch mehr Wunder. Blockieren das Centro, die Leute, mit ihren violetten Umhängen. Warum auch ausgerechnet Oktober? Der Oktober, der Monat, in dem die meisten Erdbeben stattgefunden haben, vor allem die schwersten, die schlimmsten. Das Wunder ist wohl das, das viele Leute, vor allem Gläubige, diese Erdstöße überlebt haben. Viele aber nicht, sind umgekommen. Wunder geschehen. Wunder vergehen. Ich war noch nie dabei, auch störte es mich nicht. Ich konnte es gemütlich von zuhause aus sehen, wenn ich zufällig beim Programm vorbeikam, welches es für notwendig hielt, die Prozession zumindest in Liveausschnitten zu übertragen. Haben die Leute nichts Besseres zu tun. Die und ihre Fe. Jedem sein Glauben, das sage ich, sollen sie doch tun, was sie nicht lassen können. Wenn es ihnen hilft, dann ist es gut so.

Wie auch immer: Um einundzwanzig Uhr war ich wieder zurück im El Directorio, konnte mich auf die lange Nacht noch vorbereiten. Ein wenig später kam auch Soledad vorbei und wir hatten Zeit, über die Aufführung und mehr zu reden. Wir wurden uns einig. Sie blieb die ganze Nacht bis fünf Uhr in der Bar und letztendlich ging ich mit zu ihr in ihre – keineswegs meine – Wohnung. Nein, das war kein kurzfristiges Angelegenheitchen, keine Rein-Raus-Sache. Ich bin noch immer mit ihr zusammen und bin zutiefst glücklich darüber. Eine zukünftige Königin des Balletts als Gattin des vizeköniglichen Mundschenks. Darauf kann ich durchaus stolz sein. Ob ich jemals in der Ehrenloge des Theaters werde sitzen können?

Ich versuchte, unserem Luster im El Directorio klarzumachen, dass er nicht das schönste und größte Exemplar seiner Gattung im ganzen Land sei, der im Teatro Seguro ihn hundertmal an Größe und Glanz überstrahle. Ich wollte ihn kränken, denn ich war noch immer böse, dass er den Platz von Foco im Lokal eingenommen hatte, dieser Austausch der Beleuchtung kostete möglicherweise El Foco seine Existenz. Ich war es ihm neidig. Aber der Luster reagierte nicht, er schwieg mich einfach nur an, ignorierte mich. Auch die große Lichtkugel, die knapp vom Eingang entfernt über den Köpfchen förmlich schwebte und von meinem Chef lieblich La Luna genannt wurde, dies wohl, da diese große Lampe dieselbe Funktion wie der richtige Erdtrabant hatte, nämlich die Nacht mit sanftem Licht, dem Mondschein, zu erhellen, hörte mir nie zu, verweigerte ein Gespräch mit mir. So ein eingebildetes Mondgesicht. Möglicherweise war El Foco, mein Foco, in der Tat einzigartig. Unikal. Ein Unikum. Er redete mit mir, ich verstand ihn. Und umgekehrt ebenso. Schade um ihn. Ach ja, fast hätte ich es vergessen, mit El Foco konnte ich reden und mit der einen Straßenlaterne in San Joaquin, Bellavista, ebenso. Dort könnte ich es nochmal versuchen, aber warum auch. Bin erwachsen, keiner mit kindlicher Phantasie, ich, der Vizekönig, oder zumindest ein von einem entfernten Nachfahren eines der letzten Vizekönige (war es der mit der Schauspielerin Micaela Villegas, auch Pericholi genannt, Don Manuel de Amat sein Name, vielleicht habe ich meine künstlerische Begabung von ihr, oder doch dieser Pezuela) Perus ernannte Bartender – oder keeper (diese Umstände – Details, Begriffe - erscheinen mir im Grunde unwichtig) braucht diese Form der Unterhaltung nicht. Unnötig für mich. Ich lasse dieses Lampenbeschwören hinter mir. Das gibt es wohl nie wieder mehr. War eine interessante Episode in meinem Leben, die ich mit El Foco teilen konnte. Interessant, wenn auch gewaltvoll, zumindest diese durchaus unguten Begleitumstände. Aber nun hatte ich Soledad die Tänzerin zum Reden und zum Leben. Und auch sie leuchtete und glühte, meistens im Bett, wie ich erfreut behaupten kann. Ja, mit Soledad habe ich mehr Spaß, kann ich Verschiedenes unternehmen. Mehr Diversifikation. Und ein Verbrennen der Finger unterbleibt. Und klarerweise ließ mich dieses permanente Gerede über Fisch und dessen lustvolle Wirkungen nicht in Ruhe, ich musste es ausprobieren, mit Soledad naturlement. Ich fuhr nach La Punta, dieser Spitze Callaos, die in den Pazifik ragt hin zu Manolo am Malecon Pardo. War mir von einem Freund empfohlen worden. Als ich das erste Mal vor dem Restaurant stand, konnte ich nicht im Geringsten erahnen, dass dies das beste Fischrestaurant von ganz Lima und Callao ist. Ah, die Mariscos, oder Pescado mit Mango. Uih, fantastische Kreationen, die Fischsuppe, das Cebiche und so weiter. Und es funktionierte. Ein Rundumservice für den Körper. Hoho! Seitdem gehört La Punta samt seinen alten Häusern zu meinen Lieblingsorten in Peru. In jeder Hinsicht. Diese Villen am Malecon Santiago Figueredo sind ein Wahnsinn. Luxus pur. So muss es in California, in Ocean Beach, in Los Angeles, auch sein. Wohl billiger als in Nordamerika, aber für mich noch immer unerstehbar. Vizekönigliche Bartender verdienen nicht so viel. Ballerinas in Lima auch nicht. Derzeit unmöglich. Wurscht. Was anderes: Mich stört das Rauschen des Pazifiks, wenn er auf die Wellenbrecher trifft, überhaupt nicht, habe kein Trauma, im Gegenteil, es beruhigt mich vielmehr, das Rauschen. Muschel an die Ohr halten klingt wie Karibik. Und Joaquin tun die Wellen auch nicht mehr weh, er hat damit keine Probleme mehr, wenn auch es ihn nicht beruhigt. Aber Ruhe hat der eh so und so. Mit Stimulationshilfsmittelchen oder ohne. Keine Schmerzen, dafür ewigliche Ruhe. Irgendwo in den Anden.

Nun gut. Zusammenfassend kann ich noch sagen, dass alte Einrichtung geht und neue Einrichtung kommt, so ist es auch mit den Gästen. Das ist das Leben in der Bar. Schlafen kann ich, wenn ich tot bin, oder – und das bevorzuge ich – nachdem ich mich mit Soledad vergnügt habe. Zweisamkeit mit Soledad, das ist meine Zukunft. Sie und die Bar.